目次

装画　木内 達朗
装丁　大久保 學

プロローグ

「いよいよだな。ああ、なんだかドキドキしてきたよ」

緊迫感が漲《みなぎ》る発射管制塔内で、同僚の三上孝《みかみたかし》が上擦《うわず》った声を出した。

佃航平《つくだこうへい》は、モニタ画面に表示されている射点の様子を一瞥《いちべつ》し、画面右端に出ている風速表示を確認した。相変わらず秒速十五メートルの強い風が吹いている。

「打ち上げ八分前になりました。カウントダウンを開始します。これより、自動カウントダウン・シークエンスに移行します」

種子島宇宙センターの構内外に流れるスピーカー・システムからアナウンスされると、「四百八十、四百七十九、四百七十八……」というカウントダウンがはじまった。管制塔内の最後列には宇宙科学開発機構主任の本木健介《もときけんすけ》が陣取っている。本木は東大宇宙航空研究所教授も兼務しているロケットサイエンティストで、今回の実験衛星打ち上げのミッションマネージャーだ。

誰もが固唾《かたず》を呑んで、モニタを見つめていた。射点で天空を指している実験ロケットは、あまりにも整然とし過ぎていて、怪獣映画に出てくるセットのように見える。それを眺めている佃の胸は、緊張でいまにも張り裂けんばかりだった。

カウントダウンが続いている。

四百八、四百七……。「射場系準備完了」。自動カウントダウンに本木の声がかぶった。「一番液体酸素系準備完了……二番液体酸素系準備完了」

「ついに試されるときだな、佃」

映し出された射点の様子に食い入るような眼差しを向けながら、三上は興奮を抑えきれない様子でいった。「悪戯《いたずら》しないでうまく打ち上がってくれよ、セイレーン」

〝セイレーン〟とは、今回の実験衛星打ち上げロケットに搭載する新開発エンジンのコードネームである。ギリシャ神話に登場する海の精に由来する名を持つこのエンジンは、新開発のシステムを搭載した大型水素エンジンで、佃の研究テーマの結晶といっても過言ではない。

このエンジンを開発するために、佃は大学で七年、さらに宇宙科学開発機構の研究員になってからの二年という年月を費やしてきた。試行錯誤の積み重ねの上に開発されたセイレーンは、今回の打ち上げによって商用ロケット実現への道を大きく切り拓く試金石になるだろう。

だが、このロケットにこのエンジンを搭載することの重圧は相当なものであった。実験用とはいえ、大型ロケットを飛ばすためには百億円を超える金がかかる。それが全て国家予算で賄《まかな》われている関係上、仮に失敗でもすれば、厳しい世論にさらされることになるからである。

気掛かりなのは、過去八回のエンジン燃焼実験で、二度の振動数超過のトラブルを起こしていることだ。実験とは常にそういうものであり、それがロケットエンジンだといえばそれまでかも知れない。しかし、いかなる理由があろうと、本番で失敗すれば、そうした実験結果を踏まえつつも新型エンジン搭載を決めた総責任者、大場《おおば》一義《かずよし》の責任論に発展する恐れもあった。

大場は、この水素エンジンにかける佃の情熱と、そしてなにより技術を買ってくれている。その信頼にこたえるためにも、絶対に失敗するわけにいかなかった。なにがなんでも、この発射実験を成功させなければならない。

胸中に渦巻く様々な思念の破片《かけら》を振り払った佃の耳に、再びカウントダウンの声が戻ってきた。
四十五、四十四……。

発射一分前を切っている。撮影角度を変えたモニタでは、ちょうどロケット基底部辺《あた》りから、揮発する液体水素が、白い布のようにたなびいていた。

カウント三十二、三十一……。

カウントダウンの音はまるで佃の頭の中で鳴り響いているかのようだ。

「ウォーターカーテン散水開始」

アナウンスの声がして、モニタの中で放水がはじまるのが見えた。

きつく目を閉じた佃の耳に、「フライトモードオン」、という音声が飛び込んだとき、カウントダウンはついに十を切った。

九、八――。

「駆動用電池起動」

七、六、五、四、三、二――。

「全システム準備完了」

その瞬間、佃は目を開けた。

「メインエンジン・スタート。SRB点火。――リフト・オフ！」

それまで抑揚が無かったアナウンス担当者の声に興奮が入り混じったとき、ロケット第一段にあるメインエンジンから轟然《ごうぜん》と炎が噴き出した。

頼むぞ、セイレーン！

佃は心の中で祈った。飛んでくれ！　飛べ！

セイレーンはオレンジ色の炎を噴射し、同時にもうもうたる白煙を舞い上げると、総重量三十トンのロケットを射点から浮かび上がらせた。

「よしっ！　いけっ！」

拳《こぶし》を握りしめ、三上が短く叫ぶ。

佃が見ている前でロケットは発射台を飛び出し、追いかけるカメラの中であっという間に大きな炎の塊《かたまり》になった。そのまま、計画通り種子島南東の上空へと小さくなっていく。

「セイレーン、初期飛行方位角九十九度、南東方向太平洋上十五キロ、高度十七キロ」

すぐに肉眼で追うことを諦めた佃は、追尾《ついび》レーダーが送ってくる飛翔経路図へと視線を転じた。

「いいぞ、この調子だ！」

三上が興奮した口調でいう。佃もその経路図を祈るような気持ちで見つめていた。

モニタのカウンター表示は、打ち上げ後の時間を示している。百七十秒、百七十一秒、百七十二秒——。

佃が異変に気づいたのは、そのときだった。メインプロッターが吐き出したセイレーンの軌道が、予定経路からズレはじめている。

「やばい！」

顔面蒼白になった三上が、別のプロッターへと走っていく。管制塔内が騒然としはじめる中、佃は、どんどん打ち出されてくるセイレーンの異常軌道に我が目を奪われ、言葉を無くした。

「異常飛翔発生！」

研究員たちが慌ただしく持ち場へと走っていく。

「第二段エンジン点火！」

その騒ぎの中、飛翔計画を遵守する声がスピーカーから吐き出された。

頭の中が真っ白になった佃は、気づいたとき、インターホンを鷲摑《わしづか》みにしていた。相手は数キロ離れた総合司令塔《RCC》にいる大場だ。

「異常飛翔です！」

送話器に向かって叫んだ。「予想頂点高度は約七十キロ。保安上の問題が発生。第三段の点火困難な状況です」

セイレーンの経路異常は、佃が報告するまでもなく、すでに総合司令塔のモニタで大場も確認しているはずであった。

目の前のモニタ画面右上で、発射後のカウンターが回り続けている。

百八十七、百八十八、百八十九……。こうしている間にも、高度不足になり、コントロールを失ってほとんど水平飛行しているロケットは太平洋上空を音速に近いスピードで飛び続けているはずだ。

ほんの僅《わず》か重たい沈黙が挟まったが、すぐに冷静な大場の声が命じた。

「シークエンス緊急停止せよ。保安コマンド、オン――」

それがなにを意味するか、考えている暇も、まして感傷に浸る間もない。爆破指令だ。

大場の命令は、インターホンと同時にスピーカーシステムからも流れ、保安監視チームの管理する通信システムから直ちにコマンドが送信される。

管制塔内が静謐《せいひつ》に包まれ、モニタ画面のカウントが止まった。

発射後二百十二秒、セイレーンは――海へ還った。

第一章 カウントダウン

I

「申し訳ないなあ、忙しいときに来てもらって。というのも、今日は折り入ってお願いがあってねえ」

徳田《とくだ》は、トレードマークの鷲鼻を指でさすりながら佃にソファを勧めた。新しい会計年度がはじまって間もない、四月第三週のことである。

品川に本社がある京浜マシナリーの応接ブースだ。青色のパーティションで仕切られた個室は、四人がけのテーブルと電話が一台あるだけで質素だった。一部上場企業でもある同社は日本を代表する機械メーカーで、佃航平が社長を務める佃製作所の主要取引先である。佃は売上の一割近くをこの京浜マシナリーからの下請け仕事で賄っていた。

「実はね、佃社長にわざわざお越しいただいたのはウチの調達方針が変わったことをお伝えしようと思ったからなんだよな」

「方針変更、ですか」

佃は身構えた。

なにしろ、下請け苛めともいえる厳しいコストダウンで知られた京浜マシナリーだ。税金はウチが代わりに納めてやるから心配するなとばかり、なけなしの儲けまで毟《むし》っていく。そのやり方は悪評が高く油断も隙もあったものではなかった。しかも調達部長である徳田から直々に面談を申し入れてくるとは、ただごとでない。

「いままでお宅にはエンジン部品の製造をお願いしてきたんだが、このたび社長からキーデバイスの内製化方針が出てねえ。それにエンジンもひっかかるんだよなあ」

徳田はいった。「お宅の納品なんだけどね、来月末までで取引終了ということにしてもらえないだろうか」

「ちょっと待ってください」

佃は慌てた。「来月末って——今月はもう二十日過ぎですよ。あと四十日しかないじゃないですか。いきなり取引終了だなんていわれても、製造ラインの問題もあれば人の問題もあります。それはちょっと勘弁してもらえませんか」

「まあ気持ちはわかるよ、佃社長」

徳田は、強《こわ》ばった声を出した。「だけどさ、製造ラインにせよ人の問題にせよ、それはお宅の都合じゃないか。それをいったらウチだってやっぱり都合ってものがあるんだしさ、それはお互い様だろう」

「お互い様って、あまりにも唐突過ぎやしませんか」

相手が相手なので怒鳴りつけるわけにはいかない。口調は柔らかだが、佃の腹の中は煮えくり返った。これは大企業の横暴以外の何物でもない。

「お宅だけじゃなくてさ、ウチの納入業者全社に対して同じ対応をとってるんだからね」

だからなんだ、といいたいのを佃は呑み込んだ。

「徳田部長、御社に納入する精密部品は年間十億円を下らない額なんです。工場の製造ラインには数十人が張り付いているし、まだ発注が継続されるどころか増加するだろうって話だったじゃないですか。一台二千万円もする工作機械を、三台も追加して増産に対応して待ってたのに、突然ハイ終わりって、それじゃあ、かけたハシゴを外すようなもんでしょう」

「まあ、その通りだ。すまん」

言い返してくるのなら議論にもなろうが、強面《こわもて》でぺこりと頭を下げられては、佃も拍子抜けだった。徳田とは親しくしてきたから、お互いの懐もよくわかっている。会社の都合とはいいつつ、無理は徳田も承知だ。

「すまんといわれたって……」

「まあ、ウチとの付き合いはエンジン部品だけじゃないしさ」

気休めを徳田はいった。

「じゃあ、エンジン部品以外の取引を増やしてもらえるんですか」

「それは今回同時にというわけにはいかないけれども、まあそのうちに」

曖昧に言葉を濁す。

「ウチの事情はよくわかっていらっしゃるでしょう、部長」

佃はいった。「先代の頃からずっと誠心誠意、やらせてもらってるじゃないですか」

「そのことは十分、承知してる。だけど、社長方針でさ、全社右向け右なんだよ。わかってると思うけど、ウチはそういう会社だから」

「エンジン部品は全部、社内に取り込まれるんですか」ちょっと気になって佃はきいた。

「まあ、ほとんどそうなると思う」

徳田は視線を逸《そ》らす。

「ほとんど？　いままで通り取引継続する下請けもあるってことですか」

佃は、ジロリと徳田を見た。

「それはウチの内製化が間に合わないものもあるし……」

「全部いっぺんに取引打ち切りって話じゃないんなら、せめてもう少し先にしていただけませんか。ウチにも準備ってものがあるし、こういう、急なタイミングでは本当に困るんです」

「申し訳ないんだけどさ、わかってくれよ、佃ちゃん」

出た。困ったときの「ちゃん」付けだ。泣き落とすときの常套手段である。

嘆息した佃に、徳田は続けた。

「決定事項なんだ、これは。もうどうしようもない」

佃は唇を噛んだ。京浜マシナリーとの取引は、先代のオヤジの頃に遡る。オヤジもこんな荒波をいくつか乗り越えてきたのだろうかと、直接関係のないことを思う。

宇宙科学開発機構の研究員をしていた佃が、父親の死に伴って家業の佃製作所を継いだのは七年前のことであった。

佃製作所の業種は、精密機械製造業。かつて父親が社長をしていた頃は電子部品を得意としていたが、大学と研究所で主にエンジンを研究してきた佃が社長になってからは、より精度が求められるエンジンやその周辺デバイスを手掛けるようになった。

研究者を辞めて社長業に転じたキャリアも異色だが、佃が社長になってからの佃製作所は、売上が三倍になって周囲を驚かせた。それでもまだ売上百億円に満たない中小企業ではあるが、このエンジンに関する技術とノウハウは大企業をも凌ぐという評判は、ロケットエンジンの設計製造に関与してきた佃の実績によるところが大きい。

研究者としての挫折が新天地で花開くのだから、人生というのは考えてみれば皮肉なものである。といっても、取引先に泣かされ、台所はいつも苦しい中小企業の悩みは佃とて例外ではなかった。継ぐつもりのなかった家業を継いだ自分の責任だと思ってあきらめるしかないが、それにしても、十億円分の売上がすっ飛ぶのは、あまりにも痛い。

「お宅も成長したしさ、ウチの取引がなくなったところで大したことないだろ。そういうことだから」

徳田は他人事のようにいうと、交渉の席を立った。


「赤字になりますね」

電卓を叩いた経理部長の殿村直弘《とのむらなおひろ》は、顔を上げるとそういった。

「やっぱり、そうか」

京浜マシナリー本社からの帰路、ハンドルを握りながらざっと試算してみた佃の結論も同じだ。十億円の売上が減少すれば、その分、人手も余る。

宇都宮工場で京浜マシナリーに納品する製品の組み立てラインは約二十五名。うち十名は派遣社員だからまだいいが、問題は残りの正社員十五名だ。

「ここのところ固定費も上がっていますし、そこに十パーセント近い売上減ですから、赤字になるのは避けられないでしょうね」

殿村がいうと、元銀行員という頭があるせいか、妙に冷たくきこえる。やけに四角い面長で、髪を真ん中から分けている殿村の渾名《あだな》はトノ。女子社員がこっそり教えてくれたところによると、殿村のトノと、トノサマバッタのトノをかけているらしい。いわれてみればそっくりで、じっと見ていると、銀縁メガネのでかいトノサマバッタと話をしているみたいだ。

殿村は、前任の経理部長の定年退職を機に、半年前、メインバンクの白水銀行から受け入れた男だった。性格はいたって真面目。だが、まだ佃の会社に来て日が浅いこともあって、どこか遠慮しているようなところがある。

「まあ、そらそうだろうな。ツンさん、なんとかならないかな」

話の途中から加わった営業第一部長の津野薫にきいたが、「そうですねえ」と渋い顔だ。京浜マシナリーはずっと津野が担当してきたのに、断るときだけ頭越しにやられたわけだから、機嫌のいいはずもない。

津野は高校を出てから先代の知り合いのツテで佃製作所に入ってきた生え抜きの社員だ。歳は佃より五つ若い三十八歳。研究所から家業に戻ったものの右も左もわからなかった佃に、この会社の細かなことを一から教えてくれたのは津野だった。とっつきにくそうな外見で口も悪いが、面倒見のいい男である。

「二億円ぐらいは他社からの増注で埋められるかも知れませんが、全額埋め合わせるとなると難しいでしょうね。十億は大きいですよ」

瞼を閉じ、眉間《みけん》を指でつまんだ佃に、「あの……」と、殿村が遠慮がちな声を出した。

「こんなときになんですが、社長。資金繰りのほうもそろそろやっておきませんと」

佃にしてみれば、肩にさらなる重石を載せるような話が出た。

「私、今日にでも銀行に行ってこようかと思いますが、どうでしょう」

「頼むわ。で、いくらぐらい必要になる？」

もう七年もやってきたから社長業のイロハはわかってきたが、資金繰りだけはどうにも苦手だった。そもそも銀行付き合いというのがよくわからない。

生真面目な顔でふたたび電卓を叩いた殿村は、「やっぱりここは三億円ほど」、といった。

「そんなにかよ」

売上百億円弱の会社になっても、佃は三億円という金を自分が借りるのだと思うと怖じ気づいてしまうようなところがあった。図体がでかいこともあって見かけは無骨な中小企業のオヤジでも、内面は繊細な研究者のままだ。

「それでも今期の業績だとすぐに足らなくなってしまうかも知れません」

殿村はいう。「なにしろ、収益状況がちょっと、なんなので」

イマイチ、というところを、遠慮がちに言葉を濁す。気の小さいところも銀行員だ。

「悪いな」

銀行からの出向者なので、部下にというより銀行にいわれているような気がして、佃は詫びた。出向者を受け入れたのは初めてだが、銀行の融資出張所が社内に引っ越してきたような印象だ。

「で、借りられそうか」

「揉《も》めるでしょうね、やっぱり」

殿村のこたえは、まるでキャッシュディスペンサーから吐き出されてくる明細書のようにそっけない。

「そうか……」

「そもそも、借入が少々多いですから」

言葉遣いは丁寧だが、殿村はぐさりとくることをいう。「あれやこれやで、いま二十億円近い借入額があります。このまま行けば今期赤字になりますし……。ここで三億円となると簡単ではないと思います。研究開発費もかなり膨らんでいる気がしますし……」

殿村は、それとなく佃製作所が抱えている問題点を指摘した。

「研究にはなにかと金がかかるんだよな」

佃のいいわけに、「そうですねえ」と応えた殿村だが、納得していないのはそれとなく伝わってくる。

「だがな、おかげ様でエンジン関連の特許も取れたし、商用化を目指せば、売上に貢献できるはずだ——と、そんな説明で、銀行を説得することはできないだろうか」

殿村はすっと黙って考え込んだ。

「銀行が心配するのは、巨額の開発費を投じた特許がいわゆる〝死蔵特許〟になりはしないかということだと思います。そこをなんとか説明できればいいのですが」

「それはちょい難しいかもな。まだ製品化していないし」

「それに、エンジン関連といっても水素エンジンの関連ですよね」

殿村は、佃の顔色を窺いながら婉曲にいった。

「水素エンジンのバルブシステムじゃ、実用性が無さ過ぎるっていうのか」

佃は、少しむっとした。特許そのものはバルブシステムだが、そこで培われた技術とノウハウは、本業のエンジンをはじめ様々な技術に波及し効果を生んでいる。こうした研究開発が、佃製作所の技術レベルを引き上げると、佃は信じていた。

「いえその、私じゃなくて銀行がどう思うかです」

殿村が慌てて弁明する。「研究開発費のことは、なにかいわれるだろうと……」

やりとりを聞いていた津野の口から重たい吐息が洩れた。

「殿村部長。ウチは研究開発型の企業なんだよ。技術力やノウハウっていうのは、研究開発があるからこそ蓄積ができるわけで、それが無くなったらウチの競争力や優位性はすぐに無くなっちまうと思うんだけどさ」

「そうですか……」

殿村から反論らしい反論もないまま、嚙み合うこともなく議論は失速していく。津野が苛《いら》つき、「わかってもらえないかなあ」という独り言に感情が透けた。

「私、早速融資申し込みのための資料を作りますので」

その場から逃れるように殿村は席を立っていく。

「なんですか、あれ」

自席に引き上げていく殿村の背中をドア越しに見送りながら、津野が舌打ちした。「いいたいことがあれば、はっきりいえばいいじゃないですか」

まったくだ、と思ったが、「まだ遠慮があるからさ」という言葉に代える。

「殿村さんにしてみれば、ウチでうまくやっていきたいという気持ちと、銀行サイドの事情がせめぎ合ってるんじゃないか」

「わからんではないですがね」

津野は不満げだ。「あの人、本当にウチのこと真剣に考えてるのかなあ。心配してるのはカネのことばかりのような気がするんですよね。どこまでいっても銀行員というか」

津野の感想は、佃も同感だったが黙っていた。社長がそれをいったらおしまいだ。

津野は続ける。「経理や資金繰りが専門の人に、技術の中味まで理解できるわけないし、理解できなきゃ教えてくれっていうのがスジでしょう。なのに開発費の多少ばかりあげつらうのはおかしいですよ」

「そういうなよ、ツンさん」

立腹する津野を、佃はなだめた。

「ウチにまだ慣れてないんだ。もう少し長い目で見てやってくれ」

「まあ、社長がそういうのなら……」

そんなことを口の中でもぐもぐいいながら、津野は社長室を出て行く。

ひとり社長室に残された佃は、肘掛け椅子にかけたまま目を閉じた。取引先の離反、リストラの必要性、資金繰り難、社内の融和——どれをとっても簡単に解決できる問題ではない。

会社の経営は、まさにこれらとの戦いである。

いったい、オレはなにをやっているんだろう……。

たとえそれが父の死をきっかけにしたものであっても、佃製作所という町工場を継ぐことは、佃にとってある意味挫折だった。あの実験衛星の打ち上げ失敗で、佃は、研究者としての行き場を失ったのだ。

幼い頃、佃の夢は宇宙飛行士になることだった。図書館で読んだアポロ計画の物語に、佃少年は、それまで読んだどんな本よりも興奮し、没頭した。それはそうだ、なにしろここに書かれている冒険は、空想ではなく、紛れもない真実なのだから。

一九六九年七月二十日、月面緯度〇・八度、同経度二三・五度の巨大クレーター「静かの海」に着陸した宇宙船の物語の中で、佃少年はニール・アームストロング船長率いるアポロ十一号のクルーの一員だった。そのときの佃は単純にその偉業の虜になっていて、アポロ計画がその感動とは裏腹に「金がかかり過ぎる」という理由で批判されていたことなどは知るよしもなかった。

宇宙飛行士になる夢はかなわなかったが、宇宙に対する興味は、ロケット工学へと向かっていき、やがてその方向性を決定づける言葉と出会う。それはある授業でのことであった。教壇に立っていたロケット工学を専門とする助教授が、佃たち学生に、こんな話をしたのである。

「君たちの中にはロケット工学に興味を持っている者が何人かいるだろう。ロケット工学という未知の広大な分野に挑戦しようという熱意は何物にも代え難い尊いものであって、その情熱は終生忘れないで欲しい。私を含め、ロケット工学を志す者にとって、ロケットエンジンは、知力と想像力を遥かに超越した製造物であり、いわば聖域だ。神の領域といっていい」

神の領域。

その言葉に、佃は底知れぬ魅力を感じた。

その忘れられない講義をした助教授こそ、のちに恩師になる大場一義だった。大場は最先端の技術を有する研究者であり、実際にロケットのエンジン開発を手掛けるスーパーエンジニアでもあった。その後、大場の研究室に入った佃の夢は、宇宙飛行士になることから、自分で設計したエンジンでロケットを飛ばすことに変わったのだ。しかし――。

その夢は、破れた。

いま、父親の代から使っている肘掛け椅子に座ったまま、佃は、あのときの大場のひと言を思い出した。

シークエンス緊急停止せよ。保安コマンド、オン――。

その保安コマンドとともに佃の夢もまた、海の藻屑と消えたのである。

2

「お話は、殿村さんから伺っているんですが、三億円を一度にというのは正直なところ厳しいですよ」

柳井哲二《やないてつじ》は生真面目ながら厳しい表情を、佃に向けた。柳井は、白水銀行池上支店の融資担当者で、支店での肩書きは課長代理だ。融資課には、役職のつかない係員が多いが、柳井は実質融資課のナンバー2で、発言は重い。

殿村から、「一度銀行で話をしてもらえませんか」、といわれたのは、カレンダーが五月に変わった、うららかな朝のことである。

「金額を減らしたほうがいいのか」

佃はたずねた。

「もし減らせるのでしたら、それに越したことはない――とは思います」

柳井は普段から回りくどいところがある。はあ、と曖昧な返事をした佃に、ちらりと硬い視線を向け、「ただ、問題は御社のファンダメンタルズだと思うんです」と気取ったことをいった。

なんじゃそれは？　と隣に控えている殿村に目で問う。

「要するに、ウチの商環境や経営体質が問題だとおっしゃりたいようです」

殿村が説明する。その言葉を継いで、柳井は続けた。

「まず借入金が多過ぎる。しかも、それがなにに遣われたかわからないような形になってる。それではウチとしても困るんですよ」

「それは研究開発費のことをいってるのか、柳井さん」

うんざりしつつ、佃はきいた。

「社長はいろいろ考えがあるんでしょうが、この研究が売上に結び付いているとはいえないでしょう」

「結び付いてますよ」

佃はいった。「ウチが研究開発に力を入れていることは取引先にも評価してもらってるし、だからこそ業績はいままで伸びてきたんじゃないですか」

「そうかな」柳井は、疑問を呈した。

「でも、御社が多額の資金を投入して開発したものはなんですか？　たとえば、エンジン部品といっても水素エンジン絡みじゃないですか。それってどうやって製品化するんですか。水素エンジンがクルマのエンジンとして研究が進んでいるという話は聞いていますが、実用化は随分先の話でしょう。いま水素エンジンで動いているのはそれこそロケットぐらいですよ。ロケットのエンジンを受注できるんですか。そんなこと無理ですよね」

「無理かどうかはわからんじゃないか」

佃の反論に、柳井があきれたといわんばかりの顔になる。

「ロケットっていうのはですね、国の研究開発機関が主導して製造されてるんですよ。たしかにロケット本体の製造や運営が民間に委託はされてますが、それだってパートナーに指名されてるのはあの帝国重工をはじめ大企業ばかりです。失礼ですが、町の中小企業の出る幕じゃない。ほとんど使い道がない死蔵特許に、御社は十数億円をつぎ込んでるんですよ。回収の見込みがあるのなら、教えてくださいよ」

途中から瞑目し、腕組みをしてきいていた佃はようやく目を開けた。

「今はまだ回収の具体策を検討中だ」

佃はいった。「だけど、ひとついっておくが、ウチが出願したバルブシステムの特許は、おそらく現時点では世界的に見てもトップレベルにある。それは間違いない。汎用性が高い技術で、ロケットだけじゃなく、様々なものに応用できるはずだ。それでなくても、開発過程で得た技術やノウハウは、いろんな形で新型エンジンの開発に役立ってる。だからこういう研究を続ける意味があるんだ」

「もともと宇宙科学開発機構にいらっしゃったんでしたね、社長」

柳井はいった。「そのときロケットのエンジン開発に携わっていたとききました。たしかに国の研究機関なら好き放題金が遣えるかも知れませんが、いまは違うと思いますよ」

柳井は、佃の心の古傷に触れた。佃は不機嫌になり、相手の目を見据える。

「ロケットの開発っていうのはな、なけなしの予算の中でやりくりしてきた歴史なんだよ。あんたはウチの技術のことなんかなにもわかっていない」

佃が吐き捨てると、「当然じゃないですか」という反論があった。

「わかるもんですか。いいですか、世の中、これが世界最先端の技術だといって投資や融資を受けようという連中は山ほどいるんです。先月一ヶ月だけでも、水で動くパソコンやら、永久稼働のモーター、あれやこれやと持ち込まれてきましてね、どれもすでに特許取得済みか、あるいはこれから特許を取るっていう話ばかりだ。でもね、全て断りました。だってそうでしょう。そんなにすごい技術なら、放っておいても大企業が飛び付いてきますよ。たしかに御社の技術について私は正式な評価をしていません。でも、それをするには専門の機関に依頼するなど、数百万円ものコストがかかる。評価するだけで、です。その上でやっぱり価値がありませんでした、では話にならないんですよ。特許がらみの話には、ひとりよがりが多いんです」

「もういいよ」

面倒くさくなって、佃はいった。「はっきりいってくれ。ウチへの融資はどうなんだ」

「御社の技術開発力を評価している者は、当行にはひとりもいません」

柳井は断言した。「支店長も見方は否定的です」

ベテラン支店長、根木節生《ねぎせつお》の、融通の利かなさそうな顔を佃は思い浮かべた。何度か話したことはあるが、土地や建物、数字に表れた業績という、見てわかるものなら理解もするが、最新技術にはトンと無知、無関心という御仁《ごじん》である。

「じゃあ、どうすればいいのかいってくれ」

柳井は頬を膨らませて唇を丸めると、ふうっ、と息を吐き出した。

「どうすればいい、という具体案があるわけじゃないですけど、研究開発にこれ以上金をかけるのは、賛成しかねます」

「研究開発を止めろと?」

「止めろとはいってません」

柳井は小狡《こずる》く逃げた。「殿村さんという頼もしい参謀もいらっしゃるんですから、正しい方向性を見出していただけませんか」

頼もしい参謀かよ。傍らに控えている生真面目な男を一瞥した佃は嘆息した。

「研究開発を止めない限り融資しないんなら、それは研究を止めろっていってるのと同じことじゃねえか」

帰りの車中で佃はぼやいたが、殿村からの反応は乏しかった。「はあ」とか、「そうですね」とか、「仕方ないですよ」とか。〝参謀〟の態度に、腹が立った。柳井にああいうことをいわせているのは殿村なんじゃないか、というあらぬ疑いまで浮かび、部下を心底信用できない苛立ちが、佃を無口にさせる。

銀行を出た車は、やがて上池台《かみいけだい》の落ち着いた住宅街へ入っていく。そのとき、

「夢を追いかけるのは、しばらく休んではどうですか」

助手席でつぶやかれたひと言が、佃の耳に入った。信号のない交差点で、佃は思わずブレーキを踏み、殿村を見つめた。やけに思い詰めた男の表情がそこにある。

「社長、社内では誰もいわないから私がいうしかないと思って、それでいいます。社長はまだ研究者だった頃の夢が忘れられないんですよ。だけど、もう社長は研究者じゃない。経営者なんです。社長は私ひとりが研究をこころよく思っていないと考えているかも知れませんが、社内には同じ考えの者が何人もいます。せっかく上げた利益が研究費に消えていく——そう彼らは思ってます。社長がいうように研究開発の成果がいまの売上に結び付いていると理解している者はむしろ少数です。このままだと社内、バラバラになってしまいますよ。ですから——研究開発を止めないまでも経営資源をもっと他のところへ回しませんか。水素エンジン絡みとかじゃなくて、もっと実用的なエンジン構造にテーマを絞れば社内もまとまるし、本当に実利に結び付くものになると思うんです。そうしましょう、社長」

殿村を見つめたまま、佃は言葉を失った。不思議と、怒りは感じなかった。殿村の必死さが伝わってきたからだ。頭が真っ白になり、いつのまにか後ろについていた車が鳴らすクラクションで、現実の風景と物音が戻ってきた。

再びアクセルを踏んだ。

大田区は坂道が多い。上り、曲がり、また下る。なんだか俺の人生みたいだな、と佃は思った。だとすると、いまは下り坂ってところか。

「考えてみるよ」

佃がそうつぶやいたのは、上池台にある会社に着いたときだ。それまでずっと黙って助手席に収まっていた殿村に、ほっとした表情が浮かぶ。

殿村が、ここまではっきり口に出していうのに、随分勇気がいっただろうと佃は思った。もしかすると佃が激昂して出向解消の憂き目に遭うかも知れないのに。それでも殿村は進言した。いや、進言してくれた、といったほうがいいかも知れない。

結局、殿村は不器用な人間なのだ。でも、ウチの会社のことを本気で考えてくれている。そのことが嬉しかった。

「ありがとな、殿村さん」

先に車から降りていった殿村の、ひょいひょいと玄関の階段を上がっていく痩せた後ろ姿に向かって、佃はつぶやいた。

ところが――。

一旦社屋に消えた殿村が慌てふためいて駆け下りてきたのは、その直後のことであった。

「社長、たいへんです。こんなものが」

差し出された封筒を見て、佃は絶句した。

それは東京地方裁判所から送付されてきた、訴状であった。

3

社長室で、佃は頭を抱えた。

「まったく、どうなってるんだ。ステラの技術を訴えてくるなんて」

訴えてきたのは、競争相手のナカシマ工業だ。

特許侵害。問題はその損害賠償額だ。

九十億円――。

あり得ない金額であった。

小型エンジンとその関連部品を製造している佃製作所のラインナップの中で、ステラは五年前の発売以来、稼ぎ頭といってもいいヒットになっていた。佃製作所が製造している高性能小型エンジンで、売上の三割はこのエンジンの製造販売で占められている。毎年改良を重ね、大幅な仕様変更となった最新型をリリースしたのが昨年の春。独自開発した燃料系システムを搭載したのだが、ナカシマ工業の訴状は、その最新型エンジンを同社が開発したエンジンの模倣と断定し、特許侵害を理由に販売差し止めを求める内容になっていた。

「ふざけるな」

かっとなって、佃は吐き捨てた。ナカシマ工業とは小型エンジン分野でライバル関係にあり、なにかと鍔迫《つばぜ》り合《あ》いも多い。ステラのエンジンについて、同社から仕様に問題があるのではないかというクレームは、発売後数ヶ月した頃、確かにあった。社内で検討した後、両社で話し合い、ナカシマ工業が主張する内容には誤解があり、なんら問題はないという結論に達した経緯がある。

「マネシマ工業がなにいってやがる。クレームつけたいのはこっちだ。そもそも、ウチのエンジン仕様を真似して競合品を作ったのは向こうじゃないか」

知らせを受けて駆けつけてきた津野が怒りを口にした。

売れるとなると、さっさとその分野に参入してくるのがナカシマ工業の戦略で、業界で「マネシマ工業」と揶揄《やゆ》される所以《ゆえん》だ。

「それをなんだ、ちょっと自社のエンジンと似ているから特許侵害だなんて」

「それがナカシマ工業の戦略ですから」

頰を紅潮させ、殿村がいった。「まず真似する。その上で相手の技術にケチをつけて揺さぶりをかける。相手が小さな会社であれば、なおのことです」

「それが一部上場メーカーのすることかよ」腹の虫が治まらない津野は、殿村に食ってかかる。

「そういう会社なんですよ、あそこは」

言い聞かせるように、殿村はいった。「とりあえず、訴えられた以上、放ってはおけません。社長もご存知だと思いますが、訴状を無視したら裁判は負けですから。ウチも応戦する必要がありますが、それには技術や知財に詳しい弁護士を立てる必要があると思います。以前、小耳に挟んだことですが、マネシマ工業では、顧問弁護士に技術畑出身の変わり種を集めているそうです。どうしてかわかりますか」

「裁判を有利に進めるため、か」

佃がいうと、殿村は四角い顔を上下させた。

「簡単な裁判じゃないはずです、社長。向こうだって、裁判をやるとなるとそれなりに人も時間もかける必要があるわけですから、事前に弁護士と打ち合わせをして勝算ありと見込んだからこそ、こういうものが届いたんです」

殿村は訴状を睨《にら》み付けた。

「無茶苦茶な話だな」

怒りのやり場に困って佃は天井を仰いだ。「そんなことがあっていいのかよ」

「これは相手の戦略ですよ」

と殿村。「それに、ナカシマ工業から訴えられたとなると、対外的な信用も影響を受けることになります。銀行だって例外じゃありません」

「おいおい」

佃はあきれて殿村を見る。「銀行がこれを真に受けるっていうのか。話にならないな」

「一般人から見れば、ナカシマ工業が訴えたとなるとそれなりの根拠があるということになってしまうんです。もちろん、こちらが正しくてもです」

あまりにも理不尽な話だった。

「考えてもみてください。もしナカシマ工業との訴訟に負けてステラの販売中止を余儀なくされれば、売上への影響は約三割。京浜マシナリーの売上減も合わせれば四割近くの減収になります。そうなれば赤字どころか、社業が行き詰まる。銀行というところはいつも最悪のことを考えますから、ますます融資に二の足を踏むでしょう」

「ちょっと待ってくれ。裁判で負けるだって？」

佃は声を荒らげた。「そんなことがあるわけない。こんな裁判、いいがかりもいいところじゃないか。殿村さん、あんただってそれはわかるだろう」

「もちろんです」

殿村は粘り強い口調でいった。「ですけど、白水銀行の連中にそれがわかると思いますか。判決も出ていないのに、この裁判はウチが勝つからって、どうやって証明するんです」

悔しいが、殿村のいうのも一理ある。佃は押し黙った。

「まず、こういう難しい話を頼める弁護士を探しましょう」

殿村はいった。「誰か知り合い、いませんか」

「大学時代の友達には弁護士は何人かいるが、卒業以来、会ったことがない連中ばっかりだ。田辺先生じゃだめか」

五反田で事務所を開いている田辺篤は、取引先と締結する契約書を作成するときなどに世話になっている弁護士だ。毎月数万円の顧問料を払っていて、訴訟とまではいかないまでも、支払いの遅延などが発生したときには相談にのってもらっている。

「田辺先生は技術には詳しいんですか」

「どうだろう」

佃は首を傾げた。「契約違反だ損害賠償だという話は詳しいに違いないが、特許云々という込み入った話はしたことがない。ただ、他に思い当たる弁護士もいない」

じっと考えていた殿村だったが、

「とりあえず相談してみますか」

そういうと電話をかけに社長室を出ていった。


殿村の後ろ姿を見送った佃が、疲労の滲《にじ》んだ嘆息を洩らしたとき、ドアがノックされ、もっさりした印象の男が顔を出した。山崎光彦だ。

今年三十八歳になる山崎は、佃製作所の技術開発部門のリーダーだ。肩書きは技術開発部長。佃と同じ大学の後輩でバリバリに鳴らした研究者だったが、大学の教授とソリが合わなくて五年前に研究室を飛び出してきた変わり種だ。

乱れた髪に無精髭、分厚い黒縁メガネに薄汚れた白衣を着た山崎の風貌は、どこから見てもオタクで、事実、三度の飯より実験が好きという性格だ。それが災いしてか、四十間近にしていまだ独身という男である。

「ナカシマに訴えられたって聞きましたけど。どういうことですか、社長」

山崎はウチにこもりがちな性格そのままに、たどたどしくきいた。俯き加減の顔に長い髪の一束がかかっている。人と話すときのいつものくせで、中指で何度もメガネを押し上げた。

「わかんねえ」

佃はこたえた。「なあヤマ、この前、ナカシマからいちゃもんつけられたときに、なんとかって先方担当者いたよな。企画部のマネージャーとかいう。あいつの名刺、持ってるか」

「ちょっと待ってください」

山崎はいい、白衣の胸と尻のあたりを手でぽんぽんと叩いて、ようやくズボンの前ポケットから携帯電話を取りだした。

「たしか、名前を登録してたはずです。まだ消してませんから……。あっ、これだ」

携帯を開き、登録している名前を佃に見せた。「肩書きはたしか、事業企画部法務グループマネージャーだったと思いますが」

三田公康《みたきみやす》となっている。

「そうそう、こいつだ」

数ヶ月前、先方からクレームをつけてきたとき何度か会ったことのある男である。

佃と同年代。いかにも大企業の管理職らしい、こざっぱりとはしているが、生意気な印象だけはしっかりと残っていた。

デスクの電話でその番号にかけた。大代表ではない、部の直通だ。電話に出た若い男に名前を告げると、「ちょっとお待ちください」という声とともにオルゴールの「カノン」が流れ出した。似合わねえメロディだな、と思っていると随分待たされた挙げ句、「どのようなご用件でしょうか」、と硬い声できいてきた。相手は三田ではなく、いましがた電話に出てきた男だ。

「訴訟の件です」

そう佃がこたえると、

「それでしたら、特にお話しすることはないと三田は申しておりますが」

ムカつく答えを、相手は寄越した。

「そちらになくても、こちらにある。そう伝えてくれないか」

佃がいうと、電話は再び保留音に切り替わり、しばらくすると、「はい、もしもし」と名乗りもしないでどうやら当の三田らしい男が出てきた。

「佃製作所の佃ですが、実は今日、御社からの訴状が届きまして」

相手は黙っている。腹が立って、「もしもし?」と苛立った声を出すと、「はい」、と面倒くさそうな返事があった。

佃は続けた。

「弊社のエンジン仕様については、先般お話しした通りです。特に問題はないと、あなたも納得されたと思ったのですが、これはどういうことでしょう。説明してくれませんか」

「納得? 別に納得したつもりはありませんけど」

敵意を滲ませた返答があった。「なにか勘違いされてるんじゃありませんか」

「ちょっと待ってくださいよ、三田さん。あなた、あのときウチの回答に対してなにも反論できなかったじゃないですか。あなただけじゃない、たしかにおたくの技術部門の皆さんも、認めるしかなかったわけですよね」

そういった佃の胸に、忘れかかっていた経緯が蘇ってきた。

二月頃、ナカシマ工業は、「貴社が開発し販売しているエンジン、『ステラ』に当方の所有する特許を侵害した疑いがあり」云々という、いかめしい文体で書かれた内容証明付の郵便を送り付けてきた。

佃と山崎のふたりが中心になって社内で検討した結果、たしかに類似はしているが、本来的に真似をしているのはナカシマ工業のほうであって、こちらにはなんら非はない、という結論に達し、その旨を通知したのであった。三田とは二度ほど会って話し合っただろうか。

その後、ナカシマ工業からの申し入れで、都内のホテルで正式な検討会を開いた。それまでの主張を繰り返した佃に、ナカシマ工業側はいくつか反論をしたが、それに対して佃は丁寧にこたえて相手を納得させ、検討会の場は、佃製作所の主張が通った形で終了したはずだ。

「納得したつもりはないって、いまさらなにをいってるんです。どこが納得できないかいってくださいよ」

「それは訴状をご覧になればわかるでしょう」

三田は硬い口調でいった。検討会の席には、佃製作所から出席した佃と山崎のふたりに対して、ナカシマ工業は技術部門を中心に十人を超える社員が顔を出していた。技術的な議論は尽くしたはずだ。

「訴状を見てもわからないからきいてるんですよ。なんで裁判だなんて話になるんです。反論があるのなら、あの検討会の席上できっちり意見すればよかったじゃないですか。いや、その後だっていい。それをいきなり訴訟だなんて、無茶苦茶ですよ」

「はっきり申し上げますがね」

三田はいった。「あなた方の勝手な言い分に、その場で反論したところで埒が明かないと思ったから黙っていたまでです。空気読んでくださいよ」

佃の肚《はら》の底で強い怒りが湧いた。

「じゃあ、なんのための検討会だったんですか」

「まあとにかく」

舐めきった口調で、三田はまともにこたえない。「あなたがどう考えようと、もう本件については裁判所で決着を付けることになったわけですよ。そうなった以上、私からあなたに申し上げることはなにもない」

「それは社会常識に反するんじゃないですか、三田さん」

佃がいうと、「社会常識?」、と電話の向こうで素《す》っ頓狂《とんきょう》な声を三田は上げた。はっ、という短い笑いが続いて聞こえる。それから嘲笑混じりに、

「失礼。あなたのいう社会常識ってなんですか? どういう定義でおっしゃってるんです?」

そうきいてきた。

あまりに腹が立って、目が眩《くら》む。

ふと胸に浮かんだのは、まだ若い頃、大学の研究室でよく交わしていた議論の数々だ。なにかというと二言目には「その言葉の定義はなんなの？」と突っ込む学者気取りの仲間がいて、そいつのことが佃は大嫌いだった。

「なにが定義だ。ふざけないでくれ」

頭に血がのぼって、佃は言い放った。

「いっときますけどね、この会話は録音されていますから」三田がいった。

「だったらなんだよ」

佃も負けてはいない。「悪くもない相手を悪いといって裁判で訴える。それで、自分たちの商売にテコ入れするつもりか知らないが、大企業が、裁判を商売の道具にしていいのか」

「自分が悪くないというのは、あなたの一方的な意見ですよね、佃さん」

小賢《こざか》しい口調で、三田はいった。「私はそうは思いませんよ。あなた方は、ウチの特許を侵害して、それで不正な商売をしてる。それを糺《ただ》すのが正義というものでしょう。ここでいってもはじまらない。裁判所でシロクロつけてもらいましょうよ」

三田は自信満々だ。「ま、そういうことですので。もう電話、切ります。今後、この件でなにかご連絡されたいことがあれば、私にではなく代理人である弁護士にお願いします。くれぐれも、そんな脅迫めいた言い方をされないほうがいいと思いますよ。では失礼」

そういって、電話は切れた。

「こんちきしょうめ！」

佃は受話器を叩き付け、憤然と腕組みした。

「なんていってるんですか?」山崎が、メガネの奥の瞳を不安に揺らした。

「納得した覚えなんかないとさ。悪くないと思っているのはウチの一方的な意見だと。それが検討会で論破された奴のいうことか」

カッとなると態度に表れる佃に対して、山崎は内側にためるタイプだ。だから怒ると静かになる。青ざめ、こめかみの辺りをひくつかせる。いまがまさにそうだった。

「どうせ当事者同士の議論では勝てないから、法律論を絡ませて真実をねじ曲げようとでも思ってるんだろう。なんせ、一流事務所の優秀な弁護士が大勢控えているからな」

佃は嫌味たっぷりにいった。

「ウチのエンジンを訴えて売れないようにすれば向こうの利益になるってことですか」と山崎。

「そういうこと。汚いやり方だ」

同じ分野で競合する相手を訴えて蹴落としていく。許しがたい暴挙である。

「正義は我にあり、だ」

佃が自分に言い聞かせるようにつぶやいたとき、殿村が戻ってきた。

「田辺弁護士、今日の午後六時からなら空いているそうですが、どうしますか」

手帳を開いた。同業者との懇親会が入っている。

「それで頼む」

佃はいうと、懇親会の文字を筆圧の強い二重線で消した。

4

「ナカシマ工業相手の訴訟ですか」

五反田にある事務所に顧問弁護士の田辺を訪ねると、今年六十になる老練な弁護士は眉を顰《ひそ》めた。「特許侵害というと、どういう？」

「問題ありとされているのは、燃料を効率的にエンジン内部に送り込む制御装置です」

私からお話しします、と佃の話を継いだ山崎が、持参したエンジン模型を取りだし、詳細な説明をはじめた。特許侵害を訴えられているわけだから、技術的理解は必要不可欠である。しかし、最初熱心に聞き入っていた田辺の反応は次第に鈍くなり、五分もすると腕組みをしたまま黙り込んだ。やがて、

「まあ、いいですわ。私、聞いてもわからないので」

そういって、山崎の説明を制止した。

山崎の戸惑うような眼差しが佃を向いた。大丈夫ですか、ときたそうにも見える。気持ちはわかる。

田辺は続けた。

「とりあえず事実認定をしなきゃならんので、ここはひとつ、そのような事実は無いとつっぱねる書面を出すとして……要するに問題は、技術のオリジナリティってことでしょう」

わかったようなことを田辺はいい、佃がなにかこたえる前に続けた。「だけど、ナカシマ工業

相手となると、それをきちんと証明できるかどうかが問題なんだよなあ。裁判官の心証もある。大企業に弱い裁判官って結構いるからねえ」

「そんなことじゃあ、困りますよ、先生」

佃は慌てていった。「だいたい、心証ってなんです？　事実をして語らしめよ、でしょう。真実はひとつのはずじゃないですか」

「そういうことじゃなくてさ」

老練な弁護士は少々苛立ったふうに、「特許侵害じゃないっていうおたくの主張はわかるけど、向こうだって勝てると思ったからやってきたわけでしょう。そう簡単な話じゃないですよ、これは」といった。

「きちんと論点を整理すれば、ウチが正しいということはわかるはずです」

佃はいったが、田辺はじっと考え込んでしばらく返事を寄越さなかった。

「こういう技術論争っていうのは、長期化すると手に負えなくなるんだよね」

「だから？」

佃はきいた。「九十億円の損害賠償をしろと？　それじゃあ、ゴネ得じゃないですか、先生。そんなばかな話はないでしょう」

腹を立てている佃の隣から、冷静な殿村がきいた。

「田辺先生はこうした知財関係の裁判、ご経験はおありですか」

知財、つまり知的財産とは、発明やソフトなど無形の財産のことである。

「こんなケース、そうそう出ては来ませんよ」

田辺は、だからなんだ、という顔で殿村を睨んだ。「ただね、弁護士としての経験からいって、こういう事案で、短期的にきっちりと勝敗を付けるのは難しいといってるんだ。厳しいようだけどさ、ナカシマ工業だって、その辺りのことはしっかり読んでると思いますよ。だからこういう手段に訴えているわけでね。とりあえず、お宅の主張としては特許侵害の事実は無いということなんでしょう。であれば、その主旨で答弁書を書きますよ。それと、さっき私にしてくれた説明ですけどね、わかりやすく文章にまとめて送ってくれませんか。メールでいいから」

山崎がすっと黙った。わざわざ模型まで持参してきて説明してるのに、ろくに聞きもしないでこの発言である。文章なら理解できるのか、そういいたいのが、顔に出ている。

「わかりました、先生」

腹でくすぶりはじめた不信感故に沈黙した佃と山崎に代わり、殿村がいった。「弊社で検討してみます。ありがとうございました」

「どうするつもりだ、殿村さん」

弁護士事務所を出、近くの駐車場に入れたクルマに乗り込みながら、佃はきいた。

「とりあえず、いわれた資料を、出します」

殿村はいった。「イマイチ不安だから他の弁護士に当たってみるというわけにもいかないでしょうから」

佃も、渋々、うなずいた。田辺とは、先代からの付き合いで、契約書の作成や債権回収、従業員の相談事と、いままでなにかと世話になってきた。今回の対応には不満だが、それだけでクラ替えするわけにはいかない恩義がある。田辺とて、自分で対応できると思ったから、書類を出せといっているのだろう。

「さっきの話、本当かな。大企業のほうが有利だって話さ」

日の暮れかけた中原街道を一路、大田区方面へ戻る道すがら、佃は気になっていたことを口にした。後部座席にちょこんと座っている殿村が、ルームミラーの中で浮かない表情になる。

「正直、そういう話は銀行にいたときにも聞いたことがあります。もっとも、銀行はその恩恵をこうむるほうですが」

「気に食わねえな。裁判官がそんなエコ贔屓《ひいき》でいいのか」

「それが日本の現実なんですよ。でも、最近はまだマシになったほうです。銀行だって裁判で負けるようになりましたからね。まあ、それぐらいひどいことをしてきた、ということの裏返しでもありますが」

「ムカつく話だな」

不機嫌になった佃は、しばらく黙りこくった。

「ところでこの訴訟の件だが、銀行に話したもんかな、殿村さん」

佃が再び口を開いたのは、会社の近くにまで戻ってきたときである。

「そうですね……」

殿村はそういったきり、少し考えた。「やっぱり話さないわけにはいかないでしょう。お互い、信頼関係ですし」

黙っていればわからないのではないか、という頭が無いではなかった。不都合なことは隠しておきたいのが人情というものだ。だが、元銀行員の習性がそういわせるのか、殿村の意見は見かけ通りの四角四面である。

「それに、銀行と取引するときに交わす契約でも、業績に影響を与えるようなことが起きた場合には、報告することになっているんです。ステラの年間販売額は三十億円もありますんで、今回の訴訟はやっぱり報告義務があるかと」

「仕方がないな。明日にでも行ってくるか」

佃が嘆息したとき、フロントガラス越しに佃製作所の五階建ての社屋が見えてきた。

ところが——。

駐車場にクルマを入れ、事務所に上がった佃が上着を脱ぐ前、白水銀行の柳井のほうから佃の携帯にかけてきた。ちょうどいいタイミングである。早速、明日のアポを入れようと思った佃に、

「ちょっとこういうの、マズいんじゃないですか?」

硬い声で柳井はいった。ぶっきらぼうな口調である。

「マズいって、なんのことだ」

そうきいた佃に、

「ナカシマ工業から訴えられたっていうじゃないですか」

思いがけないことを柳井はいった。

「なんで、そんなこと知ってるんだ」

「プレス発表ですよ」

「プレス発表?」

思わず繰り返した佃が振り向くと、少し離れたところのデスクからびっくりした顔でこちらを見た殿村と目が合う。

「ナカシマ工業がさきほど、佃製作所を特許侵害で訴えたってプレス発表したそうですよ。本部の担当セクションからウチに連絡がありました。困りますよ、そういう重大な情報を隠して融資の申し込みだなんて。信義則違反じゃないですか」

「別に隠してたわけじゃない、誤解しないでくれないか」

相手の剣幕に少なからず動揺し、言葉が上滑りするのを感じながら、佃はいった。「うちに訴状が届いたのも昼過ぎだったんだ。それでいま五反田の顧問弁護士のところに行って戻ってきたところで。明日にでも報告しようと殿村と話したところだ」

「明日といわずいますぐお願いしますよ、大事なことなんだから」

柳井は容赦ない口調でいった。「佃製作所は大丈夫かって、支店長もひどく気にしてましてね。こういうの、困るんですよね」

電話の向こうから伝わってくるのは、佃に対するあからさまな不信感だ。

「そういうことなら、これから伺います。連絡が遅れて申し訳ない」佃は詫びた。

「そうですか。じゃあ支店長ともども、お待ちしてますから」

〝支店長〟というところを一段と声高にいい、柳井からの電話は切れた。

「柳井さんはなんと?」

殿村が心配そうにきいた。

「ナカシマがプレス発表したらしい。すぐに報告に来いとさ」

待ち受け画面が表示された携帯を折りたたみながら、佃はいった。「先に向こうから連絡をもらったのはマズかったな。行ってくるわ」

「私も行きます。ご一緒させてください」

殿村は即座にいった。

5

支店長の根木が、不機嫌な顔で黙り込んでいた。

銀行の応接室だ。テーブルの上には、東京地裁から届いた訴状と、ステラのカタログが広げられていた。その横には、所在なげにエンジン模型が置かれている。

田辺弁護士事務所で山崎がしたように、小一時間ほどもかけてエンジンの構造と、今回問題になっているポイントを自ら説明した佃は、ナカシマ工業とのやりとりの経緯に話を移し、このたびの訴訟がいかに理不尽なものであるかを訴えた。

一通りの話を終えると、しばしの沈黙が訪れた。

「佃さんの話はわかりましたけどね」

その言葉とは裏腹に、根木の表情には苛立ちが浮かんでいた。「それはあくまでこちら側の主張であって、相手は相手でそれに対抗できるだけの証拠を挙げてくるわけでしょう」

「どんな証拠が出てきたとしても、ウチに特許侵害の事実はないし、今回の件は事実無根ですよ。負けるはずはない」

根木は佃の言い分を黙ってきいただけで、こたえなかった。仏頂面のまましばし押し黙り、

「融資、申し込まれてたんだっけ?」と、それは傍らに控えている担当の柳井への問いかけだ。

「三億円、運転資金で」柳井がこたえた。

「三億……」

親指と人差し指を広げ、さてどうしたものか、という顔で根木は顎を撫でた。柳井から佃製作所のファイルを受け取り、数字の並んだ分析シートのようなものをじっと眺めている。

「開発費にかなり突っ込んでますなあ。挙げ句、開発したエンジンが訴訟対象になるとはねぇ……」

根木は苦虫を嚙み潰した顔でつぶやく。「裁判で負けたら、御社のエンジンは、販売継続すら難しい。それ以前に、九十億円もの損害賠償をしなければならないとなると、そもそも会社の存続そのものが無理なわけで……」

「そんなことにでもなったら、この世の正義はないですよ」

佃はむっとしていった。

「正義ねえ。でもね、社長。正義と法律は違うんじゃないですか?」

根木は、世の中の道理を知り尽くしたかの目を、佃に向けた。「銀行というのは最悪の事態を想定するものでしてね。いや、だからといって、御社が負けると申し上げてるんじゃありませんよ」

同じようなもんじゃねえか——。

根木の言い様に怒りが渦巻いたとき、

「支店長のおっしゃりたいことはわかりますけど、当社も困ってるんです」

殿村があえて冷静な声でいった。「訴訟の対応はしっかりやっていきますし、経過は随時報告させていただきます。それはそれとして、融資の件はよろしくお願いします。それが無いと、そもそも資金繰りに窮してしまうことになるので。この通りです、支店長」

殿村が頭を下げた。元来、短気なところのある佃では冷静な対応ができたかわからないから、殿村が来てくれてよかった。だが、

「地合《じあ》いがよくないでしょう」

根木の反応は冷たかった。「京浜マシナリーとの取引も見直しになったばかりだ。それだけでも赤字になるのは必至だっていうのに、さらにこの係争ですよ。これで三億円貸せといわれても、正直、困るというか……。あなただって、銀行員なんだから、わかるでしょう、殿村さん」

「ちょっと待ってください、支店長」

佃はいった。「訴えられたからといって、最悪の事態を想定して融資をしないだなんて、あんまりですよ」

「結果がわかっているのなら、誰も裁判なんかしないいんじゃないいんですか」

根木は、佃の言葉に真っ向、反論した。「勝算があるからナカシマ工業だって訴えたんです。ナカシマ工業ですよ、あのナカシマ」

隣で殿村が押し黙った。支店長の話を理不尽だと思いつつも、その反応はある程度やむを得ないと理解している——そんな顔にも見える。

佃は言葉を呑み込んだ。返答に窮したからではない。ナカシマ工業という大企業が裁判に訴え

たという事実が、果たして世の中にどう映るのか、それを痛いくらいに感じたからだ。

世間に名の知れた上場企業の看板は、それだけで絶対的な信用がある。いくら中小企業が背伸びしたところで、こと社会的信用という観点からそれに対抗することは難しい。

法廷では裁判官の心証として大企業が有利だという話もショッキングだが、実は法廷などまだマシなほうで、本当に不公平なのは実社会のほうなのだ。この世の中では圧倒的に大企業が有利である。

大企業が裁判をすれば、「あの会社が訴えるぐらいだから、その会社はよほど悪どいんだろう」と誰もが思う。いくら「ウチは悪くない」と主張したところで、信用してはもらえない。

しかし、世の中がそう誤解するのはある程度致し方ないとしても、銀行まで同じように短絡的な結論に飛び付くというのは、承服し難かった。

中小企業にとって、資金の供給元である銀行は頼みの綱だ。

本来味方であるはずの銀行支店長の、端《はな》から否定的な反応には腹が立つ。

「おたくとウチとの取引はおおかた二十年にもなるんですよ、支店長」

込み上げた怒りを抑えて、佃はいった。「おたくになにか頼まれればそれにこたえてきた。お互いに信頼関係あっての取引だったはずです。正直、ウチはいま胸突き八丁の場面だ。京浜マシナリーの取引変更にも早急に対応しなきゃならないし、ナカシマ工業の理不尽なやり方にも立ち向かわなきゃいけない。そのために資金繰りの問題を解決しておくのは必要不可欠なんです。なんでもっと信用していただけないんです」

「銀行に技術的なことを判断しろといわれても、無理ですよ」

根木はつれない返事をした。「融資っていうのはそんなもんじゃない」

「じゃあ、なんなんです」

思わずきいた佃に、

「ビジネスですよ」

そう根木は、佃の目を見据えるようにしていった。


「くそっ、なんなんだ。自分たちの都合のいいときばかり、ペコペコして」

支店の駐車場に入れたクルマの運転席に座った佃は、悔しげにいってハンドルを片手で叩いた。

まったく銀行ってところは、と愚痴りたいのは山々だが、殿村の前なので口にできない。

「すみません」

殿村は、まるで自分の責任であるかのように、しおれた。

「あの根木っていう支店長がそもそもわからず屋なんだ」

「私がもっと説得がうまければ、なんとかなったのかも知れません」

たしかに殿村は、お世辞にも口達者とはいえない。

「そういう話じゃないだろ。どう話したところで、保身を考えている人間の気持ちを変えるのは難しいさ」

こんな経験をしたのは、実はこれが初めてではなかった。

かつてロケット発射失敗によって、エンジン開発主任として責任を取らされた佃は、研究所内での居場所を失った。

ロケットの打ち上げは、百億円を超える巨大プロジェクトだ。その全ては税金で賄われており、失敗すれば世論に叩かれる。責任論が浮上するのは当然といえば当然だが、それまで佃を高く評価してくれていたはずの総責任者の大場までもが、いざとなれば保身に走ったのはショックだった。実験失敗の原因を佃のエンジン設計上のミスとして〝逃げ〟を打ったのだ。

人間の本性が現れるのは、平時ではなく、追い詰められたときである。

〝検証〟という名の責任のなすりつけ合いで、それまで佃が抱いてきた人間関係の構図は脆《もろ》くも崩壊し、協力し合ってきた仲間たちは、お互いの本性を剝《む》き出しにして相手を批判し、自らの正当性を主張し合った。

一旦保身に走った人間が、いかに頑なで自分勝手か、佃はそのとき痛いほど目の当たりにしたのである。佃が研究所を去ろうと決意したのは、父の死や実験失敗による引責というだけでなく、人間関係の不信が、実は一番大きな理由だった気がする。それは一旦罅《ひび》が入ったら二度と元の姿に戻すことはできない陶器と同じだ。

「もう白水銀行は、当てにはできないな」

車を出し、重苦しく考え込んだまま住宅街を走る。会社に戻ると、殿村がすぐに資金繰り表を持ってやってきた。これから半年間に会社に出入りする金の動きを予測した表である。

「七月には金が足りなくなるってことか」

それに目を通した佃は、社長室の応接セットに座ったまま、両手を頭の後ろで組んだ。

殿村の試算では、佃製作所の決済資金は今月と来月の二ヶ月でほとんど底を尽き、売上の入金分を考慮しても七月下旬に予定されている決済には資金が不足することになっていた。佃の会社は手形を発行していないので、いわゆる〝不渡り〟は無いが、仕入れ代金を払えなければ、会社の営業は実質ストップしてしまう。行き着く先は、倒産だ。

「他の銀行では借りられないか」佃はきいた。

「とりあえず明日、銀行回りをしてみますが、あまり期待しないでください」

殿村はいった。「銀行業界では、会社の危機は主力銀行が救済するものという不文律があるんです。ウチの場合、それは白水銀行ですが、その白水が融資を拒絶したとなると、他行で融資を引き出すのは難しいと思います」

「右へならえかよ。いいな、簡単で」

皮肉っぽくいった佃に、「申し訳ありません」、と殿村はまた詫びた。

「主力銀行は親密にしている分、他には無い踏み込んだ経営情報を持っているはずだという憶測が準主力以下の銀行にはあるんです。その主力銀行が手を引いたからにはそれなりの理由があるはずだと。それにもかかわらず、その会社に融資するとなると、行内の取りまとめが難しいですし、万が一のとき責任を問われることになってしまいます」

保身、である。

「銀行の内側のことはわからねえよ」

内情を説明する殿村に、佃はいった。「だけど、ウチのことを理解して、信用してくれる銀行だって中にはあるんじゃないか。以前、殿村さんは銀行ってのは人と紙しかいないっていってたことがあったよな。であれば、ウチを助けてくれようっていう変わり者がいてもいいじゃないか」

銀行の商習慣に知悉《ちしつ》している殿村は、目を伏せて返事をしなかった。門外漢の佃にはわからない難しさがあるのだろう。

「あの、社長——」

いま、その顔を上げた殿村がきいた。「これはご相談なんですが、もし、銀行から調達できなかったら、定期預金を崩してもよろしいでしょうか。他に売却できるような余剰資産はありませんし……」

「定期を?」

滑稽な話であるが、殿村にいわれるまで、佃には定期預金を崩すという発想そのものが無かった。そもそも、定期預金というのは銀行融資の担保みたいなもので、一旦入れたら最後、崩して遣うことはできないものと思い込んでいたからである。それを、殿村は解約するという。

「それだと銀行さん、文句、いわないか。なんだっけ、その——ナントカ預金ってあるじゃないか」

「睨《にら》み預金ですか」

「それだ」

借金の担保になっているわけではないが、イザというときのために銀行が解約させないようにしている預金のことである。

「もうそんな時代じゃないですから」

殿村はいった。「金融庁もそういうのは禁止してますし」

「解約するといったら、それを担保に入れてくれというかも知れないぞ。白水銀行は、ウチが倒産するぐらいのことを考えてるだろうからな」

「入担《にゅうたん》は断ります」

殿村は、きっぱりといった。

だが、銀行からの出向である殿村にとって、預金解約は、銀行に反旗を翻すに等しいのではないか。殿村が、佃製作所のためにそこまでやるのは、簡単な決意ではないはずだ。

「殿村さん……。うれしいけれども、そんなことをしたら、あんたが気まずくならないか」

心配して佃がいうと、

「ここで雇っていただけるんでしょう、社長？」

唐突に、殿村はそうきいてきた。

ぽかんとした佃に、「私、信じてますんで」と殿村は真剣な目を向ける。「私は元銀行員ですけど、いまは佃製作所の社員です。ウチの会社のために働くのは当然じゃないですか」

あまりのことに返事ができないでいると、殿村は続けた。

「どうも私、ロベタで、勘違いされやすい人間なんですよ。銀行でもそれで大分、損をしてきました。この会社でも誤解されたかなって思うこともありますけど、でも、私はこの会社が好きだし、社長やみんなと一緒に働きたいと思ってるんです。いまさら銀行からどう思われようと構いません。それが佃製作所のためになるんなら、やらせてください」

殿村はそういうと、深々と頭を下げた。

「ありがとうな、殿村さん」

じんときた。それだけいうのが精一杯だ。

殿村は、テーブルの上に定期預金の明細表を広げる。

一緒に覗き込んだ佃は、腕組みした。

「定期を崩していったとして、どのくらい保《も》つかな」

「頑張って、一年ってとこでしょうか」

「一年……」

それが短いのか長いのか、いまの佃にはわからない。

「燃料が無くなっても、飛行機っていうのはしばらくは惰性で飛ぶらしいですね」

殿村がいった。「いまの佃製作所が、まさにそうです。融資という燃料が切れて、後は飛べるところまで飛ぶ。それが一年です」

「その間に新たな給油地を見つけないとマズいってわけだ」

「その通りです」

殿村が真剣な顔でうなずいた。「そのために、まずこの訴訟を乗り切りましょう。もし、裁判で負けでもしたら、いや、負けなくても、この一年という間に決着がつかなくなってしまったら、そのときは——」

「墜落、か」

セイレーン——。ふと、佃はかつて自分が開発したエンジンの名前を思い出した。あのとき軌道を外れていったセイレーンと同様、佃製作所もまた徐々にその軌道を外れつつある。

セイレーンと同じように海の藻屑と消えるか、再び、成長軌道に乗ることができるか。

これからが、正念場だ。

6

「お帰り。ご飯は食べたの？」

佃が帰宅すると、母の和枝が迎えに出た。佃の家は、母と長女の三人暮らしだ。

「いや、まだ。ずっと会社にいたから」

「そう。それはお疲れさま」

母にいわれるまで、自分が空腹だということすら忘れていた。

「今夜はサバの煮付けよ」

母はいいながら、鍋をコンロにかけてスイッチを入れる。「いま温めるから、あんた風呂に入っといでよ。ゆっくりでいいわよ」

「そうさせてもらうよ――おい、ただいま」

続きになっているリビングに向かって、佃は声をかけた。そこでは、娘の利菜《りな》が、ソファに座ってテレビを観ている。

うん、とかなんとか、めんどくさそうな返事があった。今年中学二年生になるが、まともに口をきいてくれなくなったのは、かれこれ半年ほど前からだ。なにがあったのかわからないし、佃のなにが気に食わないかもわからない。成長の一段階といわれればその通りだろうが、ある日突然そうなってしまったのには、佃も驚いた。

「学校どうだった。なにかおもしろいことあったか」

利菜は、中高一貫の私立中学で、バドミントン部に所属している。文武両道が学校の方針で、部活動も活発だ。毎週、月水金の三日間は朝練がある。

「べつに」

利菜はリモコンをとると、その日塾に行っていた間に録画していたらしい歌番組のボリュームを上げた。

佃家のリビング一杯に、最近流行りの曲が響きはじめる。

「うるさいよ」

つい、腹立たしげにいうと、「うるさいのはそっちじゃん」という反論がある。

「そんなこというんなら、テレビ、切るぞ」

「止めてよ。静かにすりゃあいいんでしょう」

不機嫌にいった利菜はテレビのラックを開け、中からヘッドホンを取り出した。大音量の歌がたちまちシャカシャカ音に変わり、佃の嘆息がきこえるほどの静けさはとりあえず確保された。

「カッカしなさんな」

キッチンに立ちながら、母がなだめた。「そういう年頃なのよ。なんでもオヤジに反抗するの。そんなときはなにいってもだめなのよ。私にもそういうときがあったわ」

「何年前の話だよ」

ネクタイを緩めながら、台所と居間がひと続きになった部屋を出た。浴室に向かおうとすると、

「あ、そうそう」、と台所から廊下に顔を出して、母が小声でいった。

「そういえば、さっき沙耶《さや》さんから電話があったよ」

佃は一瞬足を止め、仏頂面を作った。別れた妻である。

「へえ。で、なんだって？」

「またかけるってさ」

沙耶が佃の家を出ていったのは、佃が家業を継いだ翌年のことであった。

もともと沙耶は同じ大学に在籍していた研究者で、大学時代、同じテニスサークルだったことから付き合いはじめた。

理知的な顔立ちのしっかりした女性で、サークルの話し合いでは率先して意見をいい、議論になると負けたことがない。

佃が大学院に進むと、分野は違うものの沙耶もそれに続き、さらに博士課程にも進んできた。交際はそのときも続いていて、佃が助手として大学に残ることが決まったとき、まだ院生だった沙耶と結婚し、まもなく利菜が生まれたのだった。

同じ研究者として、また妻として沙耶は刺激的で、いつも魅力的だった。

幸せな結婚と研究者としての生活。しかし、その二つを手に入れたはずの人生が狂いはじめていくきっかけを作ったのは、やはりというべきか、あの打ち上げ失敗だ。

「へえ。そんなことで、辞めるんだ」

研究所を退職したいと思っていると相談したときの佃に、沙耶は侮蔑するような口調でそういった。当時もいまも、研究者としての王道を進み数々の論文で成功を収めていた妻にしてみれば、佃の挫折が許せなかったのかも知れない。

「君にはわからないんだよ」

散々悩み、熟考した末に出した自分なりの結論を嘲笑され、佃は言い返した。

それが、順調だったふたりの関係に、すきま風が吹きはじめた瞬間だった。

慣れない社長業に四苦八苦する佃、実体経済とはまるでかけ離れたところにいる、世間知らずの研究者——。

佃が研究者を辞めたことで激変した環境が及ぼす影響は、様々なところに出てきた。まず、社長になってみるとそれは存外に忙しく、分担していた家事ができなくなった。社長の妻としての役割を沙耶にも求めなければならない場面が出てきて、彼女にも負担が増えた。

意見のすれ違いも多くなり、喧嘩も絶えなくなった。一致していたはずの価値観がズレはじめ、修復不可能な領域へまでどんどん軌道を外れていく。

同じ頃、筑波の研究施設から客員教授で来ないかという話を、沙耶は、受けた。

佃との別居生活を選んだのだ。まだ小学二年生だった幼い利菜を置いての決断。沙耶は、家庭より、キャリアをとった。

月に一度帰ってくるか来ないかの別居生活がはじまり、最初一年の予定だった客員期間がさらに二年の延長と決まった時、別れ話は沙耶のほうから切り出された。

「いまのあなたには夢も希望もない」

沙耶は、いった。「考えているのは、いつもお金のことばかり。私はこれからの人生を、そんな人と一緒に過ごしたくはない。自分を誤魔化しながら生活していくのはもうまっぴらなの。私は、自分に正直になりたい。悔いのない人生を送りたいから」

身勝手な話だと思う。だけど、それは沙耶の本音に違いなかった。優秀で、完璧主義。上昇志向のかたまりで、妥協が許せない性格。

その沙耶にとって、研究者の道を捨て、中小企業の経営者になってしまったパートナーは、ロマンチストから現実主義者に転落した、落伍者に見えただろう。

「お前の勝手で別れるんだから、利菜は渡せない。それでもいいか」

話し合いの最後に佃が出した条件を、沙耶は呑んだ。

最後の夜、妻は、夫婦の話し合いのことなどまるで知らないで眠っている娘と添い寝をし、翌朝早く、仕事にでも行くようにして家を出ていった。佃が判を押した離婚届を鞄に入れて。

佃は、居間にかけたスーツのポケットから携帯をとって二階の自室に上がった。

携帯を開けると、待ち受け画面に「不在」の表示があった。

沙耶だ。どうやら携帯につながらなかったために、自宅にかけてきたらしい。佃からかけ直した。

「ああ、お忙しいところごめんなさい。ちょっと気になるニュース、聞いたもんだから。あなた、ナカシマ工業に訴えられたでしょう」

久しぶりにきいた沙耶の声は、仕事相手とでも話すように、はきはきとしている。髪を掻き上げるそぶりが目に見えるようだ。

立ち上がり、無意識の動作でカーテンを開けた。携帯を握りしめ、疲れた顔をした中年男が窓に映っている。

「大丈夫かなと思って。ナカシマ工業って、私も少し付き合ってるけど、法廷戦略っていうのかしら？　そういうの得意らしいわ。専門の弁護士部隊も揃えてるっていうし。あなたの会社の弁護士、どうなってたかなと思って」

「君に心配してもらう筋合いじゃないさ」

冷ややかに、佃はこたえた。

「そう。ならいいか」

沙耶はあっけらかんとしていった。

「それだけか」

「それだけよ」

じゃあ、と電話を切りかけたとき、「あの――」、と沙耶が続けた。

「もし、弁護士に困ってるんなら、紹介してあげてもいいわよ。知財専門の凄腕《すごうで》。田村・大川法律事務所出身」

「なんだその、田村・大川って」

「知らないの？　ナカシマ工業が契約している弁護士事務所。そこのピカ一が、何年か前に、独立した。ナカシマ工業の金儲け主義に加担する事務所の方針と対立して。興味ある？」

「生憎《あいにく》、ウチにも弁護士はいるんでね」

田辺弁護士の顔を思い浮かべながら、佃はいった。

「そっか。じゃあね。元気そうで安心したわ。利菜によろしく伝えて。今度の土曜日、一緒に買い物行く約束してるから、その件もよろしく」

君のほうは、最近どうなんだ――それをきく前に、さっさと元妻との電話は切れた。

「いつまで経っても自分勝手だな」

携帯をベッドに放り投げ、佃はひとり毒づいた。

7

「それにしても、あの佃製作所って会社の社長、なにもわかってませんね。訴えた相手に電話してくるなんて、シロウト丸出しですよ」

部下の西森がそんなことを口にしたのは、飲み直しに飯倉片町《いいくらかたまち》にある馴染みのバーに入ったときだった。取引先の接待から解放された後である。送っていくという先方の申し出を丁重に断って、タクシーチケットだけもらって別れた。

この日の午後、佃社長からかかってきた電話をとったのが西森だった。佃を訴えたナカシマ工業事業企画部の係長である。

小馬鹿にした部下の口調に、三田も、ふんと鼻で笑った。勧められるままに酒を飲み、すっかり酔っぱらっている西森は、いつになく口が軽い。

「元研究者かなにか知りませんがね、所詮、中小企業は中小企業ですよねえ。リスク対策なんてなにもないんですから、あきれるっつうか」

当たり前だろ、と三田は思う。中小企業で、訴訟リスクまで考えてるところがどこにあるものか。そんなものは無いのが当然だし、だから好都合なのだ。

「これはウチの勝ちですね」

まだはじまってもいない裁判の結果を、西森は酔眼で決めつけた。

西森は今年三十二歳になる男で、つい三ヶ月ほど前、部内の異動で三田の下に来た。仕事振りは可もなく不可もなく。独身で小洒落ているから女子社員には人気らしいが、部下としては少々物足りない。

「ぶっちゃけていうが、勝てるかどうかは問題じゃない」

軽口を叩く部下に三田は重々しくいった。「勝訴は当然だ」

バーの薄暗い虚空に視線を投げ、三田は狡知を滲ませた笑いを唇に浮かべる。

「ウチが訴え、プレス発表する。佃製作所を特許侵害で訴えましたってな。さて世間はどう思うかな？　いままで佃製のエンジンを買っていた会社は、どうするだろう。付き合っている銀行はどうだ？　さてそれから、いよいよ裁判に突入だ。莫迦にならない金もかかるし、手間もかかる。その裁判が長引いたらどうなるか……。佃がどれだけ耐えられるか、見物《みもの》じゃないか」

「なるほど、兵糧攻《ひょうろうぜ》めってわけですか」

西森は顔の半分を引きつらせて笑った。「そうやって自滅してくれれば、裁判がどうなろうとウチの勝ちですよね、たしかに」

「やっとわかったか」

三田は大きく両手を上げて接待で凝った背筋を伸ばすと、いつもの説教染みた話を続ける。

「いいかよく聞け。この世の中には二つの規律がある。それは、倫理と法律だ。俺たち人間が滅多なことで人を殺さないのは、法律で禁止されてるからじゃない。そんなことをしたらいけない、という倫理に支配されているからだ。だが、会社は違う。会社に倫理など必要ない。会社は法律さえ守っていれば、どんなことをしたって罰せられることはない。相手企業の息の根を止めることも可能だ。どうだ、ちょっとした発見だろ」

そのために、訴訟というツールを使う。ナカシマ工業の十八番だ。

しかも相手が中小企業となれば、その得意技がもっともハマる構図といってよかった。

「こうなりゃ、佃にはとっとと潰れてもらいましょう！」

酔っぱらい特有の明るさで、西森は言い放った。「あの会社がなくなれば、小型エンジンはウチの独擅場《どくせんじょう》です」

「まあな」

三田は気取った格好でグラスを口に運ぶ。「だけど、西森。実はこれにはもうちょい、〝ひねり〟がある」

「ひねり、すか」

西森はぽかんとした顔をしてみせた。

「佃を完全に潰すのはベストじゃない。半死半生ぐらいがちょうどいい」

「ハンシハンショウ？」

四字熟語が頭に浮かばなかったのか、西森の目がぐるりと回った。「なんでですか。あんなクソ会社、ぶっつぶしたほうが気持ちいいじゃないっすか」

ろくに佃製作所のことを知らないはずなのに、西森は目の敵《かたき》にしている。

「じゃあ、こういえばわかるか」

三田は気障《きざ》ったらしく人差し指を立てた。「お前はイギリスの艦隊を指揮している。いま、ナポレオン軍の艦隊を発見したが、その船には財宝がわんさか積まれているとする。そのとき、船を沈没させちまうのが果たして最善の策だろうか」

「沈む前に、財宝は手に入れたいであります！」

どこまでも軽い部下は、敬礼してみせた。

「だろ？　同じことさ」

三田は底光りのする目を虚空に投げる。「佃が強力なライバルである所以は、その技術力にある。沈めるには惜しい宝だ。だから、痛めつけ、死にそうなところで手を差し伸べる」

「和解案ってわけですね」

意味がわかっているのかいないのか、西森はすかさず、いった。

「その通り。ウチに賠償金を払う代わり、佃は株式の過半数を差し出す。それで佃製作所はナカシマ工業の傘下に入るってわけだ。どうだ、このスキーム」

「でも、そんな条件、飲みますかね、あの社長が」

ふいに西森は疑問を呈した。「なんか電話の感じでは、えらくタカビーでしたけど」

「金は人を変えるんだ」

自らの信念を、三田は口にした。「明日の米を買う金が底をついて、従業員に払う給料も心細くなってくる。仕入れ代金の支払い期日が迫り、金融機関からは借金の督促が来る。このままいけば、家族も従業員も路頭に迷うってときに、ウチの和解案は、地獄で仏の救済案に見えるだろうな。それに飛び付かない経営者がいたらそいつはバカだ」

「さすが、三田さん。考えることがナイスですね」

西森はおだて、親指を立てた。

「これがナカシマ工業の戦略だ。よく覚えておけ」

三田は誇らしげにいうと、空のグラスをバーテンに掲げ、おかわりを告げた。

8

「覚悟はしていましたが、感触は予想以上に厳しいですね」

殿村は疲れ切った表情をしていた。白水銀行に断られた三億円の融資を引き受けてもらう先を探すため、連日銀行回りをしているのだ。

午後五時から開いた経営会議の席上だった。

「東京中央銀行と城南銀行にそれぞれ一億五千万円ずつ申し込みをしたのですが、やはり訴訟の件と、メインバンクの白水銀行から融資を断られたというのがネックになって難航しています。東京中央からは昨日、正式に見送りの連絡がありました。城南のほうはいま稟議《りんぎ》中ということですが、担当者の話では、どうも見込み薄です」

「メインバンクが断ったらほかも断るなんて、それじゃあ、メインからそっぽ向かれた会社はどこも借りられなくなっちまうじゃないか」

悔しさに舌打ちしながら、佃はいった。

「銀行の事情もあると思うんです。融資してひっかかったら大バッテンをくらいますが、融資しなきゃバッテンはありませんから。この御時世、キャリアに傷が付くかも知れない冒険をしようという支店長はなかなかいません」

殿村の口調には、閉塞感が漂う事態への苦悩が滲んでいた。

「金融公庫はどうだ。あそこは少しは違うんじゃないか」

佃はいったが、殿村は首を振った。

「すでに当たってみましたが、枠がないということで……」

はあっ、と深く嘆息した佃は、「やっぱり貯金、遣っていくしかないか」、と諦め口調でいった。

「定期を解約する件は、すでに白水銀行にいって話をつけてあります」と殿村。

白水銀行は殿村の古巣だ。いや、正確にはまだ紐付き出向の身分で、給料の一部は白水銀行から出ている。殿村は黙っているが、いままで積み立てた七億円もの定期を遣わせてくれというのは、さぞかしつらい交渉だったろう。

それで食いつないで、あと一年。

その間に、訴訟を乗り切り、京浜マシナリーからの取引停止で減った売上を穴埋めしなければならない。

一年という時間は、あまりにも短い。

ナカシマ工業から訴えられて二週間が過ぎ、いまはもう、五月も下旬だ。訴訟の余波は、商売のあらゆるところに及びはじめている。もしかするとそれ以前に、資金繰りに窮する場面が出てくることだってあるのではないか。

不安に佃が表情を曇らせたとき、営業第一部長の津野が挙手をした。

「あの、私からひとつ、よろしいでしょうか」

いつにない硬い表情である。「実は、京葉平和エンジニアリングから、ステラの発注をキャンセルしたいという話がありました」

会議室に動揺が走った。

「なんでだよ。もう製造ラインに載ってるだろう」

佃が慌ててきくと、「そうなんですが……」と津野も唇を嚙む。

「先方の言い分としては、メンテナンスが問題だと。もし訴訟に負けて販売差し止めにでもなれば、部品交換などに支障が出てくるはずだというんです。私も、そんなことにはならないと説得したんですが、あちらも譲りませんで」

思わず黙った佃に、「訴訟を乗り越えなきゃ、次がないですよ。裁判のほうはどんな具合なんですか」、尋ねた津野は悲痛だ。

「答弁書は送った」

佃はこたえた。「来週、第一回の口頭弁論が開かれる」

「それで見込みはどうですか？」

津野は少し遠慮がちにきいた。「いや――ウチが負ける理由なんてなにもないと思いますけど、法律論としてやり合ったとき、どうなのかなと思いまして」

佃は返答に窮した。田辺に任せてみたものの、正直、心許《こころもと》ない。

「田辺弁護士の実力を疑うわけじゃないんですが、特許訴訟となると特殊な分野ですからね」

傍らからそう発言したのは、技術開発部長の山崎だ。

山崎は、田辺にいわれた通りの文面を作成して提出し、それから二度、三度と田辺に呼び出されては説明を求められていた。

オタクっぽい長髪をかき分け、ちらりと佃を見る顔には、弁護士を代えたほうがいいんじゃないですか、と書いてあるようだ。

「ナカシマ工業の弁護士は、スペシャリストなんですよね」

津野が、不安を募らせた。「そんな連中を向こうに回して、ほんとうに大丈夫なんでしょうか」

「技術の理解だけが全てじゃないと思う。田辺先生も百戦錬磨のベテラン弁護士なんだから、うまくやってくれるだろう」

祈るようにいった佃の言葉は、半分は自分に向けたものだ。テーブルを囲んでいる誰もが難しい顔で押し黙り、唇を噛んだり、腕組みをして天井を見上げたりしている。それぞれの思惑はあるだろうが、それを口にするものはいない。社長の佃がそういうんだから、とりあえず従うしかない——全員がそう思っているのは佃にも伝わってきた。だが——。


第一回口頭弁論の当日、原告側に座るナカシマ工業側代理人を前にして、田辺の表情は強ばっていた。

「被告側はこちらの主張をことごとく否認されていますが、あまりに見当外れで、そもそもきちんとした検証がなされたのか甚だ疑問です」

突如、原告側代理人がそう主張したからである。

実際、傍聴席で見ていた佃にしてみれば、「どこが見当外れなんだよ」、と出て行きたいぐらいの場面だ。

そんな佃の思惑をよそに、ナカシマ工業の弁護士は、たたみかけるように専門用語を駆使した技術的な指摘をしてみせた。

「初回の口頭弁論ではありますが、被告側代理人、いまの指摘についてはどうですか」

問うた裁判長に、田辺は表情を強ばらせた。

「マズいですね、社長」

小法廷の静けさの中で、並んで成り行きを見守っていた殿村が耳打ちする。

「その点については次回までに反論したいと思います」

田辺は逃げを打つ。だが——、

「異議あり」

ナカシマ側の代理人は容赦なかった。

「被告側の答弁書は根拠について整理不足です。これでは、当事件の口頭弁論および準備手続きに支障が出ると思われます」

ナカシマ工業の代理人は、自信に満ちた態度だ。「いま我々が指摘したのは、当事件に係る侵害論の基本的事項ばかりです。被告側代理人は、先ほどの認否において、我々の主張をことごとく否認しておられますが、いま指摘した事柄は、否認するという結論を得るために必ず検討しなければならないポイントです。現時点で、これに対して的確な回答を出せないというのは、どうやって答弁書を作成されたのか理解に苦しみます」

敵意というより、余裕綽々《しゃくしゃく》の表情を浮かべ、ナカシマ工業の弁護士は着席した。

なんていったっけ……佃は元妻との電話を思い出そうとしていた。ナカシマ工業の顧問弁護士事務所の名前だ。

いま発言を終えて着席したのは、四十過ぎの、頭のキレそうな銀縁メガネの男だった。その脇には、まだ二十代と思《おぼ》しき、若い弁護士がひとり控えている。ふたりとも働き盛りで、エネルギッシュな印象を見るものに与えた。

それと比べると、田辺弁護士は、六十歳という年齢のせいかいかにも弱々しく、みすぼらしく見える。被告側の席に置いたよれよれのカバンも一層、その印象を濃くしていた。

それは、いつだったか佃製作所が巻き込まれた損害賠償請求訴訟で見せた自信満々の勇姿とは、あまりにもかけ離れていた。同じ弁護士としての仕事でも、専門が異なるとここまで違うのかと、驚きを禁じ得ない。

田辺から受けた事前説明によると、第一回口頭弁論では、せいぜい書類の確認と争点の認否ぐらいしかないという話だった。予想外の展開である。

逆に、これがナカシマ工業の法廷戦略だというのなら、佃製作所はいま、完全にその術中に塡《は》められたといっていいのかも知れない。

「どうですか、被告側代理人。できればこの後、時間をいただいて計画審理の手続きに入りたいと思っていますが、目録の対案について作成期日を具体的に設定できるだけの状況にまでなっているんでしょうか」

少し甲《かん》高い裁判官の声に、非難めいたものが滲んでいる。

「現在、否認に関する証拠を固めているところであります」

額を汗で光らせた田辺の発言が法廷に響いた。「ですが、現時点では目録の対案をいつ準備できるという日時は見えません。次回の弁論準備手続きで、まとめてスケジュールを固めさせてください」

「そうですか」

そうつぶやくまでの数秒、裁判官は田辺に視線を据えた。「では、残念ですが今回はここまでということで――それで次回の弁論準備手続きですが……」

代理人同士が予定を口にし、決まったのは約四十日後の日時だった。佃自身、かなり緊張してこの法廷に臨んだが、終わってみれば三十分足らずのあっけなさだ。しかし、その中でナカシマ側の弁護士は、着実に裁判官の心を摑み、ポイントを稼いだ気がする。

「これじゃあ、いつになったら結審するか知れたもんじゃないな」

佃は、落胆した。

「まったくです」

殿村が真顔でうなずいたとき、唇を一文字に結んだ田辺が法廷から出てきた。

「お疲れさまです」

声をかけると、「ちょっといいですか」、といって田辺は歩き出した。そのまま隣接するビルにある喫茶店に入る。

「まあ、少々予想外の口頭弁論になりましたが、今日のところはあんなもんでしょう」

田辺は平静を装い、運ばれてきたコーヒーを一口すすった。「次回の弁論準備手続きの場では、突っ込んだ争点整理があるからそれまでに証拠関係をしっかり準備しないとまずい。聞いての通り、向こうの代理人は技術に関して詳しいようだし」

佃は、どうこたえていいものやら、わからなかった。

正直なところ、今日の裁判は、納得しかねる。

裁判開始に向けて、訴状はしっかり検討したし、争点についても、田辺には入念に主張の根拠を説明してきたつもりだ。その内容をきちんと理解していれば、先ほどのナカシマ工業側の突っ込みなど、どうということもなくかわせただろうし、逆に論破だってできたかも知れない。なのに、田辺はそうしなかった。いや、できなかった。

「次回までに、御社の主張をもう少し詳しくして文書でいただけますか」

田辺の言い方に、「あのですね、先生」、と思わず佃は口を開いた。

「この事件、少々荷が勝ち過ぎているということはありませんか」

いましがたの裁判で喉が渇いたか、コーヒーと水を交互に口に運んでいた田辺の手が止まった。

佃は続ける。

「さっき相手の弁護士が指摘した事項は、非常に基本的なことだし、いままで先生にお話しした内容が理解できていれば簡単に論破できるものでした」

「佃さんは技術屋だからいいですよ」

田辺は、心外そうに反論した。「門外漢の人間にとって、専門知識を理解した上で、いきなり出てきた指摘に応戦しろといわれても、それはちょっと難しいでしょう」

「たしかにそうかも知れません」

佃はできるだけ穏やかにいった。「だからこそ、今回の訴訟は厳しいという気がするんです。それに、向こうの弁護士は、どうも技術系の知識がかなりあるみたいじゃないですか。これから裁判をやっていく上で、指摘されてわからないことがあるたびに、また次回に回答します、という言い逃れでは時間ばかりが経って……」

「言い逃れじゃありませんよ、あれは」

プライドを傷つけられ、田辺の語気に鋭さが混じった。「裁判っていうのは、そういうもんなんです。その場で準備もしていない反論をして言葉尻をとられるようなことになったら、それこそ向こうの思うツボだ」

田辺のいってることは正論かも知れない。だがそれでは、いつ裁判が結審して佃製作所の無実が証明されるのか、まるで見えない。

佃製作所に与えられた資金繰り上の猶予は一年しかない。

だが、この調子では、一年という期間など、あっという間に過ぎてしまうだろう。

そのとき佃製作所は、崖っぷちに立たされる。しかし、どうすればそれを乗り越えていけるのか、いまの佃にはわからなかった。

胆汁《たんじゅう》が込み上げてくるときのような苦みが口中に広がっていった。

「一年しかないんです、先生」

そのとき、傍らから口を出したのは殿村だ。

両手を膝に置き、背筋を伸ばした殿村は、思い詰めた表情で、田辺を見ている。「いや、実際の資金繰りを考えれば、十ヶ月程度で結審したい。それまでになんとかこの裁判を勝たないといけないんです」

「そんな時間のことをいわれてもねえ」

田辺からは否定的ともとれる言葉が出てくる。「だいたい、侵害論を決着させるだけでも、そのぐらいの時間はゆうにかかるでしょうし」

侵害論とは要するに、ナカシマ工業の特許を佃製作所が侵害したと主張している部分の認否について審理することだと田辺は解説を加えた。ここでもし特許侵害の事実があると認められたなら、次に損害賠償請求についての審理に移る。特許裁判というのは、常にその二段構えの構成になっているものらしい。

「特許侵害は無かったっていってるじゃないですか、先生」

佃は少しむっとしていった。「だったら、その侵害論の部分だけでこの裁判は終わらせられるはずです」

「完璧に証明できればね。でも、実際には向こうもあれこれ証拠を挙げて反論してくるでしょうし、その中で百パーセントこちら側が正しいという結論を得られるかどうかです」

「その結論次第では、ウチがナカシマ工業に損害賠償するってことですか。冗談じゃないですよ。少しでもウチがナカシマに金を払うような判決なら、それは負けも同然です」

憤慨して佃はいったが、「裁判官の心証もありますから」、と田辺は弱気な発言をした。ろくに反論もできずその心証を悪くしているのは田辺なのに、それは棚に上げての発言である。

「あなたが自分が正しいといくら主張したところで、裁判官がそれを認めなければなんにもなりません」

「それはそうかも知れませんけど、しかしですね――」

口惜しいやら、腹が立つやら。佃が唇を噛んだそのとき、

「先生、申し訳ありませんが、この裁判、弁護士の選定からやり直させてもらえませんか」

思いがけないひと言が割って入った。殿村だ。

「なんですって?」

ベテラン弁護士は、その瞳に怒りを溜め、いつもより四角く見える殿村の顔をまじまじと見ている。

「依頼してきたのは、お宅じゃないですか。それを降りろってなんですか。第一回の口頭弁論しか終わっていないのに」

「ウチには時間がありません」

殿村は毅然とした顔を田辺に向けた。「ですが、今日のようなやり方では時間切れは目に見えてます。さっきの口頭弁論だって、うまくやれば計画審理のスケジュール調整まで行けたと思うんですよ。そうすれば、だいたいの進み具合だって読めたかも知れない」

「だからね、いってるでしょう」

田辺は、怒りの滲んだ口調でいった。「生半可《なまはんか》なことをいえば、相手の思うツボだって」

「生半可なことなんか、いわなきゃいいじゃないですか」

殿村は反論した。その反論は、どこか子供じみてきこえたが、本人は大まじめな顔でベテラン弁護士に歯向かっている。

「それができれば苦労しないよ。あなた、裁判がどんなものかわかってないんだ」

田辺は、不愉快極まる顔を佃に向けた。「もし、代理人を変更されるというのなら、どうぞ。勝手にされたらいい。検討して返事をくださいよ。それまで、私のほうでもこの事案については放っておきますから」

田辺は、佃と殿村のふたりを置いてさっさと席を立っていった。

9

「すみません、社長。出過ぎた真似をしまして」

会社に戻り、対応を協議するために社長室に入ると、殿村が詫びた。

「気にするな。少々びっくらこいたが、本当はあれ、オレがいうべきセリフだったと思う」

殿村は顔を上げて少し驚いた顔になり、やがて「すみません」、とまた口にした。

訴状が届いたとき、殿村が懸念したのは、まさしく今日の裁判のような光景だったかも知れない。

知財に詳しい弁護士に依頼してはどうかという殿村に、顧問弁護士だからという理由で田辺に話を持っていったのは、佃だ。

だが、どうやらそれは間違っていたらしい。

「この裁判は、法律論より技術論がメインです」

殿村はいった。「だとすれば、法学部を出ただけの文系弁護士じゃ勝てません。やっぱり、技術がわかる弁護士じゃないと」

「ナカシマ工業がやとっている弁護士みたいにか」

「そうです。そういう弁護士を探しましょう、社長。大至急です」

「いるかな、そんな弁護士が……」

つぶやいた佃は、ふと沙耶の話を思い出して顔を上げた。

「なにか心当たりでも？」

――弁護士、困ってるんなら、紹介してあげてもいいわよ。知財専門の凄腕。

「どういう弁護士ですか」殿村がきいた。

「なんでも、ナカシマ工業が契約している弁護士事務所にいた先生らしい」

「ナカシマの？」

さすがに驚いて殿村はきいた。「その事務所にいた弁護士が、どうして――」

「独立したんだ。デキる弁護士らしい」

「社長」

殿村が体を乗りだした。「その先生と会ってみましょう。それでもし、引き受けていただけるのなら、そのほうが絶対いいです。連絡していただけませんか」

元妻に頼み事をするのはあまり気が進まないが、殿村に頭を下げられ、佃は携帯を取り出した。

「ああ、どうも。なにか用？」

元妻の声はけだるそうにくぐもって聞こえる。

「悪いな。忙しいところ、大丈夫か」

具合でも悪くして寝ていたのではないかと思った佃がきくと、

「違うのよ」

沙耶はいった。「学会でロンドンに来てるの。いま、まだ朝の六時で」

学会だとかロンドンだとか、いまの佃の境遇からはかけ離れたものに思える。

「この前いっていた弁護士、紹介して欲しいんだ」

返事があるまで、少し間があった。

「裁判、どんな感じなの」

「今日、第一回の口頭弁論というのがあったんだが、正直なところ、あんまり調子がいいとはいえない。ウチの代理人を信用しないわけじゃないが、負けないまでも、このままじゃ時間がかかって、こっちの財布が保たない」

「中小企業の体力は限られてるからね」

「その通り」、と認めた佃は、「それで、この前、君がいってた弁護士を紹介してもらいたいんだ」といった。

「いいわよ。名前は、神谷――」

「ちょっと待って」

机の上をひっくり返してメモを探す佃に、「メールするからいいわよ」、とまるでこっちの様子が見えているかのように沙耶はいった。

「西新橋の、弁護士事務所ばっかり集まってるビルに事務所があるんだけど、とりあえず、私から神谷先生には連絡しておくわ」

沙耶から、神谷の連絡先を知らせるメールが届いたのは、電話を切って数分後のことだった。

――いまなら事務所にいらっしゃるようだから、連絡してください。早いほうがいいでしょう。貴重な時間は有意義にね。

神谷修一弁護士。神谷・坂井法律事務所代表。虎ノ門の住所だ。

デスクの電話でその番号にかけながら、メールの最後に書かれた一文を佃は何度も眺めた。

――知財関係では国内トップクラスの凄腕。

10

殿村、そして山崎も含めた三人で、虎ノ門にある事務所に神谷を訪ねたのは、初夏の陽射しが眩しい六月最初の月曜日のことであった。

エレベーターで七階に上がり、殺風景なほど飾り気のない小綺麗な通路を歩いていくと、電話が一台置かれているだけの受付がある。

内線電話の一覧表に、登録している弁護士の名前が並んでいた。その一番上にある神谷弁護士の内線にかけると、秘書らしい女性が出てきた。通されたのは、大きなテーブルと革張りの椅子が並んだ会議室のような部屋だ。

待つこと数分。現れたのは、意外なことに佃と同年代の人なつこい雰囲気の男だった。この分野で国内トップクラスの弁護士というから、どんな大先生が出てくるのかと思っていたので、その若さにまず驚かされる。

「お待たせしました。このビルの場所、すぐにわかりましたか?」

そんなことをききながら、脇に抱えてきた資料のかたまりをデスクに置く。

一昨日佃製作所から送付した資料だった。訴状や、佃製作所とナカシマ工業がそれぞれ製造しているエンジンのカタログと仕様の説明書。それに佃製作所で作成した両者の比較検討資料、さらに争点とされる特許の資料も含まれている。小さな段ボールが一杯になるぐらいの膨大な資料だが、いまそれにはたくさんの付箋が付いていた。どうやら、この二日間で、神谷はその資料に目を通したらしい。かなり大変な作業だったろうが、そんなそぶりは微塵も見せなかった。

運ばれてきたコーヒーを勧めた神谷は、「それにしても大変でしたね」、といった。

「ナカシマ相手では、一般の弁護士だと太刀打ちできないことが多々ありますから」

第一回口頭弁論の内容は話していないが、こうして訪ねてきたことで、それがどんな具合だったか、神谷にはおおよその見当がついているのだろう。

「失礼ですが、和泉先生と佃さんはどのようなご関係なんですか」

「元妻で――」

少々気まずい思いをしながら、佃はこたえた。沙耶の奴、どうせ紹介してくれるのなら、最初からそのへんのことは説明しておいてくれてもよさそうなのに。相変わらず気が利かない。

「あ、それは失礼しました」

神谷は苦笑して頭をかいた。「和泉先生、なにもおっしゃらなかったので、研究所のご関係かなにかかと。でも、佃さんも以前、研究職でいらっしゃったんですね。ホームページを拝見させていただきました」

「そうなんです」佃はいい、随行のふたりを紹介する。「こちらが技術開発部長の山崎。私の大学の後輩でもあります。そして、こっちは、経理の殿村」

かしこまった殿村は、「よろしくお願いします」と律儀にお辞儀をした。

早速本題に入った。

「まず、資料をありがとうございました。大変、参考になりました。ただ、いくつかわからないことがあるので、裁判の話になる前に、私から質問をさせてください。少し長めに時間をいただいたのはそういう理由なんです」

二時間ほど打ち合わせの時間をとってくれという話は聞いている。

待ってましたとばかりに、山崎が、抱えてきたエンジン模型をデスクの上に置いた。

「最初にお伺いしたいのは、御社のエンジンの構造についてなんですが――」

広げた資料の一番上に載っていたメモを手に、神谷は山崎に専門的な質問を向けた。

それから小一時間ほどの時間は、裁判の打ち合わせというよりも、神谷弁護士の興味と関心、そしてなにより疑問を解消するためのレクチャーに割かれた。

驚いたのは、神谷の専門知識の高さだ。

弁護士というより、研究者を相手にしているような錯覚を何度も覚えるほどである。いや、神谷自身、弁護士という仕事はしていても、おそらく技術者としても一流の人間なのだ。

それは、ここに来る前に見たホームページのプロフィールからも見てとれた。

技術系の大学を出た後、しばらくメーカーに勤務しながら一旦弁理士になり、その後、法律を勉強して司法試験を突破したという神谷の経歴は、まさにいま佃製作所が必要としているものと一致している。神谷の探究心は、弁護士的というより、佃にとって馴染みのある研究者のそれだ。

質問ひとつにも、神谷の質の高さが滲んだ。無駄な質問はひとつもなく、ダブりもない。

「だいぶ謎が解けました」

長いやりとりの最後、そんなふうにいって笑った神谷に、「いえ、こんなことぐらい、なんでもありませんよ」と、佃は心の底からいった。

銀行しかり、田辺弁護士しかり。技術的なことを説明する難しさをイヤというほど思い知らされた後である。なにかといえば技術論を後回しにする傾向のあった田辺と違い、神谷の努力はまず、争点とされる技術そのものを理解することに向けられていた。

「よく質問していただきましたと、こっちからお礼をいいたいぐらいです」

大袈裟にきこえたかも知れないが、本心である。

神谷はもう一度ナカシマ工業からの訴状と、ナカシマ工業が取得した特許の内容にざっと目を通して腕組みした。

「そうだな……」

神谷の顔から笑顔が消える。「佃さんの主張はよくわかりますが、本件の場合、法廷でそれを完璧に認めさせるのは難しいかも知れない」

「そうですか……」佃は落胆した。

田辺のように技術がわからない弁護士ならともかく、神谷からいわれると余計にショックだ。高まっていた期待が、すっと萎んでいくのがわかる。

「でも、正直、まったく納得がいきません。ウチの技術が特許侵害なんて、言いがかりもいいところだと思ってます」

佃は不機嫌になっていった。「それどころか、ナカシマ工業のこの特許は、ウチがそれ以前に取得した特許に極めて似ているんですよ。それ自体、特許侵害だろうといいたいぐらいなのに」

「その通りです」

神谷は持っていたボールペンをテーブルに置き、あらためて佃に問うた。「なんでこんなことになったか、わかりますか」

「なんでって……」

佃は返答に窮した。

「失礼ですが、それは、佃さんが以前に取得された特許がよくなかったからです」

発言の真意がどこにあるのかわからなくて、ただ佃は相手を見つめた。特許がよくないという意味がわからない。

「それはウチの技術がイマイチだったってことですか、先生」

思わず硬い声を出した佃に、神谷は首を横に振った。「違います。特許を生み出した研究開発能力、技術そのものは素晴らしいですよ。でもね、それと特許の良し悪しは別問題なんです」

意外な、というか、予想もしていなかった話である。

「わかりやすく説明しましょう。仮に私がコップというものを発明したとします」

神谷は、飲みかけのコーヒーが入ったプラスチックのカップをとって前に置いた。「さて、これをどう表現しますか。そもそも特許というのはいままでにない発明品なわけですから、それをどう説明し、定義するかが問題になってきます。中が空洞になっている円柱状の物体で、底があって、プラスチックでできている――と書いて特許を出願したとします。さて、それでいいでしょうか」

「正しいような気がしますが、それではだめなんですか?」佃がきいた。

「結論からいうと、それではいい特許とは言い難いですね」

神谷はいった。「その特許が認められた後、たとえばプラスチックじゃなくて、ガラスでできたものを作った人が出てきたらどうでしょう。あるいは円柱ではなく、角のあるものを作った人が出てきたらどうですか。この二つは特許違反になるでしょうか」

神谷は、佃たち三人の顔をじゅんぐりに見回した。「結論をいうと、最初に取得された特許は、円柱状のプラスチックでできていると定義しているわけですから、それを根拠に、特許侵害を問えるかどうかは難しいということになります」

「なるほど」

佃はうなずいた。「つまり、ウチの特許にもそれと同じようなことが起きているというわけですか」

「お察しの通りです。佃製作所で取得した特許はもちろん新しいコンセプトの、素晴らしい技術だと思います。ところが、その特許に穴がある。ナカシマ工業がその後に取得した特許は、いってみればその穴を突いたもので、さらに周辺をうまく固めて抜けがないようになっている」

ひろげた訴状を指先でトントンとやりながら、神谷の弁に熱が入ってきた。「コップというコンセプトそのものを発明したことがどれだけ素晴らしくても、佃さんの特許は、それを十分に生かし切れていません。円柱状でプラスチック製だと定義したことで、範囲を狭めてしまったんですよ。ナカシマ工業の特許は、その穴をついて、様々な形の、様々な素材まで含めた包括的な特許申請をしているわけです。そうすると、佃さんが次に角柱のコップを製作すると、それは特許侵害だということになってしまう。いま起きている特許訴訟はそういう構図になっているわけです」

それがつまり、佃製作所の特許がよくないという理由なのだと、神谷はいった。

「じゃあ、どうすればいいんですか、先生」

佃はきいたが、神谷の回答はなかった。「少し時間をいただけませんか。一週間ほどで結構ですから」

「ということは、引き受けていただけるんですか」

殿村がきくと、「もし、佃さんがよろしければ」、という返事がある。

「とくに相手がナカシマ工業となると、私としても捨てておけないところがありまして」

神谷は、以前、ナカシマ工業の顧問弁護士事務所にいた。運営方針をめぐって対決し、袂《たもと》を分かったという神谷にとって、これには、単なる特許訴訟という以上の意味があるのだろう。

「是非、お願いします」

そういった佃に、神谷は右手を差し出した。

「こちらこそ、よろしくお願いします」

佃はその手を力強く握り返す。契約成立である。

「代理人を変更したことは、先方に通知したほうがよろしいでしょうか」

そうきいたのは殿村だ。

「ええ。でもそれは私どものほうでやっておきます。田辺弁護士には、そちらからお話ししてください。それと、いま私が一番心配しているのは、法廷闘争が長引いた場合の御社の体力です。資金繰りのことが一番気になります」

肝心な話は、神谷のほうから切り出された。

「私から説明させていただきます」

殿村が資金調達の経緯について説明を加えると、神谷の表情が曇った。

「新規で取引をしてくれる銀行がないか探していますが、そう簡単ではないと思います」

白水銀行をはじめ既存行に融資を断られて以来、佃製作所は新規調達から見放されたままだ。裁判が片付くまでは無理だと、佃もあきらめかけていた。

「事情はよくわかります」

こうした仕事をしていると同じようなケースがあるのだと神谷はいった。「それにしても、もったいないな。これだけの技術があるのに。だから、ナカシマ工業が訴訟にするのかも知れませんが」

気になることを、神谷は口にした。

「どういうことです?」と佃。

「ナカシマ工業がこの訴訟を起こした目的がどこにあるのか、ということです」

「目的? それは、ウチのステラが邪魔だから、それを潰そうということなんじゃないですか」

「まあそれも目的といえば目的なのかも知れませんが、それだけじゃない気がするんですよ」

「他にどんな目的があるっていうんです?」

そう尋ねた佃に、「買収ですよ」、という予想外のことを神谷は口にした。さすがに佃だけでなく、山崎も、さらに金融には詳しいはずの殿村までもが思わず絶句する。

「買収? ウチをですか?」

「そういうことをやってくる会社なんですよ、ナカシマ工業は。そう考えると、この訴訟は、勝つのが目的ではなく、佃製作所を追い詰めるのが目的だと考えられなくもない。訴訟が長引けば、御社はやがて資金繰りに窮する。ナカシマ工業はそのときを待って、この訴訟の和解案を出してくるつもりなのかも知れません。株式の半分以上を譲渡することで、損害賠償請求を引っ込めるというね」

発行している株式の半分以上を握られたら、その時点で会社の所有権はナカシマ工業に移る。

「無茶苦茶な話じゃないですか」

佃は唾を飛ばして激昂した。「ナカシマ工業は経済ヤクザですか」

「こうなってくると、似たようなものといってもいいでしょうね。弁護士も一体になってそんなことをビジネスとして企画しているんですから」

元ナカシマ工業の顧問弁護士事務所にいた神谷の発言だけに、信憑性《しんぴょうせい》がある。神谷が何故、その事務所を辞めたのか、その理由がわかった気がした。

こんな理不尽なことがあっていいのか。

腹の虫が治まらない佃はぐっと奥歯を噛み、腕組みをして神谷の頭上辺りの虚空を睨み付ける。その佃の耳に、神谷の言葉が続いた。

「合法であればなにをしてもいいと彼らは思ってますよ。そんなふうにして、ナカシマ工業は、中小企業が開発した技術を自分のものにしてきたんです。法律を逆手にとって、弱者から大事なものを巻き上げる。それが彼らの戦略なんですよ。あなたはいまそのターゲットになっていると思ってください」

隣で殿村が生唾を呑み込んだ。

神谷の言葉はまさに、死刑を宣告されたも同然の脅威にきこえる。

そこまで狙われて、果たして無事に切り抜けられるのか。

しかも、佃は技術こそ詳しいものの、特許や法廷戦略などということについて、まるで無知に等しいのだ。いま頼れるものは神谷しかいない。しかし、その神谷とて、古巣の弁護団を相手に立ち向かうとなると、容易なことではないはずだ。なにしろ、その事務所には、神谷レベルの弁護士がごろごろしているに違いないのだから。

「これは、単に技術的な論争で済ませられる問題じゃありません。もっと、包括的な戦略が必要かも知れない」

「包括的な戦略？」佃はきいた。

「この裁判を有利にするためには、技術的傍証をかき集めるだけが能じゃないってことですよ。果たしてなにができるか、これから探りたいと思います」

神谷は必要な追加資料を口頭で山崎らに伝えた後、佃に向かっていった。

「とりあえず、法廷戦略をどうするかは私に任せてください。でも、資金繰りだけは私にはどうすることもできない。ご希望のように十ヶ月以内に結審するよう努力はしますが、だからといってすぐに資金調達が可能になるというわけではないでしょう。だとすると、それ以前に対策を練っておく必要があると思います。資金の調達先を探してください、佃さん」

神谷は、力を込めていった。「これだけの技術があるんだ。どこかに、佃製作所を支援してもいいという金融機関があるはずです」

資金繰りは、いまの佃製作所にとって、もっとも難しい課題といってよい。

殿村は、悲愴な面持ちで押し黙っている。

本当の戦いはこれからだ。

11

「金融機関を探せといわれても……」

殿村は、ビールの入ったコップを右手で持ったまま嘆息した。

たまには慰労しようと誘った自由が丘の居酒屋である。

殿村と山崎、それに津野も一緒だった。

「もともと付き合いのある銀行はもとより、新規開拓で名刺を置いていった銀行もあらかた回りましたから」

もう他に融資を受けられる可能性のある金融機関がない。

「すまんな、殿村さん」

津野が申し訳なさそうに殿村のコップにビールを注いだ。「もう少し数字が出来ていれば結果も違ったろうに」

佃製作所には、ふたつの営業部があった。主力の小型エンジン関係の販売を担当する営業第一部と、それ以外の製品を担当する営業第二部だ。京浜マシナリー向けの売上は津野が部長を務める営業第一部で担当しており、責任を感じた津野はここのところやっきになって新規取引の開拓に努力していた。

「なんとか、半年以内には京浜マシナリーで失った分を穴埋めするからさ」

「よろしくお願いします」

銀縁メガネのブリッジを中指で押さえたまま、殿村は頭を下げた。「それまでは預金でなんとかやりくりしますんで」

なんともしんみりした酒であった。

「だけど、その意味では、神谷さんもちょっと甘かったってことかな」

山崎がいった。「ウチを支援する金融機関がどこかにあるはずだ、なんて聞こえのいいことといったって、そんなのないわけで」

「ただ、励ましただけだろ」

津野はいい、「ねえ、社長」、と佃に同意を求めた。

「まあ、そうかもな」

神谷弁護士の専門は、あくまで特許関係の法務で、資金繰りではない。その意味で、殿村のほうが銀行借入については詳しいし、そもそもエキスパートだ。

「それは誤解があるんですよ」

殿村が指摘した。「神谷先生は、技術力があるんだから支援する金融機関があるはずだとおっしゃいましたが、技術力を評価できる銀行なんてほとんどないんです」

「白水銀行しかりだな」

佃は半分ほど残っていたビールをかっくらった。「ウチがどれだけいい技術を持ってるといったところで、信用しないんだからさ」

「殿村さんにききたいんだけどさ、世の中にベンチャー企業ってたくさんあるでしょ。ああいうところは、どうやって銀行から融資を受けてるわけ？」

山崎が疑問を口にした。「もし、技術力が評価できないんなら、きっと新しいアイデアとか、仕組みとか、そういうのにどれほど価値があるかもわからないってことでしょう？」

「ベンチャー企業に融資している銀行はほとんどありません」

意外な発言であった。

「本当か、殿村さん」

佃は思わずきき返した。「じゃあ、どうやって彼らは資金繰りをしてるんだ」

「たとえば、エンジェルとか――」

「天使？」と山崎。

「事業資金を出資してくれる資本家のことですよ」

殿村はこたえた。「一千万円くらいなら、おもしろいビジネスだから出してやろうというエンジェルは結構いるもんなんです」

「知らなんだ」

佃は驚いてみせ、つぶやいた。「三億円出そうっていうエンジェルはいないのか」

「いくらなんでもそれは無理でしょう」

山崎がいったとき、ふと殿村が考え込んだ。

「どうかしたの、殿村さん」

津野がきいたとき、「いるかも知れない」、という返事があって佃たちを驚かせた。

「どういうことなんだい」

問うた佃に、「私、いままで銀行で金を借りることばかり考えてました」、と殿村はいった。

「しかし、考えてみれば、銀行だけが金融機関じゃない。銀行から借りるだけが資金調達じゃないなと。――社長、何ヶ月か前、ナショナル・インベストメントって会社がウチに来たことがあるんです。社長も名刺交換されたと思いますが、覚えていらっしゃいませんか」

「ナショナル・インベストメント……」

佃は記憶の底を浚《さら》ったが、思い出せなかった。

「ベンチャー・キャピタルですよ」

「なんだそれ」と津野。

「将来有望な未上場会社への投資を専門にしている会社のことです」

殿村が説明する。「彼等なら、ウチのことを評価できるかも知れません」

「だって、それは出資でしょう?」

山崎が異議を唱えた。「会社、乗っ取られたりしたら、マズいんじゃないの?」

「でも、一度相談する価値はあると思うんです。可能性があるんなら、チャレンジしてみたいんです」

「わかった」

殿村の熱意に、佃はいった。「だがな、殿村さん。そのナショナル・インベストメントは、本当に、技術力が評価できるのか」

「銀行よりはマシだと思います」

がくっ、とくることを殿村はいう。

「その程度じゃ、結果は同じなんじゃないの？」

期待薄といった口調の山崎に、「彼等の投資基準に期待するしかありません」、と殿村はいった。

「いったいなんだよ、その投資基準って」

尋ねた佃を、四角いクソ真面目な面相が見た。

「経営者の実績です」

佃は押し黙る。そんなものが自分にあるとは思えなかったからだ。

「オレは自信、ねえな」

「ダメもとですよ、社長。やらせてください」

結局、佃は押しきられた。


佃製作所に、ナショナル・インベストメントの浜崎達彦《はまざきたつひこ》が訪ねてきたのは、その数日後のことである。

大手投資会社であるナショナル・インベストメントのベンチャー・キャピタリストといっても、まだ三十代半ばという若さだ。

見てくれはやんちゃ坊主。とんがった大学生がそのまま社会人になったような、崩れた雰囲気だ。生意気で、遠慮もない。だが、本音を隠して、聞こえのいい嘘を並べる手合いより、こういう男のほうがいいと佃は思った。

「訴訟、ですか……」

一通り話をきいた浜崎は、「ふうん」、と思案顔になる。

「で、銀行さんはなんていってるんです？」

浜崎の質問に、テーブルを挟んでかしこまっていた殿村は、かすかに身じろぎした。

「メインバンクの白水銀行からは、訴訟を理由に融資を断られました」

殿村がこたえると、浜崎は首を傾げた。

「なんでそういう結論になるんですかね」

「勝てないまでも、なんらかの損害賠償を負わされるはずだと」

殿村がいった。「そもそもナカシマ工業が、勝ち目もないのに訴えるはずはないという考えのようです」

「なるほど」

つぶやいた浜崎は、「それで、いくら必要なんですか」、と単刀直入にきいた。

「運転資金は三億。訴訟費用は、数千万円はかかると思う」

こたえたのは佃だ。数字をノートに書き込んだ浜崎は、目の前に置かれた財務諸表を手に取ると、記載された数字を黙って読みはじめる。

やがて、

「とりあえず一億五千万円。転換社債で、どうですか」

ぽつりと、浜崎はつぶやいた。きょとんとしたのは、佃だけではない。殿村も同じである。

「検討してくれるのか」

身を乗りだした佃に、「当たり前じゃないですか」、と浜崎は平然としていった。

「とりあえずそれで半年泳いでください。その後のことは、それから考えましょう」

「社内で審査する時間は、どのくらい？」殿村が興奮を抑えた口調できいた。

「三週間」

浜崎はこたえた。「その間に、佃社長には一度、ウチの役員連中と会っていただきます。そこでは、御社の経営スタンスや技術内容、今後の方針などについて話していただければ十分。御社の技術力については、以前、お伺いさせていただいたときに調査済みですから。よろしいですか」

「もちろん。ただ、訴訟の件がどう評価されるか、それが少し心配なんだが」

不安を口にした佃に、「ポイントのひとつではあると思いますが、いま説明していただいた通りなら、銀行ほど過敏な反応はしません」、そう浜崎はいった。

「実際に稟議をしてみると転換社債か直接投資かといった変更はあるかも知れませんが、私にいわせれば、御社のような会社に投資をしなければ他のどこにするのか、ということですよ。ですが、いままでお話を伺った上で、大事なことがひとつある」

浜崎はふいに真剣な眼差しを佃に向けた。「佃社長は肝心なことを忘れていませんか」

「肝心なこと？」

浜崎は真顔でうなずいた。だが、それがなんなのか、佃には思い当たらない。

「特許の見直しですよ」

殿村が顔を上げた。「御社が保有する特許は、ナカシマ工業に訴えられた新型エンジンに関するものだけではないはずです。もっと開発資金を投じたものもあるでしょう。たとえば最近取得した、水素エンジン関連の特許もそう。ナカシマに突っ込まれたのが特許の登録情報に技術情報の抜けがあったからだとすれば、今後他でも同じことが起きないとは限らない。違いますか」

訴訟のことで頭が一杯だった佃は、虚を衝《つ》かれた。

「この訴訟と並行して、御社の特許を全面的に見直してください。抜けがないように、徹底的に。それが御社を守ることになると思います」

それだけいうと、テーブルの上に広げた資料をカバンにしまい、浜崎はさっさと引き上げていった。

「見かけは少々突《つ》っ慳貪《けんどん》だが、それなりの男だな」

その後ろ姿を見送りながら、佃はいった。

「捨てる神あれば拾う神あり、ですか」

殿村がつぶやく。

「殿村さん、神谷弁護士に連絡してくれないか」

佃はいった。「ウチの特許戦略を見直すいい機会なのかも知れない」

12

「代理人が交替した？」

大手町にあるビルの八階に入居している田村・大川法律事務所の会議室で、ナカシマ工業の三田は素っ頓狂な声を上げた。

いまその驚きの表情に、にやけた笑いが徐々に広がっていく。

「初回の口頭弁論だけで代理人を変えるなんて、これは負けを認めたも同然ですね、中川先生」

堆《うずたか》く書類の積まれたテーブルの向こう側には、同法律事務所に所属する弁護士がふたり、かけていた。

ひとりは、いま名前を呼ばれた中川京一《なかがわきょういち》。中川は三田と同年代のベテラン弁護士で、技術系の企業法務ではそこそこに知られた男だ。その隣に座り、にこりともせずに鋭い眼差しを向けてきている若手は、青山賢吾《あおやまけんご》。こちらは弁護士になって三年目のかけだしである。

「そもそも、技術に無知な弁護士なんか代理人にしたところで、すでに勝負あったといったところでしょう。計画審理のスケジュールすら立てられないようでは、はっきりいって終わってますな」

三田の高笑いは、「それが、少々問題がありましてね」、という中川の低い声で、中途半端に引っ込められた。

「問題？　もう和解してくれないかとでもいってきましたか」

「いや、そうじゃない」

面白くもなさそうに中川は三田の軽口を受け流し、「佃製作所が新たに任命した弁護士というのがちょっとね」、と言葉を濁す。

「新しい弁護士？　なにいってんです、中川先生。国内で特許系の裁判については右に出る者のない田村・大川でしょう。その事務所にかなう弁護士なんか——」

「神谷修一」

突如、三田は押し黙って、ただ中川の真面目くさった顔を見つめた。

「神谷……？　あの、以前こちらにいらした神谷先生、ですか」

「そうなんですよ」

中川は眉を顰め、難しい顔になる。「まあ、いくら神谷といえども、この状況でできることは限られているとは思いますがね」

「その通りですよ」

三田は、中川の意外な警戒感を笑い飛ばした。「だいたい、佃製作所にはこの裁判をやり抜くだけの体力さえないんです。いくら神谷先生がついたところで、佃製作所のカネが底をつく前にこの裁判を終結させることは難しいでしょう。長引かせることはいくらでもできますからね。ウチで密かに調べてみましたが、佃製作所はいま、資金調達すらままならない苦境にあるそうです。どう転んだところで、佃製作所に生き残る目はありませんよ。それにですね――」

強気の三田は、勢いづいて、神谷についても言及した。「そもそも神谷先生は、こちらでうまくいかなかったから飛び出していかれたと聞いています。そんな人は、だいたいどこへ行ってもうまく行きませんよ。本当に優秀なら、どんなことがあっても田村先生がお引き止めになったでしょう」

「まあ、仰《おつしや》る通りかも知れませんね」

曖昧な返事を寄越した中川は、なにかを吹っ切るように、はあっと短い吐息をついた。「現段階で、代理人のことをあれこれいってもはじまりませんから、本日の本題に入りましょう。継続中の訴訟について、青山から途中経過を報告させていただきます」

　その日、佃と殿村、そして技術開発部長の山崎の三人が再び神谷の事務所を訪ねていた。

「特許の見直しについては、私からもいずれ提案しようと思っていたことです。早急に進めさせてください。ところで、ご依頼の訴訟の件ですが」

　そういって神谷は、話を変えた。「あれから今回の争点、それとナカシマ工業の特許について仔細に検討しましたが、結論からいって、特許侵害の認否で相手の主張を退けるのは、そう難しいことではないと思います」

　思いがけない朗報である。隣では殿村が瞬きすら忘れた顔で、神谷を見ている。

「ただ、問題がひとつある。時間です。果たして、御社が希望される期間内に結審できるかどうか――」

「それについてなんですが」

　殿村がナショナル・インベストメントからの提案について報告した。が、神谷が浮かべた厳しい表情に変化はない。

「仮にその転換社債なり直接投資なりが実現しても、余裕ができるのは半年程度ですよね。でも、ナカシマ工業側は、あらゆる手を使って時間稼ぎをしてくるはずです。たとえば、膨大な資料を提出して検討する時間を長引かせるとか。それを許していたら、一年や二年、あっという間です」

「そんなの無茶苦茶ですよ！」

苛立った山崎に、「そういう相手なんですよ、ナカシマ工業っていうところは」神谷はいった。「いや、ナカシマだけでなく、そういう戦略をとる会社というのは、実際にあるんです。大きな声ではいえませんがね」

「要するに、ウチが倒れるまで、相手はあの手この手でやってくるってわけだ」

「嫌な話ですが、その通りです」

神谷は、ふと言葉を切って、佃たちの反応を待った。

「どうしたらいい、先生」

やがて佃はきいた。

「この一週間ほど、私なりにいろいろ考えてみました」

神谷はいった。「この裁判をどうすれば、うまく乗り切れるのか、どうすれば全面勝訴を短時間でつかみ取ることができるのか。いや、この裁判だけでなく、今後ナカシマ工業の出方を封じ込めるようなうまい手はないか――。あらゆることを検討してみました。その上で、私から折り入って提案があります」

椅子の背もたれから体を起こした神谷は、ぐっと真剣な眼差しを佃に向けてきた。

「提案?」

突拍子もない、なにかが出てくる。そんな予感に、佃はとらわれた。

「和解案、ということですか」と殿村。

「違います」

きっぱりと神谷は否定した。「本件はナカシマ工業を完膚無きまでに叩きのめすチャンスだと思います。これからお話しするのは、そのための戦略です」

佃は思わず身を乗りだした。

13

「田村・大川事務所に届いた知らせによりますと、佃製作所の顧問弁護士が交替したとのことです。すでに佃の法廷戦略は破綻していると見て間違いありません」

会議室に居並ぶ役員の前で、三田は誇らしげに胸を張って見せた。

小型エンジン分野でのライバル、佃製作所相手の訴訟を役員会に提案したのは他ならぬ三田であった。佃製作所に対する信用調査を行ない、財務内容を精査した三田は、勝訴確実との見通しを稟議書に添えていた。

ライバル企業の特許侵害に大いに憤慨し、そんな会社は徹底的に叩きのめせと檄を飛ばしたのは熱血漢で知られる社長の大友である。

その大友は三田の経過報告をきき、満足げにうなずいた。

「まもなく、先方から和解を探る動きが出るやも知れません。現在、佃製作所は取引銀行からの資金調達に支障をきたす状態になっており、このまま行けば一年以内に資金ショートすることは確実だからです。弁護士を新たにし、その前に、救済の道を探ろうとする可能性があります」

「和解などする必要はない」

大友は断言した。「そんな会社は完膚無きまでに叩き潰しておけ。そうすれば、今後の法廷戦略にも有利に働くだろう」

「仰る通りです」

三田はいい、この展開にほくそ笑んだ。

弁護士事務所と協議し、佃製作所の特許を調べつくしただけのことはあった。同分野における佃製作所は、ナカシマ工業にとってまさに目の上のたんこぶだ。その商売敵を撃沈する功績は計り知れないものがある。

ナカシマ工業の法廷戦略に三田公康あり——そう知らしめるに十分だ。

「それにしても、佃製作所の特許侵害に着目した三田君の判断はたいしたものだ。引き続き、頼むぞ」

「かしこまりました」

大友の言葉に深々と頭を下げた三田は、体の奥底から湧き出てくる歓びに震えた。

このまま行けば、黙っていても役員の椅子は、向こうから転がり込んでくるだろう。これで、オレの将来は安泰だ。


「三田さん」

声がかかったのは、呼ばれていた役員会から自席に戻ったときだった。

振り向くと、いつになく厳しい表情をした西森が自席から立ってきた。

「いま、こんなものが」

西森が差し出したのは、一通の封筒であった。

差出人は東京地方裁判所。封書の中味は取り出されてクリップで留めてある。

三田は顔色を変えた。訴状だ。

「ウチのエルマーIIを特許侵害で訴えてきました」

エルマーIIは、ナカシマ工業が製造している小型エンジンだ。リリースしたのは五年前だが、よく売れて、いまでは動力製造部門の稼ぎ頭にまで成長している。

「この訴状、田村・大川にはファックスしたか」

「先ほど。いま中川先生に見ていただいています」

「どこの会社だ、こんなことしやがったのは」

訴状に原告の名前を探した三田は、佃製作所の名前をそこに見つけ、我が目を疑った。

「逆に訴えてきたってことか、ウチを？　しかも特許侵害でか？」

信じられない。なにを考えてるんだ、まったく。

三田の携帯が震動をはじめた。中川弁護士だ。

「ああ、先生。お忙しいところすみません。こちらからお電話しようと思っていたところです。先程、西森からお送りした訴状の件ですが――」

「いま拝見したところです」

中川は早口で遮った。「三田さん、結論からいって、これはかなりマズい――」

第二章

迷走スターダスト計画

I

東京、大手町。帝国村と呼ばれる、日本を代表する大資本、帝国グループの本社があつまる中心に、帝国重工の本社はある。

いま秋の陽が差し込む十階にあるミーティングブースで、蠟《ろう》のように蒼ざめた男が、銀縁メガネの奥から焦点の合わない眼差しを虚空に投げていた。

名前は富山敬治《とみやまけいじ》。同社宇宙航空部宇宙開発グループ主任という立場にある男である。

帝国重工の宇宙航空部といえば、政府から民間委託された大型ロケットの製造開発を一手に引き受け、いまや押しも押されもせぬ、宇宙航空関係の国内最大のメーカーだ。

今年三十七歳になる富山は、同社が巨額の資金を投じた、新型水素エンジンの開発責任者だった。その横に、眉間に皺を寄せた四十代半ばのがっちりした体格の男がかけている。

小さなテーブルを挟んだ向こう側には、厳しい残暑だというのに紺色のスーツをきっちりと着込み、でっぷりと太った男がいた。

「三島先生、本当にこれで間違いないのでしょうか」

いま富山からこぼれてきた声は、すがるように揺らいだ。

「残念ながら、間違いありませんな」

こたえたのはでっぷりとした巨体のほうだ。「このたび御社が開発された新技術に関しては、すでに同じ内容の特許が存在するため、出願は認められませんでした」

三島と呼ばれた男に見つめられたまま、富山の唇が震えはじめた。

「いつ……？」

富山の、虚空に放り出された視線が三島に向けられる。「いつ、そんな特許が認められたんです」

「三ヶ月ほど前。タッチの差でした」

「そんな莫迦な！」

興奮した富山の顔を、三島は気の毒なものでも眺める目で見た。いくら巨大企業の帝国重工といえども、巨額資金を投じた挙げ句、できあがってみれば先を越されていました、では済まされない。

「事前にリサーチした範囲では、問題ないという話だったじゃないですか。どういうことなんです」

「半年前の段階では、たしかにそうだったので」

三島の口調に多少の困惑が入り混じり、少々言い訳めいた。「ところが、その後、優先権主張出願がなされまして」

「なんですか、それは」

それまで黙っていた男がきいた。

「まあ要するに、一度出願して認められた特許に、技術情報を追加して補足することです。異例の措置ですが、たまにこういうことがある。もし、それがなければ御社の開発された新技術はなんら問題もなし、というところでしたが、残念ですね」

「残念ですね、じゃ済まされませんよ、先生！」

富山は嚙みついた。「もし、そんな可能性があるのなら、きちんと報告してくれないと！」

「報告ですって？」

むっとした三島は、冷ややかにいった。「こういうことは、技術開発につきものなんだ。そういうリスクから逃れる術《すべ》があるとすれば、他社より早く開発をする以外にない。その意味で、御社が後塵《こうじん》を拝したことは否定できないんじゃないですか」

三島に指摘された瞬間、富山は、見えない弓矢に射られたかのようにのけぞった。半開きの唇から言葉にならない声が洩れ、目が泳いだ。

「そんな莫迦な――！」

吐き捨ててみても、突き付けられている現実は変わらない。

「ま、ともかく」

三島は手早く、デスクの上に広げた資料を集めはじめた。「今回の技術開発については、残念ながら二番手に甘んじる結果になってしまったということです」

「異議申し立ては？」

富山は震える声できいた。「異議申し立てをすれば、当方の権利が認められるということはありませんか」

憐れむような眼差しになって、三島はゆっくりと首を横に振った。

「無理ですな。一応、こうして報告に上がるために、私も当該特許について詳しく調べてみました。結論からいって、とてもよく練られた特許だ。つけ入る隙はありません。これは、その特許を取得している会社のデータです。ご参考までに」

ブリーフケースから、一枚の資料を取りだしてテーブルを滑らせて寄越した三島は、「それでは失礼します」と、ミーティングブースを出て行った。

後には、抜け殻のようになった富山と、不機嫌な膨れっ面で腕組みしているもうひとりの男——財前道生《ざいぜんみちお》のふたりが、取り残されている。

「部長——」

富山は立ち上がって深々と頭を下げた。「申し訳ありませんでした」

無言で腕組みを解いた財前は、親指と中指で、両のこめかみ辺りを揉みはじめる。考えているときのいつもの癖だ。

大型水素エンジンに投資しながら、キーテクノロジーになる技術で特許を取得できないとなれば、富山はもとより、財前にも責任問題が生じる。

「まさか、こんなことになるとはな……」

つぶやいた財前は、三島が置いていった書類に書かれた会社名を穴の開くほど眺めた。

株式会社佃製作所、代表取締役佃航平という名前とともに、大田区にある会社住所が記されている。三島が気を利かせたか、書類には、信用情報で調べたに違いない佃製作所のデータが載っていた。

資本金三千万円。従業員二百名。エンジン部品の製造開発を手掛ける中小企業となっていた。

帝国重工からすれば、吹けば飛ぶような規模の会社である。

一方の帝国重工は、宇宙航空分野のテコ入れを掲げた社長の肝いりで、「スターダスト計画」

と名付けたプロジェクトを推進してきた。今回の新型エンジン開発はその目玉であり、大型ロケットの打ち上げで国際競争をリードするための絶対条件といっていい。なのに――。

「いったい何者なんだ、この会社は」

いましも胸に込み上げてきた疑問を財前は口にした。

帝国重工の技術力はいうまでもなく日本の、いや、世界のトップクラスだ。大学の研究室や、他の大企業の研究所ならいざ知らず、まさかこんな中小企業に先を越されるとは。

「いっぺん、調べてみるか。話はそれからだ」

そういうと、財前は腰を上げてミーティングを打ち切った。

2

「信用調査課から、佃製作所の調査資料が上がってきました」

財前のもとに、資料を抱えた富山が報告にきたのは一週間が経った午後だった。

十月下旬、社内調整に明け暮れた一週間であった。

特許取得失敗の事実に弁明の余地はなく、順調に社内のエリートコースを歩んできた財前にとって、思いがけない試練となりつつある。

キーテクノロジーは内製化するという藤間社長の方針通りなら、先を越された技術を捨て、新たな代替技術を開発すべきだろうが、それには金と時間がかかり過ぎる。

「プロジェクトのスケジュール変更は絶対に認められないからな」

とは、宇宙事業部長の安野健彦《あんのたけひこ》の弁。「もしエンジン開発で中小企業に後れを取ったなどということが外部に洩れてみろ。藤間社長の顔に泥を塗ることになるんだぞ。挙げ句、クライアントからは、次の打ち上げではアリアンでやるからってことにもなりかねない」

アリアンはフランスのロケットだ。いまや、宇宙事業は国際競争の時代に入っており、発注元が日本企業であっても廉価で安全性の高い外国のロケットに注文が流れることは往々にしてあり得る。

そんな安野とのやりとりを胸に報告書を読んでいた財前は、ふと顔を上げ富山にきいた。

「宇宙科学開発機構の元研究者が、社長をしているというのか」

佃航平の略歴にそう書いてある。「しかし、この会社の業歴はもう三十年近いな。二代目社長ってことか」

「そういうことになります」報告書には、佃航平という経営者が宇宙科学開発機構を退職した経緯から、家業を継ぐまでのことが詳しく書かれていた。

「セイレーン、か。たしかにそういうエンジンがあったな」

財前は肘掛け椅子の背もたれに体を投げながら、いった。「十年近く前、打ち上げに失敗したときのエンジンだったはずだ。あのエンジンの開発者だったのか……」

財前はつぶやくようにいった。「仕様だけ見れば、とてつもなく斬新なものだったな。もし成功していたら、日本のロケット技術は間違いなくあの時点で世界のトップになれただろう」

そういう相手が開発したのならわかる、と財前は思った。と同時に、よくここまでのものを独力で開発したな、という思いが胸の中で交錯する。佃製作所は、帝国重工が投じた開発資金のおそらくは何分の一という低コストで、水素エンジンのバルブシステムという、最先端の技術をものにしたのだ。

富山が説明を続けた。

「なかなか堅実な会社のようですが、ここのところ訴訟に巻き込まれておりまして——」

「訴訟？」

眉を上げ、報告書の当該箇所を探し出した財前は、そこにナカシマ工業の名前を見つけて眉を顰めた。

「相手が悪いな」

率直な感想を口にした財前は、報告書をぽんとテーブルに放り投げる。そして、

「君が佃なら、この特許、いくらで売る？」

そう唐突にきいた。

「いくらで、といわれましても……」

富山は返答に窮した。「これだけの特許です、そう安くは売れないと思いますが」

「そうかな」

財前は肘掛け椅子のほうから疑問を呈した。「佃製作所は訴訟に巻き込まれているんだろ。しかも、訴訟になっている技術は、佃製作所の主力ともいえるエンジンだ。もし、この訴訟に負けたら、どうなる。まだ開発費だって回収していないだろうに」

「そのエンジンをラインナップから外さざるを得ないでしょうね」

「それだけじゃないな」

富山の不十分な答えに、財前は冷ややかな眼差しを向けた。「おそらく、巨額の損害賠償が請求されるはずだ。そんなことになったら佃製作所は、ひとたまりもない。京浜マシナリーの受注減に訴訟。おそらくいま、佃製作所は喉から手が出るほど、カネが欲しいと思っているはずだ」

富山はごくりと生唾を飲み込んだ。

財前の状況判断の能力には以前から定評がある。いま財前は、その評判どおりの洞察力を発揮し、これだけの資料で、相手の足元を見据えようとしている。

「状況からして安く買い叩けると、仰りたいわけですか」

「おそらくな」

財前は、富山に真剣な顔でいった。「今度のことで、当部の信用失墜は著しいものがある。百億円近く投じたエンジン開発の中心技術でのっけからつまずくことになったわけだからな。スターダスト計画もこれでは先が思いやられる。スケジュールの遅れが社会的評価にまで直結しかねない勢いだ」

スターダスト計画を来年度からはじまる次期長期経営計画の目玉に格上げすると、社長の藤間秀樹はことあるごとに喧伝《けんでん》していた。社長の肝いりではじまった事業を与《あず》かっている者として、成功時の人事評価アップが期待できる一方、失敗したとき支払う代償も限りなく大きい。

「しかし、部長。内製化方針はどうされるおつもりです」

富山は驚きを隠せず、きいた。

「内製化して間に合わせられるのか」

逆に問われ、言葉に詰まった富山に、

「特許開発で後れをとったことは取り返しようがない」

財前はいった。「このままだと計画は周回遅れになる。その後れを取り戻すためには、内製化方針の例外にしていただくしかない。佃製作所の特許をウチが買い取るんだ」

「藤間社長が、それを許すでしょうか」

富山は戸惑い、疑問を呈した。

新型水素エンジンを搭載した大型商用ロケットを文字通り軌道に乗せ、宇宙航空分野で世界のリーディング・カンパニーになる――そう、藤間はあちこちで吹いて回っている。藤間は将来の経団連会長の座を狙っているとも噂される野心家で、やるとなったら徹底的だ。

最初は冷笑を浮かべて話をきいていたアナリストたちの目の色が変わったのは、決算発表の席で正式発表されたスターダスト計画の概要が明らかになったときだ。それに投じられる金額は千億円単位、いや将来的なことまで考えれば青天井といってもよかった。

そのスターダスト計画において、より安定性のある新型エンジンの開発は、初期段階における必須の目標だ。ここで他社に先を越されては、格好がつかないどころか、計画遂行の根幹に関わる。

案の定、今回の特許の件を耳にした藤間が、財前の上席である本部長の水原重治《みずはらしげはる》にありったけの怒りをぶちまけたという話はすでに伝わってきていた。

しかし、その水原は、藤間の怒りを代弁することなく、むしろ穏やかな口調で財前にこういった。

「社長がかなりご立腹だ。今回の件、なんとかしてくれないと困るな」

思い出すたび、財前は重たい憂鬱に満たされた。〝にっこり笑って人を斬る〟といわれる水原の不気味な静けさがなにを意味するか、長年水原に仕えてきた財前にはきくまでもなくわかる。

「許すも許さないもない」

財前は厳しい口調でいい、富山を睨み付けた。「いま我々に残された道は、なんとしてもこの特許を取得することだ。佃製作所から安く買えば、我々の失地はまだしも回復できる。水素エンジンのバルブシステムなど、町の中小企業にとってはなんの価値もない。佃製作所がどういうつもりでそんな特許を取得したかは知らないが、彼らにしてみても、この特許、売る以外に使い道はないはずだ」

「仰る通りかと」

富山も相当胃が痛むのかさっきから冴えない表情を浮かべている。

「アポを取ってくれ。私が直接行って来よう」

「部長がですか」

富山は驚いた顔をしたが、すぐにその表情を引っ込めた。財前は、本気だ。

帝国重工では、部長クラスのお偉いさんが〝下々〟に出向くのは、部下が下交渉をした後と決まっている。その手順をあえて無視した財前の危機感は手に取れるようだ。いまはそんな悠長なことを気にしていられる状況ではない。

「すぐに頼む」

短い返事をした富山は、逼迫《ひっぱく》した事態の成り行きに頰を引きつらせ、部長室を出ていった。

3

「資金繰りはどうだ、殿村さん」

この半年、役員会で何度このセリフを口にしただろうか。

体力勝負、知恵勝負の法廷闘争が続く一方、佃製作所の置かれている立場は、確実に苦しくなってきている。

それを如実に現しているものは売上だ。

ナカシマ工業との訴訟で佃製作所の主力エンジン販売が実質棚上げになっているという話は、あっという間に取引先の間にも広がっていった。

新聞沙汰になったのも大きな理由のひとつだが、それ以外に、ナカシマ工業の営業マンがあちこちでその話をして回っているという噂も耳に入っている。

「佃はウチが訴えましたから。佃のエンジンを買っても、アフターサービスやメンテナンスができるかどうか、わかりませんよ。そんなエンジンを買うんですか?」

卑劣なセールストークで、佃製製品をナカシマ製製品に置き換えていく作戦だ。訴訟は単に法廷にとどまらず、営業面にまでじわじわと影響力を発揮しはじめていた。京浜マシナリーとの大口契約が解除されただけで赤字必至の情勢だったのに、それを穴埋めできるどころか、逆に受注は減りはじめており、ジリ貧の傾向にはいまだ歯止めがかかっていない。

「先日、ナショナル・インベストメントから一億五千万円、転換社債で調達できたことで、多少、寿命が延びましたが、まだまだ予断を許さない状況です」

殿村がこたえる。同社の浜崎から、稟議の承認が下りたと連絡があったのはつい先日のことであった。

簡単な調達ではなかった。現に、佃本人が同社役員会で説明に立ったときには、今後の見通しに関する厳しい質問も出た。

「ナショナル・インベストメントに出資してもらっても、訴訟を片付けないことには抜本的な解決にはならないと思うんですよ。見通しはどうなんですか」

そうきいたのは、営業第二部長の唐木田篤《からきだあつし》だ。

唐木田は中途採用で入社以来、かれこれ十年ほど、営業畑を歩んできた男だった。エンジンの取り扱い種類により佃製作所では営業部はふたつに分けている。津野が営業第一部の、唐木田は営業第二部の部長をそれぞれ務めていた。

佃製作所に来る前、外資系のコンピュータ・システム開発会社で営業をしていたという唐木田は、技術営業のスキルには目を見張るものがある。その一方、ビジネスライクに物事を割り切り過ぎるところがあった。

「こっちからナカシマ工業を訴えて、争点整理が進んでいます」

佃の代わりに、殿村が答えた。「順調なら結審まであと一年足らず。もうひとつの、こっちが訴えられたほうよりも先に、結審するかも知れない」

「いつ結審するかなんてこの際どうでもいいですよ」

唐木田の声には苛立ちが混じっている。「勝てる見込みはあるんですか」

「訴えられた裁判のほうはともかく、こっちが訴えている特許訴訟裁判のほうは勝訴する可能性は高いと思う」

「思うって、そんな」

唐木田が吐き捨てた。この期《ご》に及んでまだそんな曖昧な話なのかといいたいのだろう。

訴訟に関しては、たしかに神谷は相応の自信があるようだった。

だが、佃がそれを信じ切れないでいるのも事実だった。

時間が許す限り裁判の傍聴には出向いているし、争点整理の場面にも顔を出している。だが、少なくとも相手の弁護士に、焦りのそぶりは微塵もない。一度など、争点整理の場で、神谷がこてんぱんに相手を論破したことがあったが、それでも、相手の弁護士――たしか中川とかいった――は顔色ひとつ変えないポーカーフェイスを保って最後にこういった。

「反論するための証拠を次回、提出したいのですが」

そして次回の争点整理になってみると、一度に検証できないほどの膨大な資料が運び込まれ、それで裁判のスケジュールは二ヶ月はゆうに遅れる羽目になったのである。

時間稼ぎだ。

佃は、そのあまりに卑劣なやり方に、相手の弁護士をぶんなぐってやりたいほどの怒りを覚えた。

「こんなものは法廷戦略じゃない。大手企業の横暴じゃないか!」

思わず、傍聴席で声を荒らげた佃に、「落ち着いてください」と神谷が静かな声でいい、着席を促す。そのときの憐れみを込めた相手方弁護士の顔は、いまでも時々、苦々しさとともに佃の脳裏に浮かんでくる。

ナカシマ工業は佃製作所の足元を見ている。

このちっぽけな会社の資金繰りが破綻するのを待っているのだ。

「佃は裁判で相当疲弊しているようですよ。大丈夫かな？」

そんなことを取引先に耳打ちしていくナカシマ工業の営業マンもいる。

いま、佃製作所には一週間と空けずに、信用調査が入る。殿村が対応してくれているが、倒産の危機感を抱いた取引先が調べさせていることは火を見るよりも明らかだった。

状況は刻々と悪化してきている。

「いまは裁判を見守るしかない。もう少し我慢してくれないか」

苛立つ唐木田にいい、佃は自身、こみ上げてくる感情をこらえて瞑目した。

4

「社長、ちょっとよろしいですか」

役員会がはねた後、社長室の肘掛け椅子に埋まってこれからのことを考えていると、山崎が顔を出した。

まさに問題山積の会議だった。疲れ切った目を向けた佃に、

「帝国重工から社長に会えないかといってきているんですが」

意外なことを山崎は告げた。

「帝国重工って、あの帝国重工か？」

佃はきいた。重厚長大を地で行く大企業である。

「いままで、取引したことありましたか」

「先代の頃は知らないが、オレが社長になってからはない。どんな用件だい」

「ウチの特許の件だそうです」

また訴訟じゃないだろうな、と佃は警戒した。帝国重工も様々なエンジン開発をしているから、佃製作所と競合する部分もあるはずだ。

「是非、社長と会わせてくれと。都合を教えてくれないかということでした。なんでも宇宙航空部の開発担当部長が来るそうです」

「宇宙航空部？」

驚いて佃は顔を上げた。「水素エンジンだな、そいつは」

ロケットのエンジンだ。

「もしかして、ウチの特許を使わせてくれって話じゃないですかね」

山崎が先読みしてにんまりした。「いいビジネスに結び付くかも知れませんよ」

「そうそう都合のいい話が来るかな」

そういった佃だったが、胸の底にかすかな期待が芽生えたのは事実だ。天下の帝国重工が、佃製作所に特許の件で会いに来る。しかも相手は部長クラス。これで期待するなというほうが無理だ。

万が一、新規取引に結び付くような話なら、いま佃製作所が覆い尽くされているこの暗雲を一気に吹き払ってくれるかも知れない。帝国重工相手となれば、それぐらいの規模の取引になる可能性はなくはない。

「わかった。とりあえず会ってみるか」

予定表を開いた佃に、「面白いことになってきましたね」、という山崎の声には、さっきの重苦しい会議から一転、明るさが滲んでいた。


できるだけ早いほうがいいという帝国重工側の意向もあって、翌日の午後二時、というのがアポの時間になった。

十月最後の水曜日の午後一時五十五分、佃が社長室の窓から眼下の道路を見下ろしていると、黒塗りのクルマが玄関前に横付けされるのが見えた。スーツを着込んだ男がふたり降り、会社の玄関へと消えていく。

「いらっしゃいました。応接にお通ししています」

まもなく殿村から連絡が入って、佃も応接室に向かった。さっきの男たちがテーブルの奥に並んでかけ、佃製作所側からは山崎と殿村のふたりが先に入って、緊張した面持ちで対面している。

「お忙しいところ、お時間をいただきましてありがとうございます。帝国重工の財前と申します」

立ち上がった年配のほうがいい、名刺を差し出した。宇宙航空部宇宙開発グループ部長という肩書きは、佃の期待をまたひとつ大きくするに十分だった。もうひとりは、同グループ主任の富山という男だ。財前は鷹揚な雰囲気だが、富山のほうは頬のあたりを強ばらせ、いかにも神経質な印象である。

「宇宙航空部というところは、主に大型ロケットの製造をしている部門でして」

佃が、山崎と殿村に挟まれた中央の席に座るのを待って、財前は自分たちの仕事内容について説明をはじめた。佃が予想していた通り、主にロケット開発に関わる仕事だ。

いままで製造してきたロケットの仕様や実績、ロケットビジネスの現状と将来像にまで、財前は触れていく。

話が大き過ぎて、中小企業の立場からは、荒唐無稽に聞こえるほどだ。

だが、佃の胸に湧き上がってきたのは、物珍しさよりも、懐かしさであった。

かつて自分が身を置き、夢を追いかけていた世界——。そこに、財前たちはいる。

主要業務の沿革から入った財前の話は、やがて本題に近づいてきた。

「社長の藤間は、宇宙事業にすこぶる熱心でして。宇宙分野で、世界のトップになるために、目下、スターダスト計画という壮大なプロジェクトがスタートしております。その第一段階として、新型エンジンを搭載したロケットの打ち上げが当面の課題として我々に与えられており、この富山が開発現場の管理者をしております」

緊張した面持ちの富山の表情が動いて、小さくうなずいてみせた。財前は続ける。

「私どもでは新しいエンジンに搭載する様々な技術を開発しておりますが、このたび新型水素エンジンのキーテクノロジーに関して特許申請が却下されるという予想外の事態に直面いたしました。調べたところ、御社に先を越されていることがわかりました。正直、驚いた次第で——単刀直入に申し上げます」

言葉を切ると、財前はまっすぐに佃を見た。「御社の特許、弊社に譲っていただくわけにはいきませんでしょうか」

まさに想定外の話だった。

佃は唖然とし、いま真剣な顔でこっちを見ている財前を、穴の開くほど見つめた。

「もちろん、相応の対価は支払わせていただきます。検討していただけませんか、佃さん」

「突然、そんなことをいわれても……」

困惑した佃に、財前はなおも続ける。

「あの特許技術は、弊社が開発したロケットエンジンに搭載してこそ生きると思います。ぜひ、お願いします」

「そうかも知れないが、もともと他社に売却するつもりで開発したわけでもないんでね」

「失礼ですが、御社であのバルブシステムの技術を生かす製品があるんでしょうか」

財前のきき方は、以前、カネを借りに行ったときの白水銀行の柳井の態度をどこか彷彿《ほうふつ》させた。町の中小企業がロケットのエンジン技術など開発してなんの意味があると、柳井はいったのだった。

「やはり特許は、それなりの環境にあってこそ生きる。ぜひ、あの技術を弊社のロケットに使わせてください。この通りです」

財前は、テーブルに額をこすりつけんばかりに頭を下げた。

「ちょっと待ってください、財前さん」

佃は困惑した。「特許を売るとか売らないとかってことと、ロケットの飛ぶ飛ばないとは別の話でしょう。ウチで取得した特許を使ってくれたらいいんだから。もちろん、使用料は支払っていただきますが。そうすれば特許そのものを売買する必要もないと思いますけどね」

それこそ佃が描いていたビジネスであった。ところが、

「当社としてはキーデバイスの権利は全て押さえたいという事情がありまして」

財前はふいに硬い口調になる。

「買うより、特許料を支払ったほうが安いのに、ですか？」

いかにも釈然としないという口調で、殿村がきいた。

「失礼ですが、御社が他社に対してもあの技術を提供してしまったら、ウチのロケットの優位性が保てなくなります」

「そうしないような契約にすればいいじゃないですか」

佃は少しあきれていった。「独占使用権のような形で契約すれば、問題ないと思いますが」

「いや、それではちょっと……弊社のスタンスと合わないので」

どんなスタンスだ。借りるのではなく買い上げて自分のものにしないと納得しない。だとすれば随分、横柄な話である。

たしかに、プライドの高い帝国重工だ。キーデバイスの、それこそもっとも難しい技術を、他社技術に依存するということに抵抗があるのは、かつて似たような組織にいたから佃にもわからないではない。しかも、相手は大田区のちっぽけな会社である。巨額の開発費用をかけた手前、なにがなんでも技術は自分のところで押さえたい——そんな思惑はひしひしと伝わってくるが、どこか気に食わない。

「二十億で、いかがでしょう」

突然、財前がいった。

その金額に佃は一瞬息を呑む。左側にいる殿村の顎が落ち、瞬きすら忘れた眼が、相手の真面目くさった顔を眺めている。

重工が欲しいという水素エンジンのバルブシステムの特許を含め、佃製作所の研究部門は、二十億円近い借金を作ってきた。それを全て返済して余りあるカネだ。

二十億円あれば、少なくとも、いまの窮地は脱せられる。その代償として、苦心惨憺の末に開発した技術は自分たちの手を離れ、届かないところへと召し上げられるというわけである。

佃の隣で、思い詰めた表情の山崎がテーブルの一点を凝視していた。唇をぐっと噛んだ頬は引きつり、目から表情が消えている。

気持ちは同じだ。この特許は、佃、山崎らにとっても手塩にかけた子供のようなものだ。この特許を開発する過程で多くの果実を得、もちろんこの特許そのものも、なんらかの商用化が可能のはずだ。

金の問題だけで割り切れるほど、単純な話ではなかった。この特許を開発するために、佃と山崎が中心となってどれだけ必死に研究を重ねてきたか。新しい技術への拘《こだわ》り、情熱。特許はその結晶だ。

「財前さん」

佃はいった。「そう簡単な話じゃないんだよ」

「不躾な提案で本当に申し訳ありません」

財前は詫びたが、スタンスを変えるつもりがないのは明らかだった。「逆に、おいくらでしたら売っていただけますか」

「いや、金額の多少のことじゃなくてさ。どういったらいいんだろう……ウチにもあの特許には愛着があってね。売ってくれといわれて、はいそうですか、とはいかないんだ」

「愛着、ですか」

財前の表情に影が差した。「失礼ですが、御社のことを調べさせていただきました。ナカシマ工業と訴訟になっているとか。御社のメイン事業は、小型エンジンでしょう。この技術を生かせる水素エンジンは製品のラインナップにも入れていらっしゃらない。御社の中心的事業をこれからも伸ばしていくためにも、いま必要なのは訴訟を戦い抜けるだけの潤沢な資金ではないですか」

「カネが欲しいだろうから売れというのか?」

むっとして、佃はきいた。

「まさか、そういうつもりではありませんが」

財前は慌てて、否定した。「とにかく、今日はこれで引き上げますので、一旦、社内で揉んでいただけませんか。この通り、よろしくお願いします」

再び頭を下げると、帝国重工のふたりは、来たときと同じように黒塗りのクルマに乗って引き上げていった。

「二十億円、か」

そのクルマが住宅街の角を見えなくなるまで見送りながら、佃はつぶやいた。「喉から手が出るほど欲しい金だが、少なくとも気持ちのいい話じゃねえな」

「まったくです」

山崎がうなずいたが、殿村は黙っていた。いいたいことはわかる。帝国重工の申し出を受ければ、佃製作所は、窮地を脱することができるのだ。


「使う当てのない特許なら、売却してもいいんじゃないですか」

そういったのは、唐木田だった。

帝国重工からの提案を受け、その日、夕方開いた緊急会議だ。

出席しているのは部課長以上の三十余名。冒頭、買収提案があったことを佃が発表したが、二十億円という具体的な金額を聞いた途端、会議室にどよめきが起きた。

唐木田にいわれるまでもなく、この場の誰にとっても、その金額が魅力であることはいうまでもない。

唐木田は、まったく理解できない、という目で佃を見ていた。

「ウチの会社にとって喫緊《きっきん》の課題は資金繰りじゃないですか。この特許を売却することによって、その問題が解決するのであれば、絶対にそうするべきです。みなさん認識が甘いようですが、生きるか死ぬかの瀬戸際にいるんですよ、我々は」

「だからって、いわれるままにホイホイ売るのかよ」

聞いていた津野が吐き捨てるようにいった。

考え方の違いもあって、同じ営業部長でも、津野と唐木田は犬猿の仲だ。ライバル意識もハンパではない。

「売ることがベストの選択かどうか、考えてみろよ。たとえば、社長がいうように、相手に特許使用を認めるような契約をしたほうがウチとしてもビジネスの幅が広がるんじゃないか。売っちまったらそれで終わりだ」

「終わりじゃないさ。二十億円は残る。それで新しい技術を開発すればいいんだよ」

唐木田も頑固だ。

「そんな簡単なもんじゃないだろ。甘く考え過ぎてないか」

津野も譲らない。

「殿村さんはどう思う?」

ふたりのやりとりを傍らできいていた殿村に、佃はきいた。

「経理部としては、金があるに越したことはありません」

殿村の顔は苦悩で歪んでいた。「二十億あったら助かる。でも、助かるから二十億で特許を売っていいかどうかは、別問題ではないでしょうか」

意外な意見だった。てっきり、特許を売ってくれというのかと思っていた。殿村は続ける。

「というのも正直、私には二十億円という金額提示が論外といっていいほどの安さに思えるからです。百億円でもおかしくない。普通に開発してそれぐらいかかるのなら、売るときにはマージンも乗せてもっと高く売るのが当たり前です」

百億という金額を口にした途端、会議室がざわめいた。四角四面、ガチガチの殿村が広げた大風呂敷である。だが、佃には、単に虚勢を張っている言葉にはきこえなかった。いわれてみればごもっとも、と思ったからである。なぜこの特許が二十億円なのか？　それは、佃製作所の足元を見ているからだ。

「それに、もうひとつ大事なことがあります」

殿村は、続けた。「これは会社の本質に関わる問題だということです。ウチの売りは、自社開発した高い技術をベースにした商品開発です。その会社が、せっかく開発した世界的水準の技術を売却してしまう——うまくいえないんですが——それは、ウチのビジネスの根幹から外れているような気がするんです。津野部長がおっしゃるように、売ってしまったらそれ以上はなにも広がらない。どうでしょう、山崎さん」

会議室の片隅で黙ってきいていた山崎が、立ち上がった。

「オレは——オレは、あの技術はぜったいに手放したくありません」

瓶底のような分厚いメガネの奥から、決意を秘めたような目が会議室の空気を睨み付けていた。

「感情論だろ、それ」

黙ってきいていた唐木田が吐き捨てる。だが、

「違います」

山崎はきっぱりといった。「あの特許はたしかに、大型水素エンジンを制御するための技術です。ですが、その用途は水素エンジンに限らない。もっと汎用性の高い、斬新なシステムなんですよ。売ればその可能性を捨てることになる。二十億円ぽっちでそれを捨てていいわけはありません。そんな安いもんじゃないんだ」

普段、口数の少ない山崎が、このときばかりは決然としていった。

「汎用性が高いって、じゃあ具体的にどんなものに転用できるっていうんだ」

唐木田が突っ込む。

「それはいま、検討しているところです……」

急に山崎の歯切れが悪くなって、なんだよ、と唐木田はあきれてみせた。「そんな悠長なこといってる場面じゃねえだろ」

逆に睨み付ける。「それにさ、資金繰り担当はあんたでしょうが、殿村さん。このチャンスを逃して、他で調達する当てがあるんですか。そもそも、あんたが資金繰りが苦しいっていうからこんな議論になってるんだ。資金繰りの心配がないのなら、私だって特許を売れだなんていいませんよ」

殿村は唇を噛んだ。

「資金繰りは他の方法でなんとか頑張りますから、もし資金繰りのせいで売るとおっしゃっているのならその心配は御無用です」

「心配無用といわれてもさあ、殿村さん、根拠無いじゃないか」

呆れた唐木田に、「大丈夫ですから」、と殿村は繰り返すばかりだ。

「とにかく、いま特許を帝国重工に売ることが本当に当社にとってベストの選択なのか、純粋にそのことを考えていただけませんか。短期的には資金繰りが助かったほうが、私は楽です。でも、長い目で見たとき、本当にそれでいいとは私には思えないんです。この通りです」

深々と殿村に頭を下げられ、ついに唐木田もそれ以上、いえなくなった。

頭を下げたまま殿村は辛そうに目を閉じている。それを見た佃の胸は締め付けられた。

殿村だって、二十億円の金が欲しいに決まっている。

なのに、特許の売却に賛成しないで、冷静に判断してくれといったのだ。銀行から出向して佃製作所に来てからというもの、ずっと資金繰りで苦労してきた殿村にとって、それがいかに苦渋の選択なのか、佃には痛いほどわかる。

「みんなの意見はわかった」

隣の席から殿村の背中をぽんと叩いて、佃は口を開いた。「帝国重工には、もう一度特許の売買ではなく、使用契約という形で応じられないか、申し入れることにする」

「もし拒否されたらどうします」と唐木田。

「売らなければ彼らのロケットは飛ばない。スターダスト計画はそこで頓挫する」

その言葉に、全員が息を呑んで、佃を見つめてきた。「キーテクノロジーを我々は押さえている。その強みを利用しないでどうする」

長テーブルを四角に並べ、そこに集まっている社員たちに佃はいった。「いま帝国重工の提案を飲んだらウチの負けだ」

5

「先日の提案ですが、社内で検討した結果、売却は見送ることにしました」

佃が告げると、帝国重工の財前は息を呑んだ。社内会議が開かれた翌日のことである。返事をしたいというと、財前は一も二もなく、社用車を飛ばしてきた。富山も一緒である。

まさかそんな結論を出してこようとは、夢にも思っていなかったに違いない。明らかに、財前は狼狽していた。

「いや、しかし、御社の現状を考えたら、売却されるべきじゃ――」

「どうしてです？」

佃はきいた。「ウチの資金繰りが苦しいからですか？　そんなことは御社に心配していただく筋合いのものではないでしょう」

「それはそうかも知れません。しかし特許を売却していまの危機を脱出できるのであれば、それに越したことはないかと」

舐めるのもいい加減にしろ――佃はいってやりたかった。

「なにか勘違いされてませんかね。御社は、ウチと同内容の技術を開発されたとおっしゃいました。そのためにいくら開発資金を投じたんです？　五十億ですか、百億ですか。なのにウチの特許は二十億円で買おうだなんて、そもそもその辺りからして理解に苦しみます」

佃を見つめる財前の顔に、別な感情がすっと入ってきたのがわかる。

「要するに価格の問題ということですか」

金勘定のいやらしさが滲んだ言葉だ。しかし、

「残念ながら、違います」

という佃のひと言に、目を見開いて疑問を表現する。

「いくらであれ、特許を売るつもりはありません。もし、ウチの特許を使いたいのであれば、特許使用許諾契約という形にしてもらうしかない」

「それはできません」

乗りだしていた体を背もたれに戻し、財前は冷め切った口調になる。「理由は先日お話しした通りで、キーデバイスに関する特許は、自社で持つのが弊社の方針でして」

「それは、キーデバイスに関する技術で先を越された会社のいうことじゃない」

財前の頬のあたりが強ばり、額に朱が差した。同時に、隣に座っている富山の怒りに火を付けたこともわかった。

「特許が必要なら、自社で開発されたらどうですか。開発資金は潤沢にあるんでしょう。また巨額の資金をつぎ込んで、新たな技術を開発すればいい。それならなんの問題もないじゃないですか」

帝国重工のふたりから返事は無い。

「特許を自社で持ちたいから売れだなんていうのは、大企業の思い上がりですよ、財前さん」

なおも、佃はいった。財前は押し黙っている。「あんた方はさっきからウチの資金繰りのことを随分と心配されていますが、本当に心配しなきゃならないのは、スターダスト計画でしたっけ？　御社のプロジェクトのほうじゃないんですか。プロジェクトが遅れようと頓挫しようとウチには関係ありませんが、それで困るのはウチじゃない。財前さん、あなたでしょう。人の足元を見る前に、自分の足元を見たらどうです」

「それは、御社の最終結論ということでよろしいんでしょうか」

やがて財前の硬い声が応接室に響いた。

「もちろんです」

る。

「後悔されますよ」

どこか気取ったところのあった最初の印象とはかけ離れ、財前はぎらついた眼差しを向けてくる。

「後悔はしません」

佃は平然と言い放った。「それに、特許も売却しない。ただし、特許使用を認める契約なら、門戸は開いています。御社のご立派な方針が現状に見合ったものか、もう少し冷静に判断されたほうがいいのではありませんか」

「よくわかりました」

財前はいうと、机に両手をついて立ち上がった。「では、この話は無かったことにしてください。失礼します」

隣席にいる富山に声をかけ、財前は席を蹴って帰っていった。

「よかったんですか、社長」

ふたりを乗せた黒塗りの社用車が帰っていくのを見送りながら、殿村が少し残念そうにいった。

「できれば特許使用許諾を飲ませたかったが、あの態度じゃ無理だ」

殿村の隣では、山崎が怒りとも落胆ともつかない表情で蒼白になっている。

「こんな簡単に話がぽしゃるなんて……」

震える声でいった山崎は、帝国重工が特許の売買ではなく、使用許諾の検討を承諾すると予想していたようだ。

「この件は終わったな、殿村さん。二十億円、惜しかったが」

「いいえ」

殿村は毅然としていった。「資金繰りのために大事な特許を売るわけにいきませんから。これから、ナショナル・インベストメントの浜崎さんに次の資金手当の件で会いに行くことになっています」

「そっちは頼んだよ。俺は、訴訟のほうだ」

翌週、佃製作所が抱えるふたつの裁判で口頭弁論が予定されていた。どこもかしこも、正念場だ。

後に戻ることはできない。いま佃にできるのは、たとえ困難な途《みち》であっても、先に進むことだけだ。退路は、絶たれた。

6

「ふざけた話だ、まったく」

クルマの後部座席で、どうにも気持ちのおさまりのつかない財前は吐き捨てた。

誇り高い帝国重工の部長である財前に対して、いままであんな口の利き方をしてきた下請けはいなかった。無論、佃製作所は下請けというわけではないが、少なくともこれから帝国重工となんらかの取引がはじまることを期待している相手の態度としては腹に据えかねる。

「結局、金目当てじゃないでしょうか」

隣で富山がいった。「二十億円という金額提示が安過ぎるといって、売値を引き上げるのが目的だったかも知れません」

「だとすれば莫迦な奴だな」

財前は皮肉に嗤《わら》った。

「部長にあんなにあっさり話を流されるとは思わなかったんですよ。きっといま頃釣り落とした魚の大きさに後悔しているんじゃないですかね。ざまあみろ、ですよ」

富山はいったものの、財前は渋い顔になった。特許がなければロケットは飛ばない。

「しかし部長、どうしますか」

一旦は溜飲を下げたものの、それに意味がないと富山も悟ったらしい。

「そうだな……」

財前は考え込み、やがて、「あの技術、もっと安く買えるかも知れんな」、とそういった。

財前の言葉は、富山を振り向かせた。

「どういうことですか、部長」

「これはオレの勘だが、佃製作所、早晩行き詰まるぞ」

財前はいった。「そうなればおそらく民事再生になるな。どういう意味かわかるか」

「はあ」、と富山は首を傾げる。

技術畑を長く歩んできてそっちの方面では指折りのエキスパートである富山も、会社の倒産だなんだという話には、ピンと来ないのだ。

「民事再生になれば、債権放棄が前提になって再建を探ることになる。佃には開発費をはじめとして数十億円の借金がある。それがごっそりと免除されて身軽になるということだ。その上で、管財人によるスポンサー探しがはじまるわけだが、そこでウチの出番ってわけだ」

「なるほど。ウチの子会社にしてしまえば、佃の技術も特許も自由に使えるというわけですか。それもタダ同然で手に入ると」

「その通り。しかもそのときには佃は破産し、会社を追われている」

「すばらしい」

やっと得心がいったらしい富山は、いかにも感心したような口調でいった。このアイデアに気をよくしたのか、財前はようやく表情を緩め、いつもの余裕を漂わせはじめる。

「元ロケットエンジニアかなにかは知らんが。いまは所詮、中小企業の社長だ」

財前は小馬鹿にしていった。「せっかくいい話を持っていってやったのに」

バカな男である。だが——。

「例の水素エンジンの新技術だが、特許の目鼻はついたのか、財前君」

その翌夕、本部長に呼ばれて行くと、開口一番、水原は厳しいところを突いてきた。佃製作所との交渉が「先方の価格つり上げにより」暗礁に乗り上げているという報告書は提出してあった。見るといまその報告書が水原のデスクの上に読みかけのまま置かれている。

「交渉が難航していますので、開発した新技術をさらに発展させた形で特許出願することを並行して検討しています」

財前はこたえた。

それらしく聞こえる返答だが、実際のところは体《てい》のよい方便に過ぎない。

「大丈夫なんだな」

両肘をデスクにつき、体を少し前屈みにした水原は、顔を上げて財前の目を見据えた。

「もちろんです」

そうこたえた瞬間、財前の腋を、冷たいものが流れていく。

帝国重工という巨大組織において、プロジェクト進行の遅延は、万死に値する。

「君のことだから信頼しているが、藤間社長はスターダストに社運を賭すとまで言い切っておられる。それだけ喧伝しておきながらのっけから計画遅延を発表してみろ。私や君の責任問題では済まない。市場での我が社の評価は一気に急降下だ」

水原の言葉は、紛れもない現実の匂いがした。「プロジェクト進行に間に合わせて開発を進めるならそれでいい。だが、万が一にも間に合わなかったなどということのないようにしてくれ。そんなことになったら、君に責任をとってもらわなければならない」


水原の前を辞去した財前が向かったのは、プロジェクト管理の責任者、安野のところだった。執務室に入っていくと、髭面をした四角い顔が上がる。安野とは以前、あるプロジェクトで一緒に働いたことがある。

「どうした、水原さんになにかいわれたか」

「察しのいいことで」

「特許、買えてないそうだな」

黙って安野の執務用デスクの前にある椅子を引いた財前に、ポイントを突いてきた。

「実は、売却するのを拒んでいましてね、先方が」

「それは君の書いた報告書と少し内容が違うようだな」

安野は鋭いところを見せた。「価格をつり上げてきたんじゃないのか」

「同じようなものです」

財前はいい、「でも、いまさら百億円で買ってくれといわれても、買えないでしょう」

安野は陽に焼けた顔の中から、つぶらな眼差しを財前に向けてきた。

「買えるとか買えないとか、そんなことはいま問題じゃないんだよ、財前」

現実主義者の安野は容赦なかった。「間に合うか、間に合わないか——それだけだ。しかし、間に合わないという言葉は、悪いがいまここで聞きたくない。もしそれをいいに来たのなら、とっとと帰ってくれ」

7

「財前部長、どうされました」

午後九時過ぎ、デスクで腕組みをしたままじっと考えていると、ふらりと富山が入ってきた。ガラス張りの壁からは人もまばらになったフロアが見える。

「佃の件だ」

富山の表情が曇った。

「正直なところ、もし新たなバルブシステムを開発するとして、どれだけかかる」

水原や安野とのやり取りの後だけに、財前には迷いがあった。佃の倒産を待つといっても、いつになるという確約があるわけではない。プロジェクトの期日に間に合わなければ、なんの意味もないからである。

表情を暗くした富山は、そうですね、といったきりしばらく返事をしなかった。

「最低でも二年は必要になるかと。相応の開発費用も必要になるかと思います」

「話にならんな」

財前のひと言で、富山は萎んだように小さくなった。

「それなら従前のシステムをそのまま採用したほうがいい」

口にはしたものの、それが不可能であることも財前にはわかっていた。

社長の藤間が納得しないからだ。スターダスト計画では、新技術で圧倒的な安全性と信頼性を勝ち得ることを目的としている。かといって、二年は待てない。

問題になっているバルブシステムは、燃料を燃焼室に供給するための部品だが、これが大事なのは、それがロケット打ち上げの成功率に直結するからである。

帝国重工は、いままで国策企業として関与してきたロケット打ち上げで、何度かの手痛い失敗を経験してきた。その失敗の原因を究明していくと、行き着くところはエンジンの不備であり、さらには燃料供給システムの動作不良だ。

燃料の供給システムさえ安定させれば、ロケット打ち上げの成功率は飛躍的に向上するはずだ、というのは帝国重工研究者の一致した見解で、それ故バルブシステムに巨額の開発費が投入されてきた。

いま、大型の商用ロケット分野で国際競争を勝ち抜くためには、とにかく「信頼性」と「コスト」が重要だ。

ロケットの打ち上げには一度に百億円ほどの金がかかる。しかも、そのロケットにはさらに高価な商業衛星などが積載されており、失敗して海の藻屑と消えたときの経済的損失は数百億円にも及ぶ。これらの損失は、最終的に保険で賄われることになるのだが、一度失敗すればその保険料が跳ね上がり、結果的に打ち上げコストに跳ね返ってくる悪循環になる。

加えて商用ロケット分野では、アメリカ、ロシア、フランスなどの競争相手が犇《ひし》めき、実績を競っているという現状がある。どこの国の、どのロケットを選ぶかはクライアントに選択権があり、打ち上げ失敗のニュースは、ビジネスチャンスの逸失《いっしつ》を意味する。

「既存技術の応用では解決できそうにないしな」

財前がひとりごちた。

富山も長く吸い込んだ息を吐き出す。

「正直、マイナーチェンジで特許出願をクリアできる可能性は低いと思います。残念ですが」

研究者としてはそれなりの実績を持つ男が、妙にみすぼらしく、弱々しく見える。富山に、紛れもない敗北者のイメージが重なった。

財前は椅子の背にもたれると、腹の上で指を組んだ。

「わかった。もういい」

富山が出て行くのを待って、低く唸る。

もはや選択肢は限られていた。佃の倒産を待つか、特許を買うか——。

確実に間に合わせようとするのなら、後者だ。既存の特許を買うしかない。そしてそれは、佃のところにしかない。

「ふりだしに戻る、か」

特許売却を拒絶した佃とのやりとりが思い出される。

——人の足元を見る前に、自分の足元を見たらどうです。

認めたくはないが、佃の発言はいまの財前の立場を的確に言い当てていた。足元を見たつもりが、逆に見られている。

だが、佃にも資金繰りという弱みがある。だとすれば、買収交渉はタイミングとして決して悪くないはずだ。ならば佃製作所の資金はいつショートするのか?

考えた末、財前がしたことは学生時代の友人に電話をすることだった。

相手は、ナカシマ工業の企画部門に勤務する友人、大町《おおまち》だ。

「おお、久しぶりだな。どうした」

どこかの居酒屋にでもいるらしい大町の背後からは、騒々しい人の声がしていた。

「折り入ってひとつ頼みがあってな」

「マルチ商法でもはじめたか。怪しげな勧誘に利用しようなんてのは勘弁してくれよ」

口は悪いが、気のいい男である。

「そんなんじゃないから安心しろ。実は、御社の法務とか経営企画の人間を紹介してくれないかと思ってさ」

「法務か経営企画?」

頭のいい大町は、そこになにかの意味を見出したようだったが、面倒なのかそれ以上はきかなかった。

「三田がそうじゃないか。元橋ゼミにいた、三田だ」

「三田？」

いわれて、財前はひょろりとした男の姿を思い出した。もっともそれは二十年前の記憶なので、いまどんな体型になっているかわからない。三田公康は、同じ経済学部で席を並べていた男だ。

「あいつ、ナカシマ工業だったたっけ」

就職先までは知らなかった。

「なにかききたいことがあるんなら、直接きいてみるといい。三田には、俺から連絡しておくから」

礼をいった財前が、教えてもらった三田の携帯にかけたのは間もなくのことであった。

「実は、ちょっとききたいことがあって電話した。エンジンがらみの訴訟の件だ」

挨拶もそこそこに、財前は切り出した。「最近——といっても半年以上前のことだが、ナカシマ工業が大田区にある佃製作所という会社を特許侵害で訴えたときいてる。それについて知りたい」

返事があるまでしばし時間がかかった。

「なんでお前がそんなことをきく」

「佃製作所とはちょっと事情があってね」

「まさか、手を引けとか、そんな話じゃないだろうな」三田は、ふいに警戒した声になる。

「そうじゃない。ここだけの話にしてくれ」

財前は、佃製作所との交渉経緯を話した。「その訴訟がどんなものか、詳しい話を聞かせてくれないか」

「そういうことなら、電話ではナンだな。どっかで飲みながら話すか」

「いつ？」

スケジュールを確認しようとした財前は、「別にこれからでも構わん」という三田の言葉で、一旦開けた手帳を閉じた。

ナカシマ工業の本社も大手町にあり、帝国重工本社からは徒歩十分もかからない。ふたりで八重洲の居酒屋で待ち合わせると、財前はパソコンの電源を落として、オフィスを出た。

「奇遇だな、そんな中小企業一社に俺たちが揃って関わっているとは」

二十年ぶりに会った三田は、年相応に老け、腹回りも立派になったが、学生時代の面影をそのまま残していた。生ビールで乾杯すると、二十年という月日がまるで存在しなかったような打ち解けた雰囲気になる。

「こっちは関わりたくてそうしてるわけじゃない」

財前はおもしろくもなさそうな顔になる。

「まあいい。だが、あそこの資金繰りもそろそろじゃないか」

三田はいった。「かなり追い詰められているのは間違いない。なんせウチの法廷戦略には〝定評〟があるからな」

〝悪評〟の間違いじゃないか、と思ったがそれは口にせず、財前はうなずいた。

「訴訟の経過はどうなってる」

「まあ予定通りに行くだろうな」

「予定通りとは？」財前はきいた。

「相手は所詮中小企業だ。ウチとの訴訟が響いて売上は激減しているらしい。半年から一年で確実に行き詰まる」

「半年から一年、か……」

財前は考える。「お前のところは、佃製作所をどうするつもりだ。そこまでの絵は描けてるのか」

三田は、グラスを口に運ぶ手を止めた。

「さあ、どうするかな」

話をぼかす。だが、財前にはピンときた。

ナカシマ工業の本当の狙いは、佃製作所そのものなのではないか。だとすると、たとえ佃製作所が行き詰まったところで、ナカシマ工業との争奪戦になって話はややこしくなる。

「帝国重工は、その特許さえあればいいんだろ」

三田は、財前の目的を見抜いていた。「だったら、余計なことをする必要はない。ここから先は俺に任せておけ。佃との訴訟が行き着くところまで行けば、解決する手段はすぐに見つかる。時間の問題さ。特許は売ってやるから」

財前は黙った。

三田の話を鵜呑みにするほど、財前はお人好しではない。法廷戦略の末に入手した特許を、帝国重工に安く売却するとは到底思えないからだ。場合によっては競合する海外メーカーに売却することだってあるだろう。そうなれば、スターダスト計画は根幹から崩れることになる。

「俺にも立場ってものがあってな」

財前がいうと、三田は静かに笑い、「だったら好きにすれば、いいんじゃないか」、と余裕の表情を浮かべる。

「だけど、忘れるなよ」

話を切り上げようとした財前に、三田はいった。「佃製作所に対するアプローチでは、ウチのほうが先を行ってる。それとも、帝国重工も佃相手に訴訟でも起こすか」

「まさか」

財前はいったものの、なにをどうすればいいというアイデアはなかった。ただ、佃製作所の倒産を待つだけでは、自らの窮地を脱することができないということを悟っただけだ。

佃製作所がナカシマ工業の手に落ちる前に、なんとしても特許を売らせるしかない――。

三田との会食を終えて終電近い地下鉄駅に向かう財前の、それが結論だった。一方で、佃製作所とナカシマ工業との裁判もまた、モニタリングしておく必要がある。

いま、佃製作所を巡る状況は予断を許さないところにある。

ビジネスは、いつも簡単なときばかりではないが、いま財前が直面している事態はかつてなく困難で、視界不良であった。それでもなお、財前には決して逃げることのできない命題がある。

バルブシステムの特許を手に入れること。そのために、持ち前のセンスと実行力の全てを振りしぼるときだ。

8

夕方近く、静岡にある取引先の訪問を終えて会社に戻ってみると、ひっそりとした事務所で殿村がひとり、佃の帰りを待っていた。秋も深まった十一月初めの夜だ。

帰社後、資金繰りの打ち合わせをしたいというメールは、携帯に受けている。

この日、殿村は、ナショナル・インベストメントから追加支援のことで呼び出しを受けていた。

「やはり、希望した全額は厳しいかも知れません」

殿村は青ざめた顔で、そう報告した。

「そうか……」

嘆息した佃に、殿村は、向こう半年間の資金繰り表を見せる。

「三ヶ月以上先の売上は、予測で入れてみました。ナショナル・インベストメントに依頼している支援がない場合、いつまで資金が続くかということがわかります。当初の予想以上に厳しい状況です」

八ヶ月後の収支にマイナスの表示を見た佃は、胃が絞り上げられる苦痛を感じた。

「この半年が勝負か」

八ヶ月後に資金ショートするということは、この半年でよほど営業を頑張らないとマズいことになる。企業社会では、売った代金を全額回収するのに、数ヶ月はかかるからだ。だが現状、佃製作所に、この資金ショートを埋め合わせるほどの商談はなかった。それどころか、いまある取引を引き留めるのに必死の情勢だ。

解決策が思い浮かばない。

どうやれば、この危機を乗り越えられるのか、社員たちを守れるのか、わからない。

「五千万円ぐらいはなんとかなるかも知れませんので、とにかくそれを引っぱれるよう、頑張りますが……」

殿村はいった。だとしても佃製作所の寿命はせいぜい一、二ヶ月延びる程度だろう。それは会社を建て直す期間として、あまりにも短過ぎる。

「それと社長、先ほど神谷弁護士から電話がありまして、来週水曜に予定されている裁判、傍聴していただけないかという話でした。そろそろ重要な展開になるかも知れないということで」

「いい話か。それとも悪い話か」思わず佃はきいた。悪い話なら、これ以上、聞きたくはない。

「わかりません。おっしゃいませんでしたから」

殿村はいった。「神谷弁護士としても、予断は入れたくないと考えておられるようです」

「水曜日っていうと、ウチが訴えてるほうか」

翌日の木曜日には、その逆、つまりナカシマ工業が佃製作所を訴えている裁判の口頭弁論が予定されている。どちらの裁判も、ナカシマ工業側の膨大な資料提出などにより、公判のスケジュールは遅れ遅れになっていた。

いつか法廷で見たナカシマ工業側代理人の冷徹な表情を、佃は思い出した。

連中はそうやって時間を稼ぎ、佃製作所の体力が消耗するのを待っている。そのわかっているはずの卑劣な戦略にさらされながら、どうすることもできない自分がいる。

「神谷先生を信じるしかないです、社長」

殿村がいった。こんな状況の中にあって、去る者もいれば、神谷のように親身になってくれる者もいる。数少ない支援者を信じられなくなったら、その先にあるのは、ただひとつ――破綻だ。

「一緒に行ってくれるか」

「もちろんです」

でかいトノサマバッタ顔が、生真面目にうなずいた。


前夜の雨が大気の塵を洗い流し、透き通るような十一月の朝になった。

この日、東京地裁前で神谷弁護士と待ち合わせた佃と殿村は、午前十時からはじまった法廷の傍聴人席で、小一時間に及ぶナカシマ工業の主力エンジン、ナカシマ工業側の反論に耳を傾けていた。

佃製作所が、ナカシマ工業の主力エンジン、「エルマーⅡ」を特許侵害で訴えている裁判だ。

ナカシマ工業側の代理人は、もうひとつの裁判と同じく、中川と青山というふたりの弁護士。

法廷ではいま中川の淡々とした弁論が続いているところだ。

「ちきしょう、足元を見やがって」

今回、ナカシマ側が提出してきた反論資料は、嵩《かさ》でいえば段ボール箱数箱分にも及び、おそらくそれをまともに検討するだけでも一ヶ月やそこらの時間はゆうにかかるに違いなかった。中味より、量だ。

無論、その一ヶ月という時間が、佃製作所にとっていかに重たいか、知り尽くしての法廷戦略である。

「いつもと変わらねえ雰囲気だな、殿村さん」

小声で囁いた佃はそのとき、傍聴席の端に知った顔を見つけた。向こうもこちらを見ている。目が合うと、ぎこちない会釈を寄越した。

帝国重工の財前だ。

こいつもウチの足元を見極めに来たのかと、佃の腹に怒りが湧いてくる。

「被告の準備書面はもう少し簡略化することはできませんか」

のっぺりした顔の裁判官の声が壇上から聞こえてきたのはそのときだった。

その声は、はっと意識を向けさせるほどの厳しさに満ちていて、佃は財前から裁判官席へと視線を向けた。

裁判官は佃と同年輩の男だった。黒い法衣をまとった姿は、厳格な学者然としている。

「原告の準備書面に対する反論としてはこれでも不十分なぐらいだと考えております」

中川がこたえた。指摘されても鷹揚に構えてみせる態度は、いかにも大企業の代理人たる余裕を感じさせる。だが、その中川に向いた裁判官の眼差しは冷ややかだった。

「被告が提出している反証は、争点整理の段階でも主張できたものばかりで、新たな反証とはいえないでしょう。過剰な準備書面の提出は計画審理を遅延させるだけで、合理的な根拠を欠いていると判断せざるを得ませんね」

意外な言葉だった。裁判官の声には明らかに刺々《とげとげ》しさが混じっている。慌てて原告側の代理人席を見ると、じっと瞑目したまま腕組みしている神谷の姿があった。

「裁判長。では次回口頭弁論期日までに新たな準備書面を用意させてください」

「どんなものを用意されるおつもりですか」

裁判官の言葉は丁寧だが、代理人席にいる中川に向けられた視線は厳しい。

「いえ、それはこれから戻りまして検討させていただきます」

「当該技術情報に関するものでしたら、いままでのもので十分だと思いますが。審理の引き延ばしなどの行為については、厳に慎むように」

なにかが静かに変わろうとしている。

「どうなってるんだ、殿村さん。裁判ってのは大企業寄りなんじゃないのか」

佃の隣で、成り行きを見守っている殿村がぽかんとした顔を向けてくる。予想外の展開に、傍聴席の片隅で、財前が身を乗りだすのがわかった。

「変えてくれたんじゃないですか、神谷先生が」

殿村が、興奮を抑えた声でいった。

「両代理人ともこの後お時間はありますか。それほど時間はとらせません」

そのとき裁判官の予想外のひと言がさらに降ってきた。

神谷が目を開け、机上に置いた黒革の手帳を開ける。「ええ、大丈夫です」

「被告側もよろしいですか」

中川がうなずくと、「それでは裁判官室までいらしてください」、そう言い残して裁判官が先に退廷していった。

「なにが起きるんですか、先生」

法廷外の廊下で神谷を待っていた佃はきいた。

「おそらく、あの裁判官の中ではもう心証形成ができているんだと思います。それについて話があるんじゃないですか」

「それはつまり、和解勧告ということでしょうか」そうきいたのは殿村だ。

「和解？」

佃は思わずきいた。「どんな内容になるんですか」

「それはわかりません。和解金などの提示もされるかも知れませんが、その額は裁判官の心証がどうであるかによって大きく違ってくるでしょうね」

この裁判で、佃製作所が主張している損害賠償額は、総額七十億円に上る。ナカシマ工業が特許侵害で製作した「エルマーⅡ」一台あたりにつき、佃に特許使用料が支払われたとしたら実現する利益額である。

「もし、その和解の額が気に食わなかったら、裁判を続けることはできるんですか」と佃。

「もちろんできます。ですが、これから提案されるかも知れない和解金は、裁判官が自らの心証に基づいて行なうものなので、もしそれを拒絶した場合、今後の弁論でよほどの新材料が出ない限り、判決でそれを上まわる損害賠償金を得ることは難しいと思います。だから、今回は佃社長にご足労願った次第です。前回の口頭弁論で、こんなふうになりそうな気配だったし、あの裁判官は以前にも同じようなことをしたことがあるもので」

三人で歩きながら、指定された裁判官室に向かう。

「つまり、これから裁判官が提示する和解案は、実質的な判決と等しいというわけですか」佃はきいた。

「そう思っていただいて、いいと思います」

「先生、自信、ありますか」

尋ねると、裁判官室に入る手前で神谷は立ち止まり、真顔で佃を見た。

「もちろん。でなきゃ、こんな裁判、やりません」

であれば、もうなにもきくことはない。

長いテーブルが一本ある部屋の一方に、ナカシマ工業側の代理人ふたりが先に来て待っていた。

「こちらは、佃製作所の佃社長と、経理部長の殿村さんです。同席していただきますので」

神谷が紹介しても、軽く頭を下げただけで、なにも言葉を発しない。硬い視線はまっすぐに佃らがかけている背後の壁に向けられたままだ。

「みなさんお揃《そろ》いですか」

そのとき、ドアが開いて先ほどの裁判官が入ってきた。縦長のテーブルの〝お誕生席〟にかけた裁判官は、抱えてきた資料を脇に置き、まっさきに佃と殿村のふたりに目を留めた。

「原告の方ですか」

神谷から紹介されると、「本件を担当しております、裁判官の田端です」。わずかひと言の自己紹介だけすると、その後はいかにも法律家らしく、余談を排して本題を切り出した。

「こうしてお集まりいただいた理由は、概ね想像がついておられると思います。本来、こうした場は、別途日にちを設けてそれぞれにお話を申し上げるべきものだとは思いますが、計画審理の観点からも無用な遅延は避けたいという事情がありましてね。異例ではありますが、弁論の後に集まっていただきました。その点はご了承ください」

田端はそう断り、この裁判の争点、双方の主張について整理してみせる。

「いままで原告、被告、それぞれ準備書面での主張をされてきたわけですが、本件についてはこれ以上法廷で争うより、和解という形にされたほうがよろしいのではないかと思い、本日その勧告をさせていただきます」

ごくりと佃は唾を飲み込んで、田端を見た。

「いままでの主張を検討した結果、原告佃製作所の主張する特許侵害は、ほぼ全面的に認められると考えられます。被告代理人からは膨大な証拠提出が成されたわけですが、そのどれもが原告の主張を覆すだけの論拠を持っているとはいえません」

テーブルの反対側にかけているふたりの弁護士から、表情が抜け落ちた。意思のない人形のように身動きもせず、じっと裁判官の言葉に聞き入る。

「原告の主張されるように、特許侵害をされたエンジンについて特許使用料を支払うとすれば、その額は七十億円ですが、この裁判そのものが別件で争われている裁判の延長線上で成されていることも勘案し、さらに被告側エンジンにも若干の革新性があった点を認め、五十六億円での和解を提案させていただきます」

その金額が佃の脳裏に沁みてくるまで、若干のタイムラグがあった。

殿村と顔を見合わせる。

信じられない。だが——。

夢じゃない。これは——現実だ。

充実した面持ちの神谷が、佃を見て肯いた。

「和解の期日は、二週間後ということにさせていただきます」

田端裁判官はいった。「それまでにこの和解案を受け入れるかどうか検討し、正式な回答をしてください」

田端が解散を告げ、裁判官室外の廊下に出たとき、抜け殻のようになったナカシマ工業代理人が佃の脇を通り過ぎていった。硬く青ざめた面のふたりが先にエレベーターに乗り込んでいく後ろ姿を見送り、ようやく振り返った佃に神谷は右手を差し出した。

「おめでとうございます。——正義は我にあり」

9

「和解？　和解、ですか？」

田村・大川法律事務所から電話で知らせてきた内容に、三田は耳を疑った。

被告側代理人が神谷だけに、難しい裁判になるという話は、担当の中川弁護士から重々聞かされていた。

しかし、そうした話に耳を傾けながらも、三田はどこか、舐めていた。

どうせ相手は中小企業だ。多少、理論構成のデキがいいぐらいで裁判に勝てるわけはない、と。あるいは、企業法務では並ぶもののない田村・大川のトップクラスの弁護士である中川のこと、口ではあれこれいいながら結局は相手のスキをついて逆転してくれるだろう——と。

しかし、その甘い考えがいま、粉々に砕け散った。

裁判官からの和解勧告を拒絶したところで、敗訴は濃厚だ。かといって中川の話によると、これ以上の引き延ばしも難しい。しかし、どこかにまだ逆転の可能性があるのではないだろうか。

「電話ではなんですから、これからそちらに伺います」

一旦電話を切って弁護士事務所に急行した三田だが、その中川からさらに衝撃的な発言をきかされることになろうとは夢にも思わなかった。

「この和解、受けたほうがいい」

中川はいった。ナカシマ工業の法廷戦略を司《つかさど》ってきた三田にしてみれば、「負け」に等しいひと言だ。いままで二人三脚でタッグを組んできた相手からの敗北宣言だった。

「どうしてですか、先生」

三田は食ってかかった。「相手は吹けば飛ぶような中小企業ですよ。判事から和解案が出たって、拒絶するなりしてとにかく時間稼ぎをすればいいじゃないですか。仮に敗訴したところで、控訴、上告をすればいくらだって勝機はあるでしょうに。それまでに相手は潰れますよ」

三田がいっている勝機とは、裁判での勝ち負けのことではない。たとえ裁判で負けても、佃製作所が行き詰まってしまえばそこで勝ちになる——そういう意味だ。社命を背負っている三田には、負けるわけにはいかない事情がある。

「そういう問題じゃない」

この和解案で、中川もまたプライドを傷つけられている。「控訴に上告。たしかに日本の法律で定めた筋道としてはその通りでしょう。でもね、三田さん。それはあくまで審理し直せば判決がひっくり返るかも知れないという可能性あってのことだ。申し訳ないが、この裁判に限っていうと、その可能性は限りなくゼロに近い」

「でも、ゼロじゃない」

三田は食い下がったが、中川は首を横に振った。

「これ以上進めても勝算はありません。御社の評判を落とすだけです」

ウチの評判だと？　三田は、怒りを溜め込んだ形相になった。おたくの事務所の評判の間違いじゃないのか、と。

三田が察したのは、弁護士事務所側の事情である。田村・大川法律事務所は国内でも一流のローファームだ。それ故、裁判でつまらぬ負け方はしたくないのだ。

「和解はしません。控訴します、先生」

三田はきっぱりと断言した。中川は難しい顔をして腕組みをする。その隣に青山がいて成り行きを見守っているが、さっきからひと言も発しない。

「決めるのは御社です」

中川は声を絞り出した。「このまま裁判を継続しても敗訴は確定的で、私の見たところ、控訴しても勝ち目はほとんどない。いや、そもそも控訴棄却になる可能性のほうが遥かに大きい。どうされるかは、御社内でよく検討してみてください。三田さんは、佃製作所が資金繰りに窮するはずだとおっしゃいますが、本当にそうでしょうか。むしろ、この優位な裁判を見れば、新たな資金の出し手が現れることだって十分に考えられるでしょう。違いますか」

「そんなことは先生に指摘されるまでもなく、わかっています」

三田は不機嫌な口調でいうと、顧問弁護士事務所の席を立った。

裁判は継続あるのみ。

顧問弁護士からなんといわれようとそう心に決めた三田にとって、思いがけない事態が勃発したのは、その翌日のことであった。

東京経済新聞の特集記事だ。

特集面の見出しをなんとはなしに見た三田は、その視界の「ナカシマ工業」という文字に素早く反応して目を転じた。飛び込んできたのは、〝仁義なき企業戦略〟という大きな見出しである。

三田は目を剝いた。ナカシマ工業の法廷戦略がやり玉に挙がっていたからだ。記事では、法廷戦略に敗れた中小企業経営者の怨嗟《えんさ》の声が入念に取材されている。

「なんだこれは……」

新聞を持つ手が怒りに震え、そういえば一ヶ月ほど前に三田に取材を申し込んできた東京経済新聞の記者がいたな、と思い出した。

たしか高瀬とかいう名前だったはずだ。高瀬は、様々な企業戦略を取材しているといい、三田が取り仕切るナカシマ工業の法廷戦略について話を聞かせてくれといってきた。広報部を通じた正式な取材だ。

いまとなっては間抜けな話だが、そのとき三田は、まさかナカシマ工業をやり玉に挙げる記事だとはついぞ思わなかった。

大企業の論理、なりふり構わぬ収益至上主義。記事に書かれたナカシマ工業のやり方は、まるで大国が圧倒的軍事力で小国を蹂躙《じゅうりん》するかのごとくに読める。企業イメージの毀損《きそん》も甚だしい。

取材ではむしろ得意になって話した三田の考え方、ナカシマ工業の戦略が、ここでは中小企業の誠意や真心を踏みにじる大企業の傲慢さとして引用されていた。

この取材時、三田の話をきいているときの新聞記者は、いかにも驚き、感心したような表情で何度もうなずき、メモを取りながらICレコーダーを起動させていた。当然、ナカシマ工業の戦略を賞嘆する記事が出るものと信じていたのに。

いつもより早く出勤した三田は、名刺ホルダーに放り込んでいた高瀬の名刺を取り出し、その携帯電話にかけた。

「はい、先日はどうも」

ナカシマ工業を中傷したような記事をまとめておきながら、高瀬はしゃあしゃあとして電話に出た。

「今朝の記事を読みましたけど、あれはちょっと、おかしいんじゃないか」

相手の落ち着き振りに余計に腹立たしいものを感じながら、三田は切り出した。「こんな記事を仕立てるために協力をしたわけじゃないんですがね」

「なにか間違っていますか」

高瀬は逆に問うてきた。「三田さんがおっしゃったことはそのまま記事にさせていただいたつもりですが」

挑戦的な物言いで、取材しているときのへりくだった態度とはまるで別人だ。

「そういう問題じゃなくてさ、この記事じゃあ、まるでウチが悪いみたいじゃないか。だまし討ちと同じだよ」

「悪いと思うかどうかは、読者の判断次第ですよ」

高瀬はいった。「この記事はきちんとした取材に基づいたもので、内容には自信があります。記事をどう書くかは取材結果を踏まえて私どもが決めることですし、書いてあることが事実と違うというのならともかく、記事の方向性云々というお話をされても困るんです。ウチは御社の広報紙ではありませんので」

「あんた、企業戦略について取材しているといっただろう。なのにこの記事は単なるナカシマの批判記事じゃないか。こういうやり方は、ジャーナリストとして卑劣だろうといってるんだ」

「そうですか?」

高瀬はきいた。「ナカシマ工業の企業戦略について書いたものが賞賛記事になるとは申し上げていません。事実を事実として報道したまでです。ナカシマ工業の法廷戦略に敗れた側にも論理があるんですよ、三田さん。それを報道することがけしからんというのは、あまりに一方的な話に聞こえますが」

「少なくとも、事前に記事の内容をチェックさせてくれるとか、すべきだろう」

「生憎、この手の特集記事でそういうことはしておりません。御社の意向で書いているわけではないので」

取り付く島もない。

「ふざけるな!」

三田は電話の相手に向かって怒鳴った。「あとで広報部と相談して対応を決めさせてもらうからな。出入り禁止になるよ、お宅」

「御社の記事は、これから五回にわたって連載します。短絡的にではなく、社会的存在として誠意ある対応をされたほうがよろしいと思いますよ」

高瀬のいうことは、ちくいち癪《しゃく》に障った。

「くそったれめ」

あまりの腹立たしさに叩きつけた受話器が再び鳴り出したのは、そう毒づいたときだ。

「ああ、大泉だが。ちょっと来てくれるか。君が進めている訴訟の件で話がある」

来たか。企画部長の野太い声に、三田は、胃の辺りが捻《ひね》り上げられるようなストレスを感じた。

大泉は戦車のような頑丈な体に四角い頭をのせた見るからに無骨な男だ。ついでにいうと感情がすぐ顔に出るタイプ。案の定、受話器から聞こえてくる声はすでに憤然としたものを滲ませ、三田を警戒させるに十分だった。当然、今朝の新聞記事も部長の目にとまっているはずだ。

「先程の役員会で、君が担当している例の訴訟の件、話し合われたぞ」

部長室に駆け付けると、単刀直入に大泉は切り出した。深々と椅子の背にもたれかかった大泉は、デスクの前に立たせた三田を、まるで親の敵かなにかのように睨み付けている。

「その件につきましては、昨日ご報告申し上げた通り、控訴の方向で進めております。佃製作所には長く裁判を継続するほどの体力はありませんし、おそらく数ヶ月もすれば――」

いてもたってもいられなくなって、三田の口から言葉が洩れる。だが、

「もういい」

その発言を、大泉の吐き捨てるようなひと言が遮った。

三田は、言葉を失い、どう反応していいかわからなくなる。見つめる先で、大泉の、いまにも

感情を爆発させようという眼が底光りしている。

「訴訟は中止しろ。役員会の中でも、今回の君のやり方について疑問の声が出ている。それに今朝の記事だ。ウチが企業広告に年間いくら遣ってるか、君は知ってるだろう。二百億円だぞ。それなのに、この記事に掲載されている君のご高説のおかげで、二百億円もかけた企業イメージが地に堕ちる」

「部長、あの取材は企業戦略について語ってくれという記者の要望でしたし、広報部から協力して欲しいといわれて、その——」

三田の言い訳は、「黙れ」、という一喝で封じ込められた。

「田村先生も今回は和解すべきだというご意見だ」

三田は唇を嚙んだ。中川弁護士め、自分の意見が撥《は》ね付けられたものだから、事務所のトップを担ぎ出して頭越しに話を進めやがった——。

「とにかく」

大泉は続けた。「佃製作所との訴訟は和解の方向で進めろ。広報部が東京経済新聞に確認したところでは、この訴訟の内容がそのまま記事になるらしい。そんなことが記事になってみろ、ウチの損失は計り知れない。和解金どころの騒ぎじゃなくなる」

「いまさら訴訟を中途半端に止めたところで、掲載予定の記事はそのまま変わらないかと——」

「変わらないから継続しろというのか、君は!」

大泉の怒声が、部長室に轟いた。思わずのけぞった三田は、かろうじて反論を試みる。

「この法廷戦略については部長のご承認も得て進めたものじゃないですか」

「訴訟の見通しを作ったのは誰だ。ヒラ社員ならともかく、マネージャー職にある者が言い訳をするな」

恐ろしい形相の大泉は、ねじ込むような言葉を発した。「今回のことは、君の事実誤認が原因だ。勝てる見込みのない裁判など、誰が仕掛けるか。今日中に、和解の内容をきちんと詰めておけ。いいな」

唾を飛ばして激昂した大泉は立ち上がり、茫然と立ちつくす三田をひとり置き去りにして執務室から消えた。

10

財前が、佃製作所と特許使用契約を締結したいという旨の書類を上げたのは、新聞にナカシマ工業と佃製作所の裁判が巨額の和解金で決着したとの記事が掲載される前日のことであった。和解になりそうだという情報は、それ以前にナカシマ工業の大町を通じて密かに入手していた。ナカシマ工業は五十億円を超える損害賠償を行なうとともに、同時進行していたもうひとつの裁判を取り下げるという和解案を飲んだのだ。

ナカシマ工業の——いや、三田の完膚無きまでの敗北を伝える記事は、財前の戦略を決定づけた。

これで、佃製作所から特許を買い取ることは実質、不可能になった。

いま財前の前に残された道は、佃の主張する特許使用契約を締結することのみ。

だがそれは、藤間社長が標榜《ひょうぼう》するキーテクノロジー内製化方針と真っ向からぶつかる内容に違いなかった。

佃製作所を説得する前に、まず、社内をまとめ上げる必要がある。

「みっともないな」

目を通した水原は、財前が上げた書類をデスクに放り投げた。

「申し訳ありません」

財前は詫びる。「佃製作所が特許売却を拒んでいる以上、これしか方法はありません。今回の特許の件は、ほとんど事故です」

事故。

弁明としては悪くない。水原は考え込み、

「仕方ないか……」

やがて、そうつぶやいた。「だが、問題は社長がどう判断されるかだ。特許使用なら、佃製作所とは話がつくのか」

「先方の希望でもありますので」

財前はいい、水原の反応を待つ。

水原にしても、この稟議を藤間に上申するのは勇気がいるはずだ。

「使用期間は二年間ほどで、その間に、この特許の代替技術の開発を間に合わせます」

「先に佃の確約を取ってくれないか。社長にお話しするのはその後にしたい」

水原のいうのも、もっともであった。藤間を説得するのは容易ではない。せっかく説得したのに、後になって佃から拒絶されては水原の立場がなくなる。

「使用料はお任せいただけるのでしょうか」

尋ねた財前に、

「交渉の条件は君に一任する。それまでこの報告書は私が預かる」

稟議書をつまみ上げた水原は、それを未決裁箱に放り込んで瞑目した。眉間に刻まれた皺の深さが、水原の苦悩を物語っている。

この稟議が、藤間の勘気を受けることは百も承知だ。だが、特許で先を越された挙げ句、自社開発に拘ってプロジェクトのスケジュールを遅延させるようなことがあれば、そのときにはただで済む話ではなかった。

水原の頭の中でいまゆっくりと天秤が揺れ動いている。

だが、水原を見つめる財前には、その思考の行き着くところがなんなのか、すでにわかっていた。自身、考えに考え抜いたからである。

高額の特許使用料を支払い、自社開発の基本方針を捨ててでも、いま最優先すべきはスケジュールなのだ。

スターダスト計画の迷走は許されない。

佃との交渉さえまとめ上げれば、水原が肚を固めるまで、そう時間はかからないだろう。

第三章　下町ドリーム

I

「いやあ、社長。新聞、見ました。本当に大変でしたねえ」

白水銀行のベテラン支店長、根木は、いかつい顔をくしゃくしゃにして愛想笑いを作った。根木の隣では、融資担当の柳井が、これもまた精一杯親しみを込めた目で、テーブルの反対側にいる佃と殿村のふたりを見ている。

この日の朝、これから伺います、という電話を寄越して十分も経たずに訪ねてきた銀行員ふたりである。満面の営業笑いを浮かべているふたりの前だが、佃のほうはといえば、にこりともする気分ではなかった。

十一月十一日。ナカシマ工業との和解が新聞で報じられた朝である。

和解金は五十六億円。ナカシマ側から提訴した訴訟の取り下げが条件だ。それにともない、ナカシマ工業は第三四半期、同額の特別損失を計上するということも新聞では同時に報じられた。東京経済新聞での扱いが大きいのは、同紙の特集でナカシマ工業の法廷戦略を叩いていたこととも大いに関係があるはずだ。

「和解金、すごいですねえ」

根木の口から感嘆混じりのセリフが出た。「やはり、最終的に技術力がある会社というのは生き残るということなんでしょう。さすがです。で、和解金はいつ振り込まれてくるんですか」

「ナカシマも早期決着を望んでいるもんですから、今月中には振り込まれてくることになっています」

殿村がこたえると、

「そんなに早く！」

大袈裟に驚いてみせた根木は、「不躾な質問で申し訳ありませんが、その資金はどのようにされるおつもりでしょうか」、ときいた。

「どうしようとそんなこと、こっちの勝手だろう」

佃はこたえた。過剰演技の芝居のような根木の態度にうんざりしてきたところだ。「心配しなくても、お宅の融資はきちんと全額返済しますよ」

「いえいえ、そういうことではなくてですね――」

慌てて言い訳しようとする根木に、「ふざけないでくれませんか」、佃は吐き捨てた。

「あんたら、ウチが苦しいときになんていったんだ。ナカシマが根拠もなく訴えるはずはないとか、ナカシマ相手では勝ち目がないとか、散々理由をつけて融資するどころか、潰れる前にカネは返してくれって態度だったじゃないか。それがなんだ、手のひらを返したように」

「申し訳ない、社長」

根木は深々と頭を下げた。「私どもの不明でございました。この通り、反省しております。ですから、そんなことおっしゃらないで、今後ともお付き合いのほどよろしくお願いします」

「断る」

ぴしゃりと佃がいった途端、根木は眉根を寄せて泣き出しそうな顔になる。

「やはりビジネスの基本はお互いの信用ですから」

そのとき傍らからいったのは殿村だった。「和解金が支払われた後、御行との取引は解消するつもりで準備しておりますので、そのつもりでいてください」

「君はウチからの出向じゃないか――!」

そういうところだけ、威厳をこめて根木は殿村に食ってかかった。それから佃を振り返り、

「それだけは勘弁していただけませんか」、と根木は両膝に手を置いて上目遣いになった。

白水銀行からの借入金は総額二十億円近い。支払わなければならない金利だけでも年間四千万円だ。

「勘弁してもらいたいのはこっちだ、支店長」

佃はいった。「あんたたちから投げつけられた言葉や態度は、忘れようにも忘れられないんだよ。傷つけたほうは簡単に忘れても、傷つけられたほうは忘れられない。同じ人間として、私はあんたをまるで信用できないんだ。あんたもな、柳井さん」

担当はぎくりとして唾を呑み込んだ。「自分の都合のいいときだけすり寄ってくるような商売はよしてくれ。いいときも悪いときも、信じ合っていくのが本当のビジネスなんじゃないのか」

なんとか取り繕おうとやってきた支店長の体から空気が抜けはじめ、萎んでいく様が見えるかのようだった。

「本当によかったのか、殿村さん」

すごすごと引き上げていく根木らを社長室の窓から見送りながら、佃はきいた。

「銀行は往々にして身勝手な論理を振り回してしまうようなところがありますから、ちょうどいい薬になったんじゃないですか。私は気にしてません」

「それならいいが」

根木らは、会社の前に待たせた支店長車に乗り込んで帰っていく。それと入れ違いに、いま一台の車が会社の前に横付けになり、男が降りてくるのが見えた。

帝国重工の財前は、応接室にひとり、端然とかけていた。

対峙した佃が、おや、と思ったのは、財前の眼差しに、ひとかたならぬ決意が漲っていたからだ。

「先日は失礼なことを申し上げました。申し訳ございません。本日は、是非、御社の特許を弊社で使用させていただけないかと、それをお願いに参りました」

「キーデバイスは自社で保有するという方針じゃなかったのかい」

嫌味をいうつもりはない。突然の方針変更を怪訝に思っただけだ。

「方針は、あくまで方針です。しかし、私どもにとって最優先すべきは、新しい大型ロケットの打ち上げを成功させるという一事だと考え直しました」

財前はこたえた。「そのために、方針を曲げてでもお願いしようと。特許の件、使用契約で是非、前向きにご検討いただけませんか」

「特許の使用許可というのは、正直、ウチでもしたことがない」

佃は率直にいった。「だから、まず叩き台が欲しいんだが、そちらの条件を教えてくれるか」

回りくどい前振りも、ご機嫌取りの追従《ついしょう》笑いもおべんちゃらも無い。交渉はのっけから本題に入っていた。

財前は鞄から一通の書類を取りだし、それを佃に差し出した。希望条件を細かくまとめた書類だ。

「私どもの希望をまとめて参りました。検討していただきたい付帯条件はいろいろあります。ですが、絶対に譲れない条件はひとつしかありません――特許使用は弊社のみに限定していただきたいということです」

財前は一段と真剣な眼差しを、佃に向けてきた。理由はわかる。特許使用を競合他社に対しても認めてしまえば、技術の優位性が崩れるからだ。

「一年毎の自動更新契約でお願いできればと思っております――」

財前はいった。

「使用料はいくらをお考えですか」

きいたのは殿村だ。肝心の使用料について、財前が出してきた書類には「使用料を支払う」とあるのみで、具体的な金額は記載されていなかった。今回の交渉の、まさにポイントだ。

「一年五億円」財前は即座にこたえた。

「算出の根拠は」

殿村は冷静だ。

「想定開発費三十五億円、特許が競争力を有する期間を七年と仮定し、それで単純に割り出したものです」

財前の返答に、殿村が押し黙った。適正価格かどうか、考えているのだ。

「競争力の七年も長すぎる気がしますが――」

津野がいった。「開発費の三十五億円というのは、妥当ですか。御社はこれと同じものを開発するのにいくら使ったんでしょう」

「ウチはエンジン開発全般に二百億円近く投じていますが、バルブシステムだけに限定して考えると、その四分の一程度ではないかと見積もっています」

「しかし、バルブシステムの特許が無いと、二百億円の投資そのものがフイになるわけですよね」

さすがに営業だけあって、津野は話の持っていき方がうまい。

「その通りです。しかし、だからといって開発費として二百億円を想定するわけにはいきません」

「それは御社の都合でしょう」

「もちろんそうです」

財前は認める。「ですが、二百億円を投じたエンジン・システムが使えなくなるからといって、使用料に巨額の資金を払うわけにもいきません。そんなことをすれば、打ち上げコストが上がってしまう。ウチも商売ですから」

商売、か。

かつて佃が大学にいた頃、ロケットのエンジンは純粋に研究の対象でしかなかった。研究開発費は潤沢とはいえなかったから、それをいかに小さくするかという意味では、コストを気にはしていた。だが、あれから十年近い歳月が経過し、ロケットの打ち上げそのものがビジネスになる時代が到来し、考え方は変わったのだ。

研究の対象ではなく、立派な商売としてロケットを打ち上げる。財前の中には、佃の時代とはまるで異なるコスト意識が根付いているように思えるし、実際、そうに違いなかった。

「その特許使用だが、弊社が仮にロケット以外への転用をする場合は問題無しと考えていいだろうか」

ふと佃がきくと、財前はかなり驚いた顔になった。

「ええ。ロケット関連で競合にならなければ、ウチとしては構いません。ですが佃さん、このバルブシステムをなにかの技術に転用される見込みをお持ちですか」

「いまはないが、あるかも知れない、とは思ってる」

虚を衝かれた顔を向けた山崎が、苦笑した。

「御社が商用化していらっしゃる小型動力エンジンなどへの転用については構いません。契約時に詳細に線引きをさせていただくことになりますが、私どもが困るのは商売敵への使用許可ですので。この技術を利用することで、弊社ロケットの安全性はさらに高まるでしょうし、それが強力な競争力になると考えています」

「失敗は許されないからな、ロケットは」

自身の経験を苦々しく思い起こしながら、佃はいった。

「安全性で遅れをとって、国際的な商用ロケットのマーケットから振り落とされることだけは避けたいんです。このバルブシステムに固執する理由はそこに集約されるといっても過言ではありません」

事務的なやりとりの後、財前は背筋を伸ばすと、「ご検討いただけませんか」、そう力を込めていった。

「御社の技術でウチのロケットを飛ばさせてください」

ぐっとくる決め言葉で財前は話を締めくくった。

2

その日の夕方開いた会議は、盛大な拍手ではじまった。

冒頭、和解条件について、佃が報告したからだ。

「限りなく勝利に近い、和解だ」

宣言したとき、社員たちの拍手はしばらく鳴り止まなかった。

ところが、戦勝気分にひたったのも束の間、特許使用契約の件に話が移ると、会議の雲行きは怪しくなった。昼間、財前が持ち込んだ案に異論が出たからだ。

「年五億円という特許使用料は少な過ぎるんじゃないですか」

強気の発言をしたのは、唐木田である。「ウチの技術が無ければプロジェクトが進行しないわけでしょう。帝国重工の社運を賭すほどのプロジェクトの鍵を握っているのに、帝国の開発費から割り出して年五億円というのは安過ぎますよ。コストと売値は違うんだから、仮に五億円のコストで作った商品であれば、売値は七億円ぐらいであってしかるべきなんじゃないですか。それともうひとつ」

唐木田は続ける。「帝国重工の提案はともかく、そもそもこの特許の市場価値が幾らなのか、まずきちんと把握するべきじゃないですか」

唐木田の指摘は、たしかに盲点だった。「その上で帝国重工以外の会社にアプローチすることも視野に入れてはどうかと思います。もしかしたら欧州宇宙機構はもっと高い使用料を提示するかも知れないし、NASAも同様でしょう。そういうリサーチをしないでこの提案の是非を見極めることは不可能なんじゃないですか」

拍手が起こり、津野が不機嫌な顔で腕組みをした。

「それはちょっと違うんじゃないですかね」

反論したのは、山崎だ。

「使用料が高いからって、外国企業にこの技術を使わせるんですか。ウチは日本の会社なんだし、外国のロケットではなく、国産のロケットに搭載されてしかるべきじゃないんですか」

「これはビジネスなんだぞ」

唐木田は、軽蔑の眼差しになる。「商売である以上、少しでも高いお金を払ってくれるところに売るべきじゃないか。いっそコンペにしたっていいぐらいだ」

「コンペで特許が売れるぐらいなら、とっくにそうしてますよ」

山崎が鋭い眼差しで唐木田を睨み付けた。「このバルブシステムは、そういう性質のものじゃないんです。帝国重工が欲しいといったからって、競合他社が欲しいとは限らない」

「それならなんで帝国重工は、他社には使用させないことを条件にするんですか」唐木田も負けてはいない。

「モノマネを防ぐために決まってるでしょう」

山崎は言下にいった。「もし帝国重工のロケットが大成功を収めたとき、競合他社がそれに追随しないとは限らない。そのとき、使用を許可されてしまったら、優位性がなくなるどころか、劣勢になってしまう」

「よくわからないいんだけどね、山崎部長。なんで劣勢になるんだ」唐木田がきいた。

「それは、どうして種子島に宇宙センターがあるのか考えてみればわかりますよ」

山崎はいった。「その理由は、我が国にとって、あの場所こそがロケットを打ち上げてから赤道上空の軌道に乗せるのに最適だからですよ。ロケットというのは、ご存知のように人工衛星を搭載して打ち上げられます。その人工衛星は地球の軌道上を周回するわけですから、より赤道に近い場所から打ち上げるほうが有利なんです。だからフランスのアリアンロケットは、フランス国内から打ち上げるんじゃなくフランス領ギアナから打ち上げます。アメリカのロケット射場があるケネディ宇宙センターがフロリダにあるのも同様の理由です」

「つまり赤道から離れれば離れるほど、不利になるということか」

「そうです。だから同じエンジンなら、日本は不利なんです。その意味でもっとも不利なのはロシアですが、あの国は環境配慮という面では遅れた旧式エンジンでなりふり構わず打ち上げることで実績を作っている。とにかく、帝国重工が世界で一歩先を行くためには、技術的優位は必要不可欠なんです。話が逸れましたが——」

山崎はねじ込むような視線を唐木田に向けた。「帝国重工は、自社開発の経験からこの技術が優れているとわかっているからこそ、これだけの使用料を出すんです。成功の実績もないのに、競合他社、他国の宇宙航空機関がこの特許に触手を伸ばすとは思えません。そんな甘いものじゃない。ネットのオークションじゃないんです。彼らには彼らのエンジン・システムがすでにあって、それで実績を作ってきているわけですからね」

「じゃあなにか。技術開発部では、そんな潰しのきかない技術開発をするために何十億円も遣っていたというのか」

唐木田の声に怒りが混じり、その瞬間、会議室が凍りついた。

「別にこの技術だけを開発していたわけではないんで。勘違いしないでもらえますか」山崎が冷たい口調で反論する。

「開発費は、無尽蔵にあるわけじゃない」

唐木田のひと言で、場の空気がさらに冷えていく。「商売にもならない技術に金と時間を費やすぐらいなら、主力の小型エンジンにでも注力したほうが百倍もましなんじゃないか」

「それでは技術の発展性がなくなってしまうんですよ」

山崎は感情も露わにいった。「それに、この技術が水素エンジンだけにしか利用できないということはないでしょうし」

「その転用先を山崎部長は考えていないじゃないか」

唐木田は痛いところを突いてきた。

「それはこれから検討してですね――」

苦しい弁明に、唐木田は失笑でこたえた。

元来、営業部と技術開発部とはソリが合わない。営業部にすれば、技術開発部が単なる金食い虫にしか思えないからだ。実用的な開発に特化すべきだという意見は以前からあり、その研究範囲をあえて狭めず自由にやらせてきたのは、ひとえに佃の裁量であった。

唐木田の批判が佃の耳に痛いのは、暗に佃の経営方針を批判していることにもなるからだ。

「なにいってんだ、唐木田さん。その技術が今回これだけのビジネスチャンスをもたらしたんだ。いいじゃないか。結果オーライさ」

津野がいうと、「うまくやればもっと儲かるはずだ」、と唐木田は即座に言い返した。それから佃を見て、

「帝国重工の交渉、私に任せていただけませんか」

突如そう申し出た。

「できるだけいい条件を引き出してみせます。それと——先ほどからいろいろと申し上げましたが、ウチも特許ビジネスをはじめるべきではないでしょうか」

「どういうことだ」

突然の提案に、佃は驚いてきいた。

「こんな形で巨額の利益を生むのなら、エンジンを作って売るより、むしろ特許の売り方を考えたほうが利益に結び付くんじゃないですか。どっちが儲かるかは、あえていうまでもないでしょう」

お前、そんなことを考えていたのか。そんな言葉を佃が思わず呑み込んだのは、唐木田の意見に多くの社員がうなずいているのに気づいたからだ。

ふいに湧いた複雑な思いは、あっという間に佃の胸いっぱいに広がった。

3

「お帰り。どうだったの、帝国重工さんは」

気になっていたのだろう。帰宅してリビングに入ると、母が真っ先にきいてきた。

「特許、使わせてくれとさ」上着を脱いで隣室のハンガーにかける。

「あら、そう。よかったじゃないの」

お茶を淹《い》れながら、母は笑顔になった。

「よかったのかどうか、いまそのことで社内は大揉めだ——おい、ただいま」

リビングのソファにいる利菜に声をかけた。

素っ気ない「おかえり」、の声。目はテレビの連ドラに向けたまま、佃を振り返りもしない。その態度にため息を洩らした佃に、「ねえ、それでどんな条件なの?」と母は期待して目を向けた。

父が社長だった頃、母はよく会社に出入りして世話を焼いていた。役職は専務。いまでも古参社員は、母のことを専務と呼ぶ。佃が社長を継いだのを機に役職は退いたものの、社業は心配なのだ。

「特許を独占的に使わせてくれって。一年五億だってさ」

母は口をすぼめて驚いた顔になった。破格の条件だ——そう思ったに違いない。

「なんでそれで大揉めなのよ。あんまり欲張らないほうがよくないかい」

続けて出たそんな言葉がそれを証明していた。

「別に欲張ろうと思ってるわけじゃないさ」

佃は出してくれた熱いお茶をすすり、台所の壁の辺りに視線を向ける。「ただ、なんというか……問題はもっと別のところにあるような気がする。こういう話が来ると、自分たちが本来なにをしてきたか簡単に忘れちまうんだよな」

「世間様は世間様で、いろいろなことをいうだろうしね」

そういって母はちらりと利菜を見た。「学校であれこれいわれたらしいよ。利菜んちはいいなって」

「なんで利菜の友だちがそんなこと知ってるんだい」

「そら知ってるわよ、中学生だもん」

驚いてきいた佃に、母は呆れてみせた。「新聞ぐらいは読むよ。ねえ」

返事はなく、利菜は硬い横顔を見せたままだ。連ドラは佳境のようだが、利菜の意識はテレビではなく、こっちに向けられているのがそれとなくわかった。そのとき、リモコンでスイッチを切り、利菜はぷいと立ちあがると二階へ上がっていった。

「難しい年頃だねえ」

母は嘆息混じりに、両手を腰にあてた。「だけどさ、あの子はあの子なりに、いろいろ心配してるよ」

「わかってるさ」

「こういうとき、母親がいると楽なんだけどね」

母は意味ありげな目で、佃を見る。

「それはいってもしょうがない」

「まったく、あんたも父さんに似て、頑固だねえ」

母はそそくさと立ち上がると、流しで湯飲みを洗いはじめた。


「おい、入っていいか」

「どうぞ」

虚ろな返事にドアを開けると、利菜は壁際のベッドに横になってマンガを読んでいた。佃は勉強机の椅子を引いてそれにかけ、こちらを振り向きもしない娘を眺める。

「なんか学校でいわれたか?」

佃はきいた。返ってきたのは、「別に」、というこたえ。

「そうか……。あんまりいい話じゃないんで、いままできちんと話をしなかったけど、実はパパの会社、訴訟に巻き込まれちまってな。それで――」

無関心を装う利菜は、マンガ本のページを捲《めく》る。「それで、この半年ぐらい裁判してきたんだ。訴えられて、今度はこっちが訴えてっていう、まあなんていうか泥仕合みたいな訴訟だったんだけど、結局、和解になった」

仰向けのまま、じっと利菜の視線はマンガを見上げている。

「聞いてるか、利菜」

「だから、なによ」

めんどくさそうな返事。

「だからさ、もう心配ないってこと。それに、長いこと会社やってたら、こういうふうに訴訟に巻き込まれたり、一時的に大金が入ってきたりってことはあると思うんだよ。友だちがいろいろいうかも知れないけど、まあ、なんていうか、気にしないほうがいい」

「セレブじゃないよね、ウチは」

ふと、利菜がそんなことをいって、立ち上がりかけた佃を制した。

「なんのことだい」

「セレブだっていうんだ、あたしのこと」

「セレブ?」

佃は思わず利菜の顔をまじまじと見てしまった。まったく子供というのは予想もつかないことをいうものだ。「誰がいってるんだい、そんなこと」

「ヒロミ」

利菜の学校の仲間は、時々遊びに来ることがあるが、名前と顔は一致しない。首を傾げていると、利菜は思いがけないことをいった。

「その子んち、この前倒産してさ。もうすぐ転校するって」

佃は言葉をなくして娘を見た。

そういうことか。

いま、学校で利菜が置かれている状況がわかった気がしたからだ。五十六億円という、中学生からすると想像もつかないほどの大金を得た自分の父親。だが、その一方で倒産し、私立中学の退学を余儀なくされている友だちがいる。

それも社会の一断面といえばその通りかも知れないが、中学生の娘たちにしてみれば、あまりに残酷な対比だったろう。

「そうか……。残念だったな」

「止めてよ、そういう口先だけの慰め。ヒロミだってさ、そんな言い方されたら、マジで気分が悪くなるよ」

マンガをベッドに放り出し、利菜は起き上がった。向けてきた眼差しには、憎悪が入り混じっている。

「別に口先だけじゃないさ」

佃は淡々とこたえた。「裁判のこと、どうしてお前にいわなかったか、わかるか？　それはな、一歩間違えば、ウチもまた倒産する可能性があったからなんだ。優秀な弁護士の先生がついてくれて、和解に持ち込めたからよかったけど、そうじゃなかったら危なかった。その子の家が倒産した理由は知らないけど、ウチだって紙一重だったんだ」

「だったらそのお金、ヒロミの家に貸してやってよ！」

利菜はいった。「何十億円も必要ないんでしょう？　だったら貸してやってよ」

「残念だけど、それはできないよ、利菜」

佃は言い聞かせるようにいった。「お金っていうのはそういうものじゃない。たとえ利菜の友だちでも、温情でお金を出すわけにはいかないよ。そんなことをしたら、その人はもっと不幸になる。そういうもんなんだ」

もの凄い形相で、利菜は睨み付けてきた。

「結局、パパだって、ナカシマ工業と同じじゃない」

利菜は決め付けた。「考えてるのは、お金のことばっかり」

「違うぞ、利菜」佃はこたえた。

「じゃあ、なんなの？　なんのためにそんなお金がいるの？　片や苦しんでいる人がいるっていうのに見殺しにする。最低じゃない」

「そのうちわかるよ、利菜にも」

これ以上話しても進展はなさそうだった。椅子から立ち上がった佃は、うっすらと涙を浮かべている娘を見下ろした。「パパは、お前やおばあちゃんが困ったり、悲しんだりしないように、全力を尽くしてる。それだけさ」

「私たちのためだなんていわないでよね」

利菜は言い返してきた。「自分だけ悲劇のヒーローみたいじゃない。狡いよ、そんなの。パパなんて会社も仕事も、みんな自分のためなんでしょ」

娘の部屋からすごすごと退散したものの、眠る気になれず、リビングのソファに横になった。やれやれである。ようやく訴訟が解決したかと思えば、会社でも難問山積。さらに家までもだ。帝国重工の提案、社内会議での、唐木田と山崎のやりとり――。仰向けになっていると、その日一日に起きた様々な事柄の断片が浮かんできては消えていく。さらに利菜の言葉は、佃の胸の奥底に突き刺さる棘のようだ。

「自分のため、か」

母も自室に入って誰もいないひっそりとしたリビングで、佃はつぶやいた。

研究者の道を捨て、父の後を継いで社長業に転身して以来、佃は「自分のため」になにかをしようと考えたことは、ほとんど無かった。

そもそも会社を継いだのだって、年老いた母のためであり、当時数十名いた社員たちのためだ。

だが――。

いま佃の胸に、思いがけない疑問が込み上げてきた。

その選択は、当時研究者として袋小路に彷徨《さまよ》い込んでいた佃にとって、単なる「逃げ」に過ぎなかったのではないか。

自分のためではなく、家族や社員のために働いている――そう考えることで、自分は心のどこかにある挫折感を打ち消そうとしていたのではないか。

他人のためだと思い込むことで、真実から目を背けていただけではないのか。

苦々しい思いに佃が顔をしかめたとき、リビングの片隅に置いた鞄の中で携帯電話が鳴り出した。

「ごめんなさい、遅くに。ひと言、お祝いをいおうと思って」

沙耶だ。昨日まで学会で海外に行っており、今日帰ってきて新聞を読んだのだといった。佃と違い、元妻は、研究者として着実に歩み続けている。

「ああ。オレも礼をいおうと思ってたんだ。神谷弁護士を紹介してもらってほんと、助かったよ」

佃はいつになく素直に、礼を口にした。

「彼は素晴らしかったでしょう」

学会がうまくいったのか、元妻は上機嫌だ。「その意味では当然の勝利かも知れないけど、和解できてよかったわね。それと、さっき神谷先生から、帝国重工の話もきいたわ。いよいよ、あなたの出番ね」

「出番？」

意味がわからず、佃はきいた。

「あら、重工のプロジェクトに参加するんじゃないの？　当然、そういう話に持っていくのかと思ってたけど」

思いがけないことを、沙耶はいった。

「なに莫迦なこと――」

そういいかけ、佃はふと口を噤《つぐ》む。

できなくはないのではないか――。

「あなた、ロケットエンジンの専門家でしょう。それとも、帝国重工の研究者にはかなわないかい？」

ソファの背にもたれかかり、誰もいないリビングの空間に目をやった。

そうだった。

なんでこんなことに気づかなかったんだろう。

長い間、森の中を彷徨い歩き、ふと気づくと迷路の出口に立ちつくしている自分を発見する、そんな気分だった。

オレは、もっと自分のために生きてもいいのかも知れない。

そうすることで、逃げるだけの人生にはピリオドを打てるかも知れない。いや、そうすることでしか、ピリオドを打つことはできないはずだ。


「悪いな、忙しいところ集まってもらって」

遅れてきた山崎が向かいの椅子にかけるのを待って佃はいった。朝一番に幹部だけ集めて開いた緊急ミーティングだが、用向きは殿村にも話していない。

「帝国重工からの提案の件、一晩、オレなりに考えてみた」

佃は自分を見つめる社員たちに順繰りに視線を向けてそういった。「考えてみたんだが――断ろうと思う」

口にした途端、全員が驚きに目を見開いた。

「あ、あの社長。断るって、どうして……」

戸惑いの表情を浮かべ、殿村が問う。

「ウチの特許だ。ウチでエンジン部品を作ればいい。特許を使わせるのではなく、製品を帝国重工に供給したい」

「マジですか。マジで……？」

津野がぽかんとした顔になる。

「なんでそんなことする必要があるんですか！」

突如怒り出したのは、唐木田だ。「そんなリスクを取らないでも、巨額の特許使用料が入るんですよ。しかも相手は天下の帝国重工で、取りはぐれる可能性もない。あえてウチがそんな面倒なことをしなきゃならない理由があるんですか」

「カネの問題じゃない」

佃は断言した。「これはエンジン・メーカーとしての、夢とプライドの問題だ」

テーブルを囲んでいたメンバーは鉛でも飲み込んだような顔で言葉を失った。

「プライドといわれても……」

困惑した口調で唐木田は首を振っている。「あの帝国重工にエンジン関連の特許を提供するだけでも、そんじょそこらの会社にできることではないですし、十分、立派なことじゃないですか。それをソデにして部品を製造する必要があるんですか。帝国重工の提案に乗ればノーリスク・ノーコストで儲かるんですよ」

「それは、ちょっと違うと思うんだ」

佃はいった。「知財ビジネスで儲けるのはたしかに簡単だけども、本来それはウチの仕事じゃない。ウチの特許は、あくまで自分たちの製品に活かすために開発してきたはずだろう。いったん楽なほうへ行っちまったら、ばかばかしくてモノ作りなんかやってられなくなっちまう」

不機嫌に腕組みをして唐木田は黙り込んだ。唐木田は合理主義者だ。てっとり早く金が儲かる手段があるというのに、あえてそれを拒否する考えが理解できないに違いない。

もちろん、佃だって目の前にぶらさがった特許使用料が惜しくないわけではない。むしろ、喉から手が出るほど欲しいぐらいだ。

しかし、仕事というのはとどのつまり、カネじゃないと佃は思う。いや、そういう人も大勢いるかも知れないが、少なくとも佃は違う。

子供のころアポロ計画に興奮し、図書館の図鑑で月面の写真を眺めて育った佃には夢がある。自分のエンジンでロケットを飛ばしたいという夢だ。

もしこのチャンスを逃したら、ロケットのエンジン部品を作る機会など、人生のうちに二度と巡っては来ないかも知れない。特許使用料など、それに比べたらちっぽけなものではないか。

「ウチらしいやり方で行きたいんだ」

佃はいった。「いままで地道にエンジンを作って来ただろ。持っている技術で一生懸命エンジンを作り、お客さんに喜んでもらう。いままでそうやって来たんじゃないか。今度のお客さんは帝国重工だ」

「そうやって来たのは事実ですよ、たしかに」

唐木田は反論する。「しかしですね、社長。業績はどうだったんです。たしかに、売上はなんとか伸びてはきましたけど、儲けはいつもカツカツで、資金繰りだって崖っぷちってことは幾度かあったじゃないですか。社員のボーナスを削ったこともあったんですよ」

佃は思わず、顔をしかめた。

ボーナスカットは、佃が社長に就任した直後のことだ。

技術開発と新製品リリースのタイミングが合わず、金ばかりつぎ込んで売上が追いつかなかった年が二年ほど続いたことがある。もちろん、その間の業績はじり貧。社員のボーナスを削ったのはそれが初めてだし、その後二度となかったが、その一度のボーナスカットが、「業績が悪ければ、賞与は簡単に削られる」という警句を社員の胸に刻んでしまった。人間、悪いことはいつまでも覚えているものだ。

「だけどさ、この特許はそもそも社長が音頭を取って開発したものじゃないか」

横に座っていた津野が、唐木田にいった。「どう使うかは社長が決めればいいし、うまい話が出てきたからって舞い上がってどうする」

「誰が舞い上がってるんだよ」

唐木田が気色《けしき》ばんだ。

「止めろよ、ふたりとも」

きいていた山崎が割って入る。「唐木田さんは目先の利益に飛び付こうとしているけどさ、それがベストだってどうしていえるんです？　帝国重工に特許を提供してるといえば、たしかに宣伝にはなるかも知れない。だけど、せっかくのチャンスにそれはあまりにもつまらないでしょうが。私は大型水素エンジンの部品供給、やれるものならやってみたい。ロケットのエンジンに直接関われるなんて凄いことなんですよ。町工場から世界に飛躍できるチャンスじゃないですか」

「生憎、趣味で仕事をやってるんじゃないんでね」

唐木田は言い放った。「オレたちは食っていかなきゃならない。夢だなんだってきこえのいいことというのは簡単だろうよ。だけどな、もし部品の製造に失敗したらどうするんだ。未経験の分野なんだぞ。研究過程でモノマネ程度の試作経験はあっても、実地経験はない。ウチのエンジンが原因で打ち上げに失敗したら巨額賠償まで背負い込む可能性だってある。百億円もするロケットの補償だなんていわれた日には、ウチなんかひとたまりもない。製造させろという限り、製品は保証するのが常識なんだからな。保証できるのか、あんた」

「殿村さんはどう思う？」

黙って議論をきいていた殿村に、佃はきいた。

殿村はじっと考え、

「どっちの選択が十年先の佃製作所にとってメリットがありますか」

そうきいた。

「十年先？」

佃は聞き返した。津野も唐木田も、なにをいい出すのかと殿村を見ている。「もし、ウチがロケットのエンジン開発を手掛けたことで新たな事業に結び付くのなら、その規模はどれぐらいなのかなと思いまして。特許使用料をもらうより、そっちのビジネスに展開していったほうが儲かるかも知れないでしょう。一企業としての差別化にもなるし、そういう経験が次のビジネスにつながっていくこともあると思うんです。ビジネスの広がりというか可能性を考えると、一時的に金をもらっても、後は傍で見ているだけというのはチャンスを逸している気がします」

「飛躍し過ぎだよ」

唐木田が天井を仰いだ。「それは成功したときの話だろうが。そういうのを取らぬ狸の皮算用っていうんだよ」

「リスクのないところにビジネスがありますか」

殿村にしては、毅然としてそう問うた。唐木田は頬をふくらませてしばらく考え込んでいたが、やがて、はあっ、と深いため息を洩らす。

「会社としてそう決定するのであれば、別にいいんじゃないですか」

投げやりな口調だ。

「ところで社長、そもそもこの話、帝国重工の意向はどうなんです」

津野がきいた。「ウチがやりたいといったところでそもそも認められる話かどうか。そこが問題なんじゃないですか」

まさに、その通り。

「それをこれから打診してみるつもりだ」そう佃はいった。

4

「佃製作所からお電話です」

代表電話から取り次がれたとき、財前は自信満々だった。大田区にある同社を訪問したのは昨日のこと。ビジネス上の経験からいっても、早い返事はグッドニュースであることが多い。

「昨日はありがとうございました」

期待は、隠しきれず声の調子から滲み出てくる。「検討していただけましたか」

佃からの返事は、どんなものか。「よろしく頼みます」か、「ご提案通りにお受けします」か。あるいは、特許使用料をもう少しなんとかしてくれ、といった内容かも知れない。

どっちだっていい。いずれにせよ、佃製作所は特許の使用を認めてくれるはずだ。それだけの感触を前回、財前は得ていた。

ところが――。

「いま社内で検討しているところなんだが、特許使用じゃないとマズいだろうか？」

財前は佃の発言の意図がわからなかった。

「それはどういうことでしょうか」

「特許使用ではなく、部品供給で行けないか」

膨らんでいた期待が萎み、戸惑いに変わった。言葉を失い、ただ受話器を強く握り締める。得体の知れない憤りのようなものが胸に広がっていく。

本気でいっているのだろうか？　それとも、オレをからかっているのか？　ロケットのエンジン部品を作るだと？　バカな――。いくら佃だって、一介の町工場に、そんなものできるわけないだろう――。

佃は続ける。

「エンジンの全ユニットをウチで製造させてくれといっているわけじゃない。ウチの特許であるバルブシステムに限定しての話だ。それを供給させてもらいたい」

「あのですね、佃さん」

眉間を指で強く揉みながら、財前はあらたまっていった。「弊社からのお願いはあくまで特許を使わせていただきたいということでして……。お申し出は意外といいますか、正直、戸惑っております」

持てる忍耐力を総動員して、財前は丁寧な口調で続けた。「お申し出は検討させていただきますが、いま一度、弊社からの提案も再検討していただけませんか」

しかし、佃の返事は財前の期待を裏切るものだった。

「検討はさせてもらった。その上での結論だ」

バルブシステムは今回のエンジン開発のキモだ。それを社外から調達するなど、考えられないことであった。

「ウチはエンジンのメーカーだ、財前さん」

反論しかけた財前を遮って、佃はこたえた。「特許使用料で稼ぐ会社じゃない」

「それはわかっています。しかしですね――」

「バルブシステム関連のユニットを外注できるかどうか、御社内で検討してみてくれないか」

佃はいった。「特許使用を認めるかどうかは、その上で判断したい」

「わかりました。検討はします。検討はしますが、正直、ご希望に添えるという保証はできません」

控えめな表現で、財前はいった。「そのときは特許使用の線でもう一度、ご検討いただけますか」

「それは理由による」

佃の答えは財前を苦悩させた。理由によっては特許使用が認められないということか？　ならばどんな理由ならダメで、どんな理由ならいいのか。佃の腹が読めない。

「とりあえず、社内で揉む時間をください」

受話器を置いた財前は、がっくりと頭を垂れた。敗北感がじわじわと胸に広がってくる。

「どうされました、部長」

ノックとともに、決裁書類を持って入ってきた富山が怪訝な表情を浮かべた。

「いま、佃から電話があった。作らせてくれといっている」

「は？」

富山は、啞然とした顔を、財前に向けた。「作らせてくれ、とはその——バルブシステムをですか。まさか——！」

「そういってるんだよ」

苦々しい顔で吐き捨てた財前は、頭を抱えた。

「そんなことができるわけがない。技術的に無理に決まってますよ」

富山は怒りを浮かべていった。「ロケットとトラクターのエンジンを混同しているんじゃないですか」

「だが、特許は佃にある」

財前の言葉には、開発の遅れによる特許取得失敗を詰《なじ》るような響きがあって、富山の頰が赤くなった。大会社のエリート意識丸出しで小馬鹿にしてみたところで、先を越された代償はあまりに大きい。

「申し訳ありません」

開発責任者として富山は詫びを口にした。しかし、そんな言葉もいまこの状況を打開するためにはなんの役にも立たない。

「それで、どうされるおつもりですか、部長」

遠慮がちに富山がきいた。

「こんな話が通ると思うか?」

財前から逆に問われ、富山は返答に窮する。

「まあその場で断るわけにもいかないから、佃社長には検討するとはいってあるものの——」

財前は深い吐息を洩らした。「ウチの伝統からして、キーデバイスを他社に、しかもなんのつながりもなかった町工場に頼るなど、考えられないからな。こんな話を本部長にしてみろ、お前はアホかとどやされるのがオチだ」

「では佃には——」富山は抑えた声できいた。

「返事までしばらく時間を置く。その上で、検討してみたものの難しそうだと伝えるしかないだろう。特許使用の方向でもう一度考えてみてくれと、そう頼み込むしかない」

「納得しますかね、あの佃が。自分が申し出たことの意味、まったくわかってないですよ」

富山は、佃のことを完全に見下した言い方をした。最初の交渉で門前払いを食らわされたことを根に持っているのかも知れない。

「納得するとかしないとかの問題じゃない」

財前は言い聞かせるようにいった。「スターダスト計画には、佃が特許を持っている技術が必要不可欠なんだぞ。この交渉に失敗は許されない。そんなことにでもなったら、私も君も、この会社からとっととお払い箱だ。関連会社の窓際で茶でもすすっていたいか」

「なにか私にお手伝いすることはありませんでしょうか」

ここに至って己の立場に気づいたらしい富山がきいたが、財前はゆっくりと首を横に振った。

「ない。後は任せておけ」

すごすごと部長室から下がっていくその後ろ姿に苦々しい一瞥をくれた財前は、混迷する事態に舌打ちした。巨大プロジェクトの成否が、この一事にかかっているかと思うと慄然となる。

こんなはずじゃなかった。

果たしてどこでシナリオが狂ったのだろう。

佃航平が宇宙科学開発機構の元研究員だったという経歴を知ったとき、きっと自分と同じ常識が通用する相手に違いない、と財前は決め込んでいた。町の中小企業経営者とは違うのだと。

その財前が知っている経営者とは、他ならぬ自分の父親であった。

佃にはひと言もいわなかったが、財前の父もその昔、同じ京浜工業地帯に属する川崎市内でそこそこの規模の町工場を経営していたのである。

昭和一桁生まれの人間らしく、仕事一筋に生きた男。それを支える母。社員百人ほどを抱えるそこそこの町工場で、油塗れになりながら朝から晩まで働きづめに働いていた両親を見ながら、財前は育った。

会社の仕事は、プラスチックの成型と製造だ。ピーク時の売上は五十億円ほどにもなっていたから、町工場の規模としては決して小さくはない。昔は業績がよくて、子供ながらに随分いい思いをさせてもらったこともあるが、そんな時代がいつまでも続くはずはなく、父が亡くなるまでの十年間は苦難の連続だった。バブル崩壊、業績悪化、資金繰り苦――。銀行にいわれてリストラをし、長年勤めた社員の三分の一をクビにしたこともある。

そんな父だが、息子である財前に弱音を吐いたことは一度も無かった。ポジティブというか、能天気というか。出てくるのは、どこのどんな金型を作るとか、新規で大会社と新しい取引ができるとか、強気の話ばかりだった。

父は、財前が大学を出ると、当然自分の会社を継いでくれると思っていたらしい。ところが、財前は家業を継ぐのを拒否してあっさりと就職し、父を怒らせた。もともと父には反目していたから、「会社員にするために大学に行かせたんじゃない」といわれれば、「こんな会社継ぐために勉強してきたわけじゃない」と、まさに売り言葉に買い言葉の応酬になった。

たまに実家に顔を出したときに会社の愚痴をいえば、「ウチを継がなかったからだろ」といわれ、「ウチよりは百倍マシだ」と、またケンカになる。学校を卒業してからの財前にとって、父との思い出は言い争いばかりだ。

父が、

「どうだ、そろそろウチに戻ってこないか」

そんなことをいいはじめたのは、六十五歳を過ぎ、体力的な衰えを感じはじめただろう頃だ。歳を取って、気持ちも弱くなっていたのかも知れない。

なんやかやいっても会社は窮屈だろう。そろそろ事業主のいい面がわかったんじゃないか――父はそんなことをいうようになった。

冗談じゃないと、財前は思った。誰が継ぐか、と。

父は、とにかくワンマンな男だった。

気が向けば夜中だろうとなんだろうと出て行って、自宅近くにあった工場でひとり黙々と作業をする。気に入らなければ怒り、こうと決めたら人のいうことには一切、耳を貸さない。

品質がよければ注文は来るはずだという信念のもと、なんの関係もない大会社に営業に行って門前払いを食らうと、まだ小さかった財前や母に当たり散らす。新しい製品を開発するといって大規模な投資をし、結局失敗して社員のボーナスが払えなかったこともある。自分の責任なのに、「すまん」のひと言もなく、家族や社員を日常生活のパーツのように扱う。

財前に根付いた父への反感と被害者意識は、そう簡単に消えるものではなかった。

しかし、その父の、戻って来いという誘いも何年も受け流している内に、なし崩しになっていった。財前の父が経営する会社は敗色濃厚になり、復活の道は年々細っていったからである。

その頃には年老いた父親相手に口論するなどということはさすがになくなったが、いまでも時々思うことがある。

もしあのとき自分が帝国重工を退職して家業を継いでいたらどうなっていただろうか、と。

帝国重工で得たノウハウと人脈を駆使して社長業を務めていたとしたら、果たして父の会社はどうなっていたか。

少なくとも、父の死とともに清算する運命だけは避けられたに違いない。

父の死後、後継者がいないことを理由に父の会社はその歴史を閉じた。工場のあった土地を売却すると数億円のカネが入ったが、そのほとんどは従業員の退職金と銀行の借金返済で消え、結局、最後に残ったのは家一軒と、なんとか母ひとりが老後を不自由なく生きていけるぐらいの預金だけだ。

「好き勝手なことをいって、それで満足か」

かつて父とケンカをしたとき、よく口にしたセリフを、ひとり財前は吐いた。

だがいま、財前がその怒りを向けているのは父ではなく、佃に対してだ。

佃が申し入れてきたことは、父と同じぐらい自分勝手で、常識の外だ。

しかし同時に、気づいたこともあった。

佃は、財前とは反対の選択をし、親の会社を継いだということだ。

社長になったのが七年ほど前というから、それまで勤めていた研究所を退職して社長業に転身したのだろう。手元にある佃製作所の資料によると、佃の社長就任後、会社の売上は加速度的に伸びていることがわかる。

研究者としてはともかく、経営者としての佃の実力はかなりのものだと認めないわけにはいかなかった。

往々にして事業を急拡大する経営者には強引な商売をする者が少なくないが、佃もそんなタイプかも知れない。

だとすると、面倒なことになる。

特許取得失敗を、いまさらながら、財前は悔いた。

5

佃にアポを入れたのは、電話をもらった三日後のことであった。

「先日の件です」

電話に出た佃に告げた財前は、「電話ではなんですから、一度お伺いさせてください」、といっただけで、込み入った話はしなかった。

佃は結論を知りたそうな雰囲気だったが、結局、詳しいことは後日、ということで電話を終え、いま中原街道に入った社用車の中で、さてどう説明したものかと、財前は考えている。

回りくどい言い方はよしたほうがいいと思うが、かといって単刀直入に「ダメでした」ではマズい。佃の期待を裏切ることになるわけだから、後はそれをどれだけフォローし、特許使用許可へ持ち込むかが勝負だ。

「いらっしゃい。先日は電話で失礼しました」

財前が応接室に招き入れられるのとほとんど同時に現れた佃は、いままでにない親しげな調子でいった。

「こちらこそ。すぐに返事ができませんで、申し訳ありませんでした」

さて問題はここから——ひそかに身構えた財前だが、そのとき佃は意外なことをいった。

「社内、見ますか」

きょとんとしてしまった財前に、佃は笑顔できいている。「検討していただくのに、ウチの社内や工場を見ないでは、結論なんて出せないでしょう。今日はそのことじゃないんですか」

断ることばかりに頭がいっていて気づかなかったが、佃のいう通りだ。せめて工場を見せてくれというのがスジだし、申し入れのあった相手に対する礼儀でもある。

「もしよろしければ」

冷や汗を掻きながら財前がこたえると、「どうぞどうぞ」、と佃は先に立って応接室を出た。

最初に訪れたのは、経理と営業部のある事務部門だ。殿村がいて、財前を見ると小走りにやってきて挨拶をする。殿村も随行しはじめた。

「ここが営業部。営業品目によって第一部と第二部に分けています。部員はいま二十一名」

佃のそんな説明が入る。

大企業の工場なら訪問する機会は多いが、売上百億円程度の中小――いや中堅の会社ともなると、そうそう訪ねる機会があるわけでもない。自然、財前の頭の中にある基軸は切り替わって、父親が経営していた会社の風景と重ね合わせるような視線になっていった。

社内を歩き出して最初に感じたのは、雰囲気だ。

雰囲気がいい。

それはすぐにわかった。すれ違う社員が会釈していったり挨拶をしたりといったことはもちろん、表情がいい。

父の会社はこの半分ぐらいの規模だったが、社員の表情は一様に暗かった。もっとも、そういうことを財前が気にするようになったのは自分が社会人としてそこそこの経験を積んだ後のことで、父は気づいていなかったかも知れない。

「ここからが、本社の生産部門です」

エアシャワーを浴びて塵芥《じんかい》を落とし、白衣に着替えた。きかなくてもクリーンルームのクラスはかなりのものだろうと推測できる。この規模の会社としては最先端の設備だ。こうした環境面への設備投資にも配慮されているのは、研究員だった佃の目配りに違いなかった。

「量産ラインは宇都宮にありますから、ここは試作品だけです。それと研究開発部門」

研究開発部門は、帝国重工でいえば富山が率いているチームとライバル関係にあるところだ。この小さな会社の研究開発が、カネにあかせて研究を続けた帝国重工を凌駕したというのは、まさに驚き以外のなにものでもない。

そのとき、ある作業工程の前を通りかかった財前は、見慣れない光景にふと足を止めた。

三十歳そこそこの若い工員が作業服を着て、ドリルを操作している。手作業で鉄板に穴を開け、そこにネジを塡め込む作業だった。

「あの――ちょっと、見せてもらっていいですか」

そういって工員から受け取った鉄板をしげしげと眺めた財前は、思わず唸り声を上げた。

その穴は、まるで精密な機械でも使ったかのように、垂直に穿《うが》たれていたからだ。仕事柄、いろいろな工場によく足を運び、自ら試作品の製造にも実際に関わっていたこともある財前だが、手作業で、これだけ精緻《せいち》に鉄板に穴を開ける工員は、見たことがなかった。帝国重工中を探せば何人かいるかも知れないが、ほとんどの工作をコンピュータ制御の機械に頼っているいま、こうした職人技は死滅しかかっている。

「すごいなこれは……」

思わず財前はつぶやいていた。「こんな技術、まだあったのか」

「ウチはこうした手作業の技術に対して、要求水準が高いんだ」

佃はいったが、それだけの理由だろうか。これが最新鋭のマシンも買えない、古ぼけた工場での作業ならわかる。だが、佃製作所の場合は違う。それどころか、中小企業のレベルを遥かに超えた最新設備を備えた工場である。

「試作品を手作業で作るんですか」

別の工員が手掛けているシリンダーの削り出しにひと言ふた言注文を出している佃にきくと、

「よく驚かれますよ」と笑った。

「設計図通りに試作するには、機械よりも手でやったほうが融通が利くんでね。もちろん全部というわけではないが、できるところは手作業でやってる。手作業だと、機械でやるのと比べて、考えるヒントが生まれる。たとえば、途中まで穴を開けたところで、やっぱりここよりもあっちに開けたほうがいいんじゃないかとか、組み上げる前に設計のマズイところがわかったりもする。作ってからうまく作動しないことも、手作業のほうがかえって少ない。結果的に試作工程の効率を上げることになるわけだ」

驚きを禁じ得なかった。

精密機械では、わずかな狂いが故障を引き起こし、性能や信頼性を損なわせる。高性能エンジンのシリンダーを誤差もなく削るなど、真似をしようにもそう簡単にできるものではない。

「穴を開ける、削る、研磨する――技術がいくら進歩しても、それがモノ作りの基本だと思う」

佃の言葉は説得力を持って、財前の肚に落ちた。

社内見学の最後に入ったのは、研究部門だった。大きな扉があり、クビから下げたカードをスロットに入れ、さらに静脈認証でセキュリティを解除して内部に入る。

内部は、異質な空気が漂っていた。佃製作所のロゴの入った上っ張りを着た社員たちに、研究者然とした白衣が入り混じる。大企業の研究室のように厳重に隔離された空間なのだが、そこにいる研究者たちにはどことなく気楽な、肩肘を張らない自由な雰囲気が漂っていた。それが佃製作所の、社風なのかも知れない。

財前は、途中でふと足を止めた。

フロアの中央にあるテーブルに、数種類の部品が置かれている。それがなんであるかは一目瞭然だった——バルブである。

佃の許可をもらい、手に取ってみる。

形や大きさが違う、数種類のバルブの完成品のようだった。

そのとき、コンピュータのモニタを覗き込んでいた白衣の男が寄ってきて、財前の傍らに立った。この研究部門の責任者、山崎だ。

「テストデータを見せていただくことはできますか」

その山崎にきいた。

「構いませんが、秘密保持契約を締結するまでは社外への持ち出しは遠慮してもらえますか」

山崎はいった。「モニタで数字を覗いてもらうぐらいならいいでしょう」

財前がリクエストしたデータが、画面上に映し出される。

実験データに関する山崎のレクチャーをききながら数字を目で追い続けた財前は、そこに表示された実験結果に黙り込み、腕組みをしたまま睨み付けた。

——悪くない。

液体燃料エンジンを搭載するロケットにおいて、バルブシステムは、極めて苛酷な使用環境に置かれる運命にある。

燃料である液体酸素の沸点はマイナス一八三度、液体水素にいたってはマイナス二五二・六度という低温だ。この液体燃料の燃焼室への注入量を調整しコントロールするのがバルブの役目だが、その動作環境は真空から三百気圧以上の高圧、さらにマイナス二五三度の低温から、五〇〇度の高温までと幅がある。もちろん、その環境下で正確に動作するシステムを構築するのは非常に高度な技術を要するため、各国のロケットメーカーにとってはトップシークレット扱いになっているほどだ。

いま、そのトップシークレットが、財前の目の前にあった。

「なにか質問は？」

ひと通り説明を終えた山崎がきいた。

財前が口にしたのは、質問ではなく、まったく別の思いだ。

「どうしてこんなものを作ろうと思ったんです」

それは滑稽にもきこえそうな問いだった。

「あえていえばチャレンジかな」佃がこたえた。

「チャレンジ？」

意外なこたえに、財前は目を丸くした。佃は続ける。

「このバルブのアイデアは、小型エンジンの構造を考えていて偶然思いついたものなんだ。難しい製品だが、だからこそ手掛けることで、会社全体の開発力も技術力も上がっていくと思う。それに、自分の手でエンジンを作り、ロケットを飛ばすのは私の夢だったからね。残念ながら、大型水素エンジンの全体を構築することはできないが、バルブシステムだけならなんとかなる」

「御社にとってまったく無駄になるかも知れない技術でも、ですか？」

「無駄にはしませんよ」

佃は断言した。「ロケットに搭載する技術は、ネジ一本に及ぶまで、最高の信頼性が要求される」

研究開発に情熱を傾ける佃の、まさに信念を感じさせる言葉だった。

「こうした研究は、今後の生産活動に必ず生きてくるはずだ」


結局、財前は佃の部品供給を断ることはできなかった。

「そのために行ったのにな……」

帰りの車で、財前はひとりごちる。特許使用ではなく、製品供給させてくれという佃の要求は、最初、まるで非現実的な空想に思えた。しかし——。

必ずしもあり得ない話ではないのではないか。

自分でも信じられないことに、いま財前はそんなことを思いはじめていた。

手作業で鉄板に穴を開けている工員の姿、それを目の当たりにしたときの新鮮な驚きは、拭いがたく胸に焼き付いている。その技術の確実さ、それを培っている会社の精神的背景は、規模の違いこそあれ、帝国重工の製造現場に引けを取らない。いや、それ以上かも知れない。

「いかがでした、部長」

帰社を待ち構えていたらしい富山が、財前の執務室に入ってくるなりきいた。「佃、了承しましたか」

「その件だが——」

財前はデスクの上で両手を組み、部下を見上げた。「少し真剣に検討してみようと思う」

富山の表情が揺らぎ、期待が疑問に変わるのがわかった。

「どういうことですか」

「意外によかった」

富山はぽかんと口を開けた。

「なんですって」

「だから、意外によかったんだ」

その富山の問いかけるような視線から目を外し、財前はデスクの上に置かれた資料を見るでもなく手にしている。

「よかったって、部長――どうされるおつもりです」

「だから、真剣に検討してみるといってるだろう」

佃製作所に口先の言葉は通用しない。それも、今日悟ったことのひとつだった。徹底的に検証し、きちんとした結論を出すこと以外、あの男を、いや、あの工員たちを納得させることはできないだろう。

富山は慌てた。

「部長、佃に部品を作らせるおつもりですか。そこまでやる必要があるんでしょうか」

「部品、作ってもいいんじゃないの?」

人を食った調子で財前はいい、上目遣いで富山を見る。「ウチよりも精度が高いかも知れない」

「部長！」

部下の頬が紅潮した。「ご冗談を！」

「冗談をいっている暇はないよ、君。コストを考えてみろ」

憤然とした富山に続けた。「もし、佃製作所が信頼するに足るバルブを供給し、コストが安いのであれば、それを導入したほうがいい。そうすれば巨額の特許使用料を支払う必要もない」

「お言葉ですが、それでは我が社の方針に反します」

富山は反論した。「キーデバイスに関しては自社製造するのが原則です、部長。それを他社に、しかも佃製作所のような会社からの購買部品に頼るなど、論外ですよ」

「そもそも、そうした原則には理由がある。君、知らないのか」

かつて、日本は大型ロケット開発において他国の後塵を拝していた。そのため、ロケットの使用部品を他国からの輸入に頼っていたのだが、後に独自技術による水素エンジンを開発したとき、その性能は競合各国の予想を上回るものだった。このため、日本への部品輸出国であったフランスは危機感を強めて部品輸出制限を実施、最新の部品が入手できなくなってしまったという苦い経験がある。

「要するに、ウチが独自部品による開発に拘《こだわ》るのは、想定外の圧力によって開発に影響を受けるのを回避しようという考えからだ。しかし、国内企業からの技術供与であれば、少なくとも国策的な輸出制限などということは心配する必要がない」

「しかしですね――」

富山は唾を飛ばして、財前のデスクに両手をついた。「相手は、吹けば飛ぶような中小企業ですよ。いつ消えて無くなるかもわからないような会社です。部長は、国策による制限ばかり気にしておられますが、佃だって、いつ行き詰まって供給をストップするかわからないじゃないですか。そんな相手を信用して、部品供給を受け入れるんですか」

「佃の資金繰りが悪化すれば、そのときは出資すればいい」

財前はいった。「佃が製品供給を希望している以上、問題は、製品の信頼性とコストだ。大至急、それを検討したい」

富山は感情の起伏の激しい男だ。ぎらついた目でどうにか自分の感情を抑えている部下に、財前の指示は容赦ないものにきこえたろう。

「君はプライドが高いな」

まだなにかいいたそうにしている部下に向かって、財前はいった。「だが、この開発競争で君は敗者だ。負けたなりの代償を払うところにまで我々は追い詰められている。それについて、なにか言い分でもあるのか」

じっと財前を睨み付けるようにしていた視線がストンと落ち、「いえ」、という言葉が食いしばった歯の間から零《こぼ》れてきた。

「佃の技術が本物で、かつ安価であれば、それを利用しない手はない。君は勘違いしているようだが、宇宙航空分野における真の競合相手は、佃製作所ではない。アメリカでありフランスであり、ロシアだ。彼らのロケットよりも高性能で信頼性が高く、かつ安いコストでなければならないんだ。そのためになにができるか。我々が考えるべきはそれだろ？　意地の張り合いをしてどうする。これはビジネスなんだぞ」

「申し訳ありませんでした」

すごすごと部屋を出ていく富山の背中を見送った財前だが、正直、その気持ちがわからないわけではなかった。なにしろ、財前自身、信じられない気持ちでいるのだから。だが、実際に佃製作所を訪ね、開発の現場を目の当たりにしたいま、それが必ずしも現実離れした要求ではないことは直感でわかる。

佃製作所には、なにかがある。きらりと光るなにかを、持っている。

どんな会社も設立当初から大会社であるはずはない。ソニーしかり。ホンダしかり。土壇場で資金繰りにあえいだことさえある中小企業が、誰もが認める一流企業にのしあがったのには理由がある。

会社は小さくても一流の技術があり、それを支える人間たちの情熱がある。

あの工場に漂う香気は、たとえば財前の父の会社には決してないものであった。

いや、機械化されマニュアル化した帝国重工の工場にさえ、いまやあるかどうか疑わしい。

佃の開発部門はアカデミックで、おもしろいものを作ってやろうという挑戦意欲に満ちていた。

もちろん、工場を一度見ただけでそれに陶酔するほど、財前は青くはない。しかし、帝国重工の部長として、相手の技術を見定める目には自信があった。そして、ひとたびこれと認めたら相手を尊敬し、誠意を見せる。それは、川崎の町工場で生まれ育った人間に染み付いた、ある種性癖のようなものかも知れない。

しかし、この状況を上にどう説明するか。富山にはああいったものの、キーデバイスの外注を実行に移すのは容易なことではなかった。

「水原本部長の予定を確かめてくれ。十五分ほどお話ししたい」

連絡した秘書が折り返し知らせてきたのは、一時間後のアポだ。それまでデスクワークをこなして未決裁箱を空にした財前は、予定の五分前に役員フロアに向かう専用エレベーターに乗った。


「部品受け入れを検討する？」

案の定、水原はその口調に意外さを滲ませた。

「佃製作所の部品を利用したほうがコスト的に安くつきますし、巨額の特許使用料を支払う必要もなくなります」

水原はどうにも解せないという顔で考え込んだ。

「教えて欲しいんだがね。なんで、佃製作所は、特許使用を拒んでいるんだ。そのほうが簡単に儲かるじゃないか」

「元宇宙科学開発機構の研究者でして、部品供給に拘りがあるようです」その拘りを、この日、財前は目の当たりにした。

「拘りねえ……」

水原は釈然としない顔になる。「そんなもののために、ウチの方針を変更しなければならないというのもどうかと思うな。君は、新技術開発も併行して検討しているといったな。そっちはどうなんだ」

「時間がかかります」財前はこたえた。

「代替技術として旧式のものならありますが、信頼性は落ちます。目新しさはありませんし、新たなエンジンの仕様として、世界にアピールするにはインパクトに欠ける。佃が持っている特許は、それだけなら間違いなく注目されるレベルにあります」

「しかし、ウチの技術じゃない」

水原はいった。

根っからの重工マンである水原には、嫌いなものが三つある。

負けと妥協と言い訳だ。

従って負けでも妥協でもなく、言い訳にもきこえない説得の仕方を、財前はする必要があった。

「ですが、国内の技術です」

財前は言葉に力を込めた。「輸出制限をかけられることはありません」

水原は無言だ。

「ビジネスとして考えた場合、佃からの部品供給を受けられるのであればそうしたほうがメリットがあると考えます。検討させていただけないでしょうか」

「部品の内製化を推進する藤間社長のスタンスは君も知らないわけではあるまい」本部長は難色を示した。

「もちろん、承知の上です」

「特許を先越されなければこんなことにならなかったのにな」

水原は、それが財前の失策であることを暗に仄《ほの》めかした。反論はできない。「特許使用を認めさせる交渉はできなかったのか。君、この前は大丈夫だといわなかったか」

「申し訳ございません。佃からの希望もありますし、検討したところ、外注したほうがメリットが大きいと気づいたものですから」

苦しい言い訳に聞こえただろうか。「もちろん、特許使用契約の可能性も捨てたわけではありません。性能をテストした上で、どちらがメリットがあるのか、きちんと検討したいと考えております」

「少し考えさせてくれ」水原のひと言で、短い面談はピリオドが打たれた。

6

「社長、ちょっとよろしいでしょうか」

財前が訪ねてきた日の夕方五時過ぎ、ドアのノックとともに顔を出したのは江原春樹《えばらはるき》だった。

唐木田の下にいる若手である。見ると、その背後にもふたりいて佃のほうを窺っている。江原と同年代の若手社員たちだった。

「おお、どうした」

デスクを立った佃は三人を部屋に入れ、まあ座れ、とソファを勧めて自分はテーブルを挟んで反対側にかける。

「さっき、部の会議で部長からきいたんですが、特許の件、本当にそうされるおつもりですか」

江原はきいた。

「特許の件とは?」

「使用料じゃなくて、部品供給に切り替えるという話です」

「ああ、そのつもりだが」

そうこたえると、大学時代卓球部だったという江原は、細身だがいかにもバネのありそうな背筋をしっかり伸ばし、

「考え直していただけませんか」

とそういった。やり方は少々強引なところもあるが、営業部の若手の中では、ピカ一ともいえる成績を残している男である。唐木田が可愛がっていることもあって、若手のリーダー的な存在になっている男がいま、目に決意のようなものを秘めて佃を見ている。

「私なりに考えた末のことだが、なにか意見があるのなら遠慮なくいってくれ。話はきく」

ソファにかけている三人はお互いにちらりと目配せをし、江原が切り出した。

「正直、我々としては、かなり我慢してきたんです」

「我慢？」

意外な言葉だった。「どういうことだい、それは」

「技術開発のために散々、金を遣って来たじゃないですか。ナカシマ工業との裁判で望外の和解金を得られたからよかったものの、もしそれが無かったら、ウチはどうなっていたかわかりません」

要するに、開発費をかけ過ぎていると、江原はいいたいらしい。

「いくら営業部で稼いでも、開発のために底が抜けたように使われてしまう。別に、我々に還元してくれといっているんじゃありません。せめて内部留保していただけませんか」

江原はそう訴えた。「今回の件も、正直、まったく理解できないんです。なんで特許使用契約

を蹴ってまで部品供給に拘るんですか。ナカシマ工業の和解金で借金はチャラになりました。もし、ここで帝国重工から特許使用料が入れば、ウチは当面安泰じゃないですか。それなのにあえて部品供給に切り替える必要があるんですか。それがどうしても納得いかないんです」

江原の口調に熱が籠もり、頬が紅潮してきた。

「お前たちも同じ意見か」

ほかのふたりにきく。

「私たちだけじゃありません。社内には、そう考えている者は大勢います」

こたえたのは、村木昭夫《むらきあきお》。中途で採用した二十代の男だった。普段地味な男だけに、江原と一緒に直談判に来たというだけで、佃は少々驚いていた。もうひとりの真野賢作《まのけんさく》は、ふだんの賑やかさと裏腹に、テーブルの一点を睨み付けたまま押し黙っている。

「お前ら、夢あるか」

少し考え、三人に向かって佃はきいた。なにを言い出すのかと、ぽかんとした顔がこちらを見つめてくる。

「オレにはある。自分が作ったエンジンで、ロケットを飛ばすことだ」

反応があるまで、数秒の間が挟まった。「エンジン全体とまではいかないが、なんとかその夢に近づきたいと思う。今度のは、その第一歩だ」

「でも、それは社長の個人的な話じゃないですか」

江原の反論は、佃の胸に鋭く刺さった。「我々が問題にしているのは会社のことなんです。うちの会社は社長の私物ですか?」

「違うだろうな、たぶん」

若手社員の容赦ない突き上げに戸惑いながら、佃はこたえた。「でもな、金が儲かればそれでいいってことじゃないだろ」

「しかし、バルブシステムを供給することとロケットを飛ばすことは、まるで次元の違う話じゃないですか。頭の中でリンクしてるの、社長だけですよ」

江原は、はっきりと物をいう。根は悪くないが、言葉は時としてきつい。

「そうかもな。でも、バルブシステムは、ロケットエンジンのキーテクノロジーのひとつなんだよ。もちろん、それを供給することとロケットを飛ばすこととは同義ではないが、オレとしては絶対にやってみたい」

「でも、それは経営者としてベストの選択といえないんじゃないですか」

遠慮がちにそういったのは真野だった。「会社の目的は利益を上げることだと思います。であれば、あえてリスクをとる必要はないと思うんです。仮に成功したとしても、特許使用料で稼いだほうが儲けは大きいはずです」

「お前がいいたいことはわかる。だけど、それでなにが残る?」

佃は問うた。

「金が残ります」

そう断言したのは、江原だ。「もう資金繰りが苦しいとか、そんな先行き不透明なことは勘弁してもらいたいんです。私たちだって家族があるんですよ。いつ路頭に迷うかわからない状況で、落ち着いて仕事なんかできません」

「そうか……すまん」

自分でも少々意外なことに、佃が口にしたのは謝罪の言葉だった。「だけどな、オレはいままでこういうふうにして会社、経営してきた。研究畑出身の技術屋のやることだ。いつも正しいわけじゃないし、実際に間違うこともある。不器用なやり方かも知れないが、やっぱりオレはモノを作りたい。ロケットに搭載する大型水素エンジンのキーパーツを供給できるなんてチャンス、これを逃したらもう二度と無いだろう。だから、そいつを作りたい。そういう気持ち、わかってくれないだろうか。ウチはメーカーだろ」

村木と真野のふたりの視線が床に落ちた。

「社長は公私混同してますよ」

江原が、そう吐き捨てるようにいった。「社長の夢はわかります。でもそれはいま語るべきことじゃないと思うんですよ」

佃は押し黙った。

たしかに、個人的な話といわれれば、その通りかも知れない。会社のためにとばかり考えてきた社長業で、はじめて自分の夢に踏みだした。それが社員だけではなく、その家族まで巻き込む重大な選択だということを、むろん佃もわかっていたつもりだ。

「いや、特許使用契約ではダメなんだ。作ってこそ、意味がある。必ず成功させるから」

佃は、江原の目を見ていった。「オレを信じてくれ」

返事はない。テーブルを挟んで向かい合っている佃と若手たちの間にいま、目に見えない溝ができた。

7

思いがけず、水原から呼び出しを受けたのは、午後七時過ぎのことであった。

本部長がお呼びです、と秘書からの連絡を受けたとき、富山の心臓は跳ね上がり、胃は捻り上げられたかのように、キリリと痛んだ。

「すぐに参ります」

そう電話でこたえた自分の表情が思い切り歪むのがわかる。行けば叱責だ。その予想はついているだけに、役員フロアに向かう足取りはまるで鉛を含んだように重くなった。

「お呼びでしょうか」

秘書に通された本部長室に入ると、水原は黙ったままソファを指さし、自分もデスクを回ってくる。

「失礼します」

息詰まるような緊張にネクタイを緩めたいほどだが、水原の前に行くと呼吸までもがぎこちなくなって、なにもできない。

水原は普段、感情を表に出さないタイプの男だ。ところが、いまその顔には不機嫌が滲み出ており、せっかくの帝国紳士顔を台無しにしていた。

「財前君から、バルブシステムを外注する件について報告を受けたんだが、君、どう思う」

水原の質問は単刀直入だ。「申し訳ありません」、まず謝罪して、富山は深々と頭を下げる。全ては自分の特許開発の遅れに起因していることであり、それを責められていると思ったのである。しかし——。

「謝罪はもういい」

水原はいった。「部品供給を受けることについて、現場技術者としてどう思うかときいているんだ。佃製作所とかいう会社の話は、君も聞いているんだろう。どうなんだ」

「正直、驚きました」

どぎまぎしつつも、富山は控えめにいった。水原の意図が読めない。

「彼は本気でそうしようと考えているらしいが、私にはさっぱり理解できないんだ」

水原は難しい顔で腕組みする。「佃製作所が特許使用料の受け入れに難色を示しているというのも意外なら、そもそも我が社の方針を無視して、そんな異例の措置をとろうとする財前君の考えもわからない」

「実は、まったく同感でして」

機を見るに敏なところを発揮し、ここは賛同しておくのが得策と考えた富山はこたえた。「取引実績のない相手から、しかもキーデバイスを受け入れるというのはかなりリスクがあると思われるものですから」

うなずいた水原は、「じゃあ、なんで財前君はそんなことをいったんだ」、ときいた。

「たしか彼の実家は川崎で会社を経営していたという話をきいたが、佃製作所と個人的になにかつながりがあるとか、そんなことはないか」

「わかりません」

水原がそこまで疑うのは、よほど財前の提案を疑問に思ったからに違いなかった。富山としてはこの件について自分の立ち位置を慎重に決める必要がありそうだ。

「財前部長は佃製作所の技術力をかなり評価されていまして。大田区にある同社の研究部門をたずねた途端に、意見が変わられたものですから、私も戸惑っております」

富山は、腑に落ちないといった表情で首を傾げてみせる。と同時に、これはチャンスだと思った。水原が自分を呼んだのが、財前への信頼低下によるものだとすれば、ここで水原にうまく取り入ることで、自分への評価が上がる可能性があるからだ。

「佃がどういったか知りませんが、テストしてみないことには、なんともいえません。まさか、財前部長が、佃の言い分を鵜呑みにしたとは思えないのですが」

「この件は、正直、あまり気乗りはしない」

富山は黙ってうなずき、同意を示した。

「この件、テスト云々の話以前に、もう少し検討してみるように、君から財前君にいってみてくれないか。特許はできれば買いたい。さもなくば、使用契約にとどめるのが得策だと思う。正直、財前君の報告には技術的視点が欠落しているようにも見受けられる。君ならその点について掘り下げたやりとりができるだろう。その上で、私に報告してもらいたい」

思いがけず、愉快なことになってきた。特許取得失敗以降、立場をなくしていた富山にとって、名誉挽回の機会になるかも知れない。

「わかりました」

内心ほくそ笑んだ富山は、神妙な顔で一礼するとその場を辞去した。

興奮気味の一夜を過ごし、富山が部長室のドアをノックしたのは、翌日の九時前のことである。

「実は、昨日、本部長に呼ばれまして」

そう切り出すと、出勤したてで鞄に入っている物を取りだしていた財前の手が止まった。「本部長に？　佃の件か」

察しよくきいた財前は、鞄をデスク脇に置いて、椅子にかけた。勧められもしないのに、富山はその前に丸椅子を引いて腰を下ろす。

「部品供給はいかがなものかと、そういうニュアンスでした」

「ニュアンス？」

財前は眉を顰めた。「ニュアンスってなんだ。本部長はなんとおっしゃったんだ。具体的にいってくれ」

「部品供給について技術的な側面を部長と話し合ってくれというお話でして。ただ、本部長はまだ特許取得に拘っていらっしゃいます。最悪でも使用契約にとどめたいと」

「特許取得は無理だ」

財前はきっぱりといった。「使用許可も、部品供給に拘る佃側の意向で難しい。ただし、品質や納品体制を検討した上で基準に達しないという明確な理由があるのであれば話は別だ。もう一度、特許使用契約を念頭に交渉のテーブルにつけるだろう」

「部品供給の道を探るというのは、しかし——」

「なんの問題があるんだ。ただ、テストをすればいいだけの話じゃないか」

財前の言葉に、憤然としたものが入り混じった。

「そもそも、そんな必要があるのか、とそういうことです」

富山は、いつもは抑え込んでいる感情の欠片《かけら》を露わにし、言い返すような調子になった。なにしろ、水原本部長の意向がわかっているだけに強気だ。

「テストをやらないで、どうやって佃に返事をするというんだ」

財前がきいた。「いいか、特許を持っているのは向こうなんだぞ。その意向を無視して、こちらの都合をゴリ押しできるほど甘い相手じゃないんだ。そもそも、君の開発が遅れなければこんな交渉など不要だった」

「お言葉ですが、開発スケジュールについてはご報告申し上げていたはずです」

思わず、富山はそう口にした。その件について富山が反論したのは、これが初めてである。

「部長も納得していただいた上で進めておりました。結果的に、先を越されることになったのも、佃の特許が仕様変更という特殊な手続きを進めたからで——」

「君は悪くないと?」

財前の冷ややかな眼差しが、富山を射た。

「いえ、そういうわけでは……」

富山は思わず口ごもった。

「よく聞いておけ。ここは学校じゃない」

財前は、部下の目を覗き込んだ。「誰が納得していたとか、手続きが正しかったとか、そんなものは犬のクソほどの意味もない。特許は先を越されて取得できなかった。この事実を前にして、どんな言い訳が通用するというんだ。ここは会社で、我々が手掛けているのは、宇宙航空ビジネスなんだぞ。生き馬の目を抜くこの業界で、手続き通りやっていたからそれでいいという甘い考えが通用すると思ってるのか」

悔しさが、じわじわと富山の胸の奥から滲み出てくる。

そんなことぐらいわかっているさ、と富山は思った。

財前は、あたかも富山ひとりの責任のようにいうが、特許開発の遅れという点でいえば、管理責任者として、財前も同罪ではないか。部下に責任を押しつけ、都合のいいところだけ自分の手柄にする上司がいるが、財前はまさにその典型だ。

こんな奴の下にいたら、いつかオレは潰される——。

そのことをはっきりと胸に刻んだ富山は、「水原本部長は試作品の受け入れについて納得しておられないようですが、その意向に反してテストをしたほうがいいと、部長はお考えでしょうか」、と正面きってきいた。

「同じことをいわせるな」

財前は煮えたぎる感情を目に宿している。「じゃあ、水原本部長に満足していただけるように、さっさと新しいバルブシステムを開発したらどうだ。できるのか、君」

富山は奥歯を噛み、不満げに唇をすぼめる。それ見たことかといわんばかりに、財前はそっぽを向いた。

「とにかく、必要だからそうするんだ。勝つための条件だと思え。それに——」

財前はふたたび富山を振り返ると、その鼻先に指先を突きつけた。「君も技術者なら、頭からダメだと決めつけないで、佃の技術をテストしてからそういいたまえ」

皮肉なことに、財前から投げつけられたのは、前夜、水原の前で富山自身が口にしたのと同じセリフだった。

「申し訳ございません。鋭意説得したのですが、財前部長の意志が思いの外、固かったものですから」

その日の午後、水原本部長の空き時間にアポを入れた富山は、財前との面談について報告した。眉根を寄せて困惑した表情を見せているのは富山一流の演技である。

「ただ、気になることもあります」

ここに来る前に組み立ててきたストーリーを口にする。「どうも、財前部長のお話をきくにつけ、最初から部品供給ありきの発想をしておられるような気がするのです」

「どういうことだね」

興味を抱いたらしい水原はきいた。

「佃製作所との交渉は、財前部長がされていまして、実際のところどうなのか、私にもわかりません。したがって佃がどういう考えで、部品供給させろといっているのかはわかりませんが、断ろうと思えばできると思うのです」

「つまり、佃にうまく言いくるめられているということか」

「はっきりとはいえませんが」

水原が浮かべた納得顔は、まさに富山が期待したものであった。朝方、財前によって味わわされた屈辱が晴れていく。いい気味だ。

「君の意見は?」

「部品供給のテストをやらせていただけませんか」

富山は、財前の前で見せた態度とは百八十度違うことをいった。「技術者としては、相手の品質を確認しないで拒絶することはできません。きちんとした結果が出れば、財前部長も佃製作所も納得するはずです」

無論、富山が想定しているテスト結果は、〝不合格〟だ。

「わかった。じゃあ、やってくれ。それと——」

水原は富山を見据えていった。「特許使用に関する佃との交渉、君がやってみてくれ。できるか」

富山は破顔した。財前の鼻を明かす、千載一遇のチャンスだ。

「もちろんです。財前部長もいまのところ手詰まりのようですし、交渉人を変えたほうがいい結果が出るのではないかと、私も思っておりました」

あくまで控えめなコメントを残し、富山は本部長室を後にする。

「ポスト財前だな」

役員フロアを歩きながら、いまや抑えきれない笑いを富山は洩らした。しかし、低い声は、分厚いカーペットに吸い込まれ、誰に聞かれるともなく消えた。

8

冬の到来を予感させる木枯らしが吹いていた。十一月半ばの金曜日、池上線長原駅に近い居酒屋で、佃は飲んでいた。

「仕事は切り上げて、たまにはみんなで飲みに行こうや」

残業していた社員たちを誘っての飲み会だ。広い二階座敷のあちこちで、若手社員を中心に盛り上がっている。こうしてたまに社員を飲み屋に連れ出すのも、佃にしてみれば社長としての仕事のようなものだが、そこには先日、直談判に来た三人の姿はなかった。

「誘ったのに、帰っちまいまして」

とは、「江原たちはどうした」という佃の質問にこたえた、津野の弁である。

「そうか……」

先日の話し合いで感じたもやもやは消化不良のまま、腹のどこかに居座っている。できればこうした場で、腹を割って話し合いたいという思いもあったのだが、いまの若手に昔ながらの〝呑ミュニケーション〟は通用しない。

「営業部のクセに帰りやがって。付き合いの悪い奴だ、まったく」

「まあいいじゃないか」

ぶつぶついっている津野にいい、「難しいな」、と佃は本音を洩らした。

「若手の扱いがってことですか？　それならガツンといってやればいいんですよ」

津野はそんなことをいう。

「そうはいかないだろう」

佃は、ぬるくなったコップのビールを喉に流し込んだ。

「文句だけいって、こっちの誘いは断って距離を置くってのはどうかと思いますよ」

端の席からそういったのは山崎だ。直談判に来た三人のうち、真野は技術開発部の研究員だったから、山崎も部下の扱いに少なからず悩んでいるのかも知れない。

「部品を供給することが、それほど腹に据えかねる決断だったのかな。お前たちどう思う」

佃がきくと、津野も山崎も「そうですねえ」、といったきり黙った。

「私はいいと思いますけどね」

と津野。「社長が納得できるように方針を決めるのは当然なんじゃないですか」

あまりうれしくない回答である。津野は続けた。「三人とも資金繰り云々の話をしたそうですが、もし会社が行き詰まったら、社長は財産の全てを失うわけじゃないですか。つまり、もっともリスクを抱えているのは社長なんですよ。それと比べたら、社員のリスクはそれほどじゃないですしね」

そうだろうか。

社員にしてみれば、職を失うのは、家や財産を失うのと同じぐらい大変なことのはずだ。失うものの大きい小さいで判断できる問題じゃない。

「ツンさんだったらどうする」

津野は顔をしかめて考え込み、返答に窮した。

「いいから遠慮なくいってくれ」

そういうと、「オレならたぶんやらないと思います」、と津野はいった。

「そのほうが簡単に儲かるし、研究開発は今後も続きます。そのための資金をここでプールできるのも会社にとっては大きいかなと。それと、部品を供給するリスクもある」

「まっとうな考えだよ、それは」

多少傷つきながら、佃はこたえた。

「今回の件は、オレの我が儘みたいなもんだ」

隣に座っている殿村が気の毒そうな視線を寄越した。そして、

「答えはすぐには出ませんよ」

そんな励ましを口にする。「たしかに、特許使用料を受け取れば簡単に儲かりますが、ロケットのキーデバイスを供給するほどの技術力を持つことで商売が大きくなることだってあるじゃないですか。五年、十年のスパンで見たら、社長がおっしゃるようにそうした実績が生きてくると思うんです」

そのとき——、

「どうするかは、確実性で判断するべきなんじゃないですか」

突如、背後から声がした。

経理部係長の迫田《さこた》滋《しげる》だ。アルコールに少々頬を染めて、いつの間にか佃の後ろに立っている。

話を聞いていたらしい迫田は、空いている佃の隣に正座すると、「実はオレも、江原に一緒に直談判に行こうって誘われたんです」、そういって殿村を蒼ざめさせた。

「なんで来なかった」

そう問うた佃に、迫田の返事は残酷だった。

「そんなことしても、方針なんか変わらないと思ったんで」

大学卒業とともに入社した迫田は知的な男で、仕事ぶりは堅実。その意見はいつも的確で、江原と並ぶ、若手のリーダーのひとりである。

「悲しいことをいってくれるじゃないか」

恨みがましくいった佃に、迫田は、

「でも、社長はもう決めてるじゃないですか。自分で」といった。

自分で、というそのひと言が、佃の胸にひっかかる。

「だから、あんまり意見をいっても仕方がないかなと思ったんです。でもオレは、どっちがうまくいくか、という確実性で判断すべきだと思ってますよ」

周りにいた社員たちが、佃と迫田のやりとりに気づいて話を止め、こっちに注目している。

「たしかに、部長がおっしゃるようにロケットの部品を供給することでビジネスが広がるかも知れません。でもそれ、何パーセントぐらいの確率でそうなると思いますか？　オレはせいぜい十パーセントか二十パーセントの実現可能性があればオンの字かなと。一方、特許使用料が支払われる可能性は百パーセントですよ。帝国重工にとってそんな金は鼻紙ぐらいのものですからね。ゴルフと同じですよ。可能性があるからといって、いつもピンばかり狙ってギャンブルをする奴は、いつまで経ってもうまくならない。私がこういっても社長は方針を変えないと思いますが、酒の席だからあえていいます。社長は間違ってますよ。夢はこの際置いといて、オレたちにボーナス、弾んでくださいよ」

その途端あちこちであがった拍手は、佃を落ち込ませた。

津野が舌打ちとともに酒をあおり、山崎は無表情だ。唇を嚙んだ殿村が、目を伏せた。

「たしかに、確率はそうだよ」

佃は認めていった。「だけどさ、そんな会社、つまらないだろ。お前の確率は、とどのつまり金が入ってくるかどうかの確率じゃないか。だけど、金が入ってきたらそれでいいのか。もっと夢があって面白い仕事ができるかも知れない。そっちの確率だってあるんじゃないか」

「そんなの後からでも追求できるじゃないですか」

迫田の意見は、腹が立つぐらいに率直だ。「社長、必ず成功させるからって、江原にいったそうですね。それって、技術者としての発言じゃないですよ。成功するかも知れない、ならわかりますけどね。社長はどういう根拠で〝必ず〟なんていったんですか」

「お前、それは揚げ足取りだろうが」

津野がむっとした顔を上げた。「そういう意気込みでやるってことだよ」

「だったら、失敗したときの責任はどうとるんですか？　何億、もしかしたら何十億もの収益機会を放棄するんですよ。これ、大変なことだと思うんですよね。そりゃあ、いっぱい給料もらって好きなことがいえる部長はいいですよ。でも、オレたちはいわれたままにやるしかない存在でしょう。社長が、この方針を打ち出したってきいたとき、社長自身の夢はわかるけど、オレたちのことは考えてくれたのかなって、でっかいクエスチョンマークが胸に浮かんだんですよね」

今度は拍手はわかなかった。

酔っぱらっているとはいえ、迫田の意見はあまりに厳しかったからだ。

そうだ。――佃は思った。オレは自分の夢のことは考えたが、社員のことはそのとき考えなかった。

結局、社員が反抗するのは、その結果ではなくプロセスに問題があったからではないのか。

だとすれば、オレはどこかで、手順を間違えたらしい。


ほろ酔いで自宅までの道のりを徒歩で帰る。

自分の夢のことは考えても、社員のことは考えていない――。

たしかに、そういわれても仕方のない決断かも知れない。だが、それを若手社員に指摘されたのはショックだった。

夢より、給料、待遇、そしてボーナス。

自分の夢はあくまで自分だけのものであり、社員の夢ではない。

「そりゃ、そうだよな」

佃は、とぼとぼと歩きながら、ぽつりとつぶやいた。

オレの認識が甘過ぎたんだ。

社長の夢なんぞを追求するために会社を経営されてはたまったものではない――若手の連中は、そういいたいに違いない。

だが、また別な思いも胸に浮かんでくるのだった。

〝オレにだって人生はあるんだぜ〟、と。

若手のいっていることはわかる。たしかにオレの考えにも至らないところはあった。だけど、奴らの主張は、オレにやりたいこともやらないで会社のために人生を捧げろといっているのと同じじゃないか。オレにとって、そんな仕事になんの意味がある——？


「ただいま」

自分で鍵を開けて入り、リビングに行くと、キッチンで母がひとり茶を飲みながらテレビを観ていた。利菜はとっくに自室に上がってしまったらしく、姿はない。

「お疲れさま。さっき、須田《すだ》さんって人から電話があったよ。またかけるって」

「須田？」

聞き覚えのない名前だ。「どこの会社とか、そんなこといってなかった？」

「なんとかってカタカナの名前をいってたけど、なんだったかしら。自宅にかけてくるような人なら、名前をいえばわかると思ってきかなかったわ。心当たりないの？」

「ない」

上着を脱ぎながら、佃はいった。「何時頃？」

「九時半頃だったかしらね。また、電話くれるって」

掛け時計の針は、すでにそれから一時間ほど回っている。「——あ、かかってきた」

リビングの電話が鳴り出した。

「夜分申し訳ありません。私、マトリックス・パートナーズの須田と申します。佃社長様、いらっしゃいますか」

電話を取った佃に、聞いたことのない男の声が聞こえた。

「私ですが」

「突然、不躾な電話をいたしまして失礼いたします。いま、お電話、大丈夫でしょうか」

恐縮した声で須田はきいた。なにかのセールスにしては時間が遅い。黙っていると、相手は勝手に話を続けた。

「実は、三上先生の紹介で。それでこちらの連絡先を教えていただきました」

「三上の？」

意外な名前が出てきた。三上は、宇宙科学開発機構で同僚だった男で、いまは大学に戻って教授職にある。

「どういう関係ですか」佃はきいた。

「私どもは企業投資や買収案件などを手掛けているアメリカ資本の会社の日本支社です。三上先生にはうちの技術評価顧問をお願いしている関係で親しくさせていただいております。実は、佃製作所様に大変興味を持っている企業さんがありまして、一度、お話だけでも伺わせていただけないかと思ってお電話いたしました」

「興味があるとは？」

佃はきいた。「資本提携かなにかですか」

「まあ、そんなところです」

「どこの会社です、それは」

「詳しいお話はちょっと電話では……」

須田は言葉を濁した。「一度、会社にお伺いさせていただくわけには参りませんか。私どもはその企業さんのご意向で、代理人として動いております。話を聞いていただいた上で、佃社長様のご意見を頂戴できればと存じます」

「あまり興味はないんだがね」

「そこをなんとか、お時間をいただけませんか」

須田の声に力がこもった。「御社の営業戦略や今後の研究開発を視野に入れた場合、必ずメリットがあるはずです。決して不愉快なお話にはならないと存じます」

「まあ、三上の紹介なら話をきくぐらいはいいでしょう」

少しめんどうになって佃はいった。「明日、ウチの会社に電話を入れて、経理担当の殿村という者にアポを取ってくれるかな」

ところが、

「その経理担当の方は、佃製作所の株式をお持ちじゃありませんね」

事前に調べたのか、須田は意外なことをいった。「できましたら、佃社長様に直接聞いていただきたいと存じます。――内密で」

ひっかかることを須田はいったが、あれこれ考えるのも疲れていた。

「まあ、いいだろう」

一旦置いた鞄から手帳を出し、スケジュールを眺める。「いつ?」

「来週、どこかでお時間を頂戴できれば幸いです。何時でも結構ですので」

「じゃあ、月曜日の午後二時でもいいか」

「ではその時間に伺います」

丁重な礼の言葉とともに、須田からの電話は切れた。

9

「マ、マトリックス、えーとパートナーズの須田さんという方が、社長に面会したいといらっしゃっていますけど。お約束されてますか」

総務担当の花村はもらってきた名刺をたどたどしく読み上げて、怪訝そうな顔を佃に向けた。今年五十五になる花村は、先代の頃から勤めているオバサン社員だ。

「ああ、通してくれ」

断ってくれ、というと思ったのだろう。花村は、意外そうな顔を見せてから引き返していく。

やがて案内されてきたのは、まだ若い長身の男だった。年は三十代半ばなのに、差し出された名刺には、「日本支社長　須田祐介」と印刷されている。

「先日は突然の電話で失礼いたしました」

花村が茶を出して下がるのを待って、須田は頭を下げた。外資系の人間にありがちなブランドものの高級スーツに靴。洒落たタイを締めた須田のなりは、佃製作所の応接室で浮いて見える。

「内密でとは、どういう話なんですか」

佃は、須田の自己紹介が終わるのを待ってきいた。

「お話の性質上、社員の方に知られてはまずいケースがあるものですから」

それがどんなケースなのか、佃にはいまひとつ想像がつかない。「佃さん、率直にうかがいますので、忌憚《きたん》のないご意見をお聞かせ願えませんか」

須田は居住まいを正した。「ある大手企業が、御社を非常に高く評価しております。その企業の名前をまだ申し上げることはできませんが、世界に冠たる大企業だということだけは申し上げておきます。佃さん——会社をお売りになる気はありませんか」

「なに？」

あまりのことに、佃はぽかんと口を開けたまま言葉を失った。

第四章　揺れる心

I

ウチを買いたいという会社って、どこだ？

まず気になったのはそれだった。ところが須田は、「現段階では、申し上げられないことになっていまして」、と口を割らなかった。相手の情報については、許可が下りるまで守秘義務があるという。

「買い手が誰かもわからないのに、売るかどうかなんて検討できるわけないだろ」

少々むっとした佃に、申し訳ありません、と須田は頭を下げた。

「おっしゃることはよくわかります。ですから本日は、こうした買収話における一般的な条件面などについてお話をさせていただこうと思って参りました。まず、よく誤解があるもので最初に申し上げておきますと、会社を売ったからといって、必ずしも佃さんが社長でいられなくなるということでもありませんのでご安心ください。社長としてこれからも社業を引っぱっていきたいという意思をお持ちでしたら、それを買収の条件として交渉をすればいいことです」

別に売るつもりがあるわけではない。だが、須田の話は佃の興味を引いた。

「要するに、ただ佃さんがお持ちの株式を売っていただくということですので」

「つまりオレは雇われ社長になるわけか」佃はきいた。

「はい。ただし、給与なども交渉で決めていただくことができます」

「だけど、買収先の意向に沿わないことをすればクビってことだろ」

ここが肝心なところと思ったか、須田は背筋を伸ばした。

「それは仰る通りです。しかし、買収される会社の取引先をこちらに紹介してもらい、それで新たなビジネスが生まれることが見込まれますので、佃製作所さんの経営はむしろ安定なさるのではないでしょうか。それと、こんなことを申し上げるのは失礼かも知れませんが、社員の方々にしてみれば、大企業の傘下に入るという安心感や安定感、ステイタスも手に入ることになります」

佃は黙って腕組みをした。

迫田とのやりとりが胸に浮かんだ。

夢よりも現実。リスクより安定。

社員の中には、この話を歓迎する者が大勢いるに違いない。

「たとえば御社の主要取引先であった京浜マシナリークラスの取引先を数社、新たに獲得できる可能性があります。新規開拓はどこの会社でも経営課題のひとつですが、その意味で御社の戦略性は相当高まるでしょう。また、買収先企業にとっても、御社の技術力を傘下におさめることで市場戦略を優位に進められるというメリットがあります」

そのためにはオーナー社長の座を譲り渡せ。須田の持ってきた話は、要するにそういうことである。

「まあ話はわかった」

ひと通りの説明をきいた後、佃はいった。

「ご検討、いただけますか」

「考えとくよ」

佃のお座なりの返事にも、須田は背筋を伸ばして一礼した。「ありがとうございます。じっくり検討してみてください。またご連絡いたします」


「社長、いま投資関係の会社が来てませんでしたか。マトリックスの人間ですが」

須田が帰ると、それを待っていたかのように殿村がでかいトノサマバッタ顔をドアから覗かせた。さすが元銀行員らしく、須田の会社のことを知っているらしい。「私、同席しなくて大丈夫だったんでしょうか」

「まあ、なんとか」

買収話を殿村に話すべきか迷ったが、止めておいた。

「なんの話だったんです？」殿村はきいた。

「つまらない話さ」

そういうと、殿村は一瞬だけ佃の顔を見つめたが、それ以上はなにも詮索することもなく、

「そうですか。ならいいんですが」という。

「ひとつききたいんだが」

引っ込もうとする殿村を佃は呼び止めた。「そのマトリックスって会社、信用できるのか」

「信用できるもなにも」

殿村は目を丸くした。「超一流のベンチャー・キャピタルですよ。そんな会社がウチに来たと聞いたもんですから、これはてっきり投資話でも持ち込まれたかなと思っただけです」

殿村が下がると、応接セットの肘掛け椅子にかけたまま、佃は深々と嘆息した。

須田の提案を、つまらない話だと切り捨てることはいまの佃にはできない。

経営者としての夢、社員たちの思いがけない反発。

いまの佃は、裸の王様になりつつある。

会社を売れば、少なくともそんな面倒なことから解放されるだろう。経営が安定して社員が喜ぶのなら、それだって立派な選択肢ではないか。社長業に恋々《れんれん》とするつもりはない。

会社とはなにか。なんのために働いているのか。誰のために生きているのか——。

佃が突きつけられているのは、会社経営における、まさに本質的な問題だ。

2

久しぶりに飲まないか、という三上の誘いがあったのは、その週の金曜日のことだ。

食通で知られている三上らしく、神宮外苑にほど近いその店は最近売り出し中のシェフが腕を振るっているというイタリアンだ。

かつての同僚だった三上と会うのは、研究所を退職して以来、かれこれ七年ぶりである。

「どうだ、社長業は」

その七年の間に、すっかり腹の辺りに脂を蓄えた三上はきいた。「噂では、随分派手に切った張ったとやっているそうじゃないか。荒稼ぎしたろう」

どうやら三上は、マスコミに報道されたナカシマ工業との訴訟合戦のことをいっているらしい。

「荒稼ぎとはちょっと違うな」

佃はこたえた。「ただ降りかかる火の粉を払ったまでのことだ。そうしたら、とんだお駄賃が入った」

「何十億円もの金がお駄賃かよ」

三上は前菜のカルパッチョとワイングラスを往復しながら、そういって笑った。気の置けない男である。大学に籍を置きながら、宇宙科学開発機構でも重責を担《にな》っている三上は、一流の研究者だ。佃が抜けた後、大型ロケットエンジンの開発は、この三上が中心になって進められた。いまや、日本を代表する科学者のひとりといっていい。

「正しくは、お駄賃じゃなくて和解金という」

佃はいった。「ただ、今回は法廷戦略がたまたま奏功しただけで、一歩間違えば、ウチが損害賠償を押しつけられていたかも知れない。生き馬の目を抜く世の中だ」

謙遜でもなんでもない、本音だ。

「それもこれも、お前の会社に技術力があるからそうなるんだろう。お前にしてみれば、小型動力エンジンなんて手のひらで転がすようなもんだろうがな」

「そんなことはないさ」

佃は目を見開いた。「小型エンジンには小型エンジンの難しさがある。なにしろ、性能さえよければいいってものじゃないからな。値段とかデザインとか、市場や顧客のニーズに合わなければ売れない。ウチみたいな中小企業がやっていくのは大変なんだよ」

「中小企業か。そいつはいいや」

「なにがおかしい。ウチは、正真正銘の町工場だぞ。オレなんか町工場のオヤジだ。文句あるか」

佃がいうと、三上はワインを一口含んで喉を潤してから笑った。

「その中小企業とやらが、最先端のバルブシステムの技術を保有しているんだからな。侮れないよ、まったく」

「知ってたのか」

驚いてきいた佃に、三上は「そりゃそうさ」と、呆れてみせた。

「帝国重工では、いまその話で持ちきりだ。カネと時間をかけて開発してきたはずの最新技術で、町工場に先を越されたってな。なにかいってきただろう」

商用ロケット分野で、宇宙科学開発機構は帝国重工のクライアント的な位置づけにあり、技術的にも協力関係が継続されている。三上も帝国重工内の情報に通じているのだろう。

「特許の独占使用をさせてくれという話が来た。――断ったけどな」

「なんで断る」

佃はふいに息苦しさを感じて顔をしかめた。やはり三上も社員と同じように佃の判断に疑問を抱いたらしい。

「部品を供給したいんで」

三上は片眉を上げて佃を見つめたまましばらく考え、

「得策とは思えんな」

そういった。「リスクもあるし、経済合理性に欠ける。金だけもらって次のチャンスを待ったほうがいいんじゃないのか」

三上の優れたところは、技術者ながら損得勘定に長《た》けている点だったと思い出した。どうやらそうした性質はいまも変わっていないらしい。

「そんなチャンスがいつ来るっていうんだ」

佃は、運ばれてきた皿に手を付ける前に、盛り付けられた料理を観賞しながらいった。「常に技術的優位が保てるわけじゃない。たまたま小型動力エンジンを開発しているときにヒントがあったんで先を越せたまでさ。次があるという保証はない」

「まあそれはそうかも知れないが」

三上は、なにかを考え、しばらくの間、口を噤《つぐ》んだ。顔なじみらしいソムリエが来て、ワインの感想を求めると、三上はいかにも通らしい受け答えをしてみせる。

「お前が家業を継ぐといったとき、もう研究の道は諦めたんだろうと思っていた。しかし、そうじゃなかった。お前はお前にしかできない研究をしていたんだ。そして、その分野でいまやトップレベルの独自技術を持つに至っている。なあ佃――」

三上はワインをテーブルに置くと、あらたまった口調になった。「お前、大学に戻らないか」

まじまじと相手を見たまま、佃はどういっていいかわからなくなった。

「なにいってんだ。冗談いうなよ」

「冗談なもんか」

三上は、真剣な眼差しを向けてくる。「本木教授が、来年退官することになった。九州にできる工科大学の学長になって行くらしい」

本木健介は、大学の教授職と宇宙科学開発機構の主任研究員を兼務していた。佃が最後に手掛けた大型水素エンジンを搭載したロケット打ち上げで管理責任者を務めていた男だ。

「野心家で知られる本木教授としては、ロケット分野での功績をこれ以上上げることができないのなら地方大学の学長になったほうがいいという判断なんだろう。研究者としての限界が来ていたからな。それに甘んじるような人でもない」

「とはいえ、本木先生の代わりはいくらでもいるだろう」

三上の話を真に受ければ自分の莫迦さかげんが晒される、そんな気もして佃はいった。

「いなくはない。だが、オレはお前が適任だと思う。ブランクはあるが、研究分野での論文の数、質にも問題はない。さらに我が国ロケットエンジンの発展に貢献した実績は誰も否定できない。それに加えて、今回のバルブシステムという実際的な発明があれば、オレの見るかぎりお前ほど空席になる教授職にふさわしい男はいない」

佃は、三上の熱っぽい誘いに、なにか現実離れした思いにとらわれた。そして正直——心が動いた。

「自慢じゃないが、教授会でのオレの発言権は決して小さくない。お前の実績にオレの推薦があれば、教授として招聘《しょうへい》することは決して難しい話じゃないんだ。ただし、それには当然のことながらお前の同意が必要だ。帰ってこい、佃」

「ちょっと待ってくれ。他ならぬお前にそういってもらえるのはうれしいが、オレには一応、経営者としての仕事があるんだよ」

すると、三上はふいに佃から目をそらし、ひとつ長い吐息をついた。

「マトリックスの須田君に会っただろう？」

佃は息を呑んだ。

「だから、俺のことを紹介したのか」

「すまんな。お前にとってメリットのある話だと思ったんで。だが、それは間違ってなかったと思ってる。お前は環境と金さえ与えられれば、もっといい仕事ができるはずだ。真剣に考えてみないか」

落ち着こうとして深呼吸した。だが、出てきた吐息は上ずったように震えた。

「少し時間をくれ」

佃は唸るようにいった。

3

「製品受け入れの件、まず本腰を入れて検討してみてくれ」

水原は歯にものの挟まったような言い方をした。ありがとうございます、と礼をいった財前に、

「ここから先は富山君に任せたらいいんじゃないか。わざわざ君がやることもあるまい」と書類を手に取りながら軽い口調で続ける。

意外な言葉に、財前は慌てた。

「富山に？」

「ああ。彼のところでテストをして、その結果を踏まえて交渉まで任せる。そのほうがいいだろ

う。現場責任者の彼なら技術的なことも噛み合うだろうしな」

水原が決裁した書類には、佃製品がテストをパスした場合、スターダスト計画の公認パーツとして供給を受ける手続きに入る旨が記載されている。

だが、水原から返してきた書類には、水原本人の承認サインしか入っていなかった。

「本部長、本件について役員会での決裁はどのように？」

「役員会の決裁とは？」

書類を読んでいた水原の視線が上がった。

「この件、藤間社長は承知しておられるのでしょうか」

もとより、水原の頭越しに申し入れるわけにもいかないから、本部長である水原から社長に上申してもらわなければならない。

「まだだ」

水原はそっけなくこたえ、そのまま書類に視線を戻した。

「本部長、本件には社長の方針に反する部分もありますので、事前にそれとなく根回ししていただいたほうがよろしいかと存じます」

水原の表情が曇り、いまのひと言が怒りに触れたことを財前は悟った。

「そんなことは君にいわれなくても承知している。社長の耳に入れるのはウチのテストで合格して、部品供給を受けても問題はないという結論が出た後だろう」

たしかに手続き的にはその通りだ。しかし、問題が問題だけに、それでは乗り切れない場合が出てくる。最終的に藤間が「ノー」といえば、世界トップレベルの新型水素エンジンで競合を圧倒しようというスターダスト計画に穴が開く。キーデバイスの外注は水原にとって最悪のケースかも知れないが、社長の判断次第でそれすら受け入れられないことになってしまってはマズい。事前の根回しは必須だ。

「代替技術を開発しようとしても、果たしてどれぐらい先になるか、見通しが立ちません。とりあえず計画のスケジュールを死守するためにも、藤間社長には前もってご理解いただきたいと存じます」

「みっともない話だな」

返ってきた言葉は容赦ないものだった。「君に任せておいたのが間違いだったかも知れない。ひとついっておくがね、私の考えでは最悪最低でも、特許の独占使用に留め置くというものだ。君は藤間社長のことばかり気にしているようだが、キーデバイスは内製したほうがいいというのは私も同意見だ。まして取引もなにもない中小企業からの部品の受け入れなど、簡単に認められるものじゃない」

普段感情を表さぬ水原が見せた激情は、財前を黙らせるに十分であった。

同時に、なんとか保っていた水原との信頼関係に、いま、はっきりと黄信号が点灯したことを財前は悟った。妙な弥縫策《びほうさく》を講じるのも得策とは思えず、「申し訳ありませんが、よろしくお願いします」とだけいい、その場を辞去するしかない。

自室に戻ると、財前を待ち構えるようにしてノックがあり、富山が顔を出した。

「佃製作所のテスト・スケジュールを作成しましたので、決裁していただけませんか」

提出された書類を一瞥した財前は思わず顔を上げた。

一般的に宇宙航空部が下請けや協力工場に対して課しているテストを上回る厳重な内容になっていたからだ。

「どういうつもりだ」

財前は富山を睨み付けた。

「キーデバイスですから」

さも当然といわんばかりの富山は、「ただし、これを全て実施するつもりはありません。コストも時間もかかりますから。NGが出たところで中止します。水原本部長からお聞きになったと思いますが、これを踏まえ、佃製作所との交渉は私にやるようにということでしたので、よろしくお願いします」

こいつ……。

腹に沸き起こった怒りを抑え、書類に捺印すると黙って富山に突き返した。

「テストの詳細なリポートはきちんと提出してくれ。落とすためのテストをするなよ。代替技術はないんだ」

ひと言釘を刺すと、部下からは挑戦的な眼差しが返ってきた。

「もちろんです。ただ、このテストでダメなら、部品供給ではなく、特許使用を認めさせるよう交渉致しますので、ご了承ください」

財前が失敗した交渉を富山が成功させれば、この男の社内評価は上がるに違いない。一方、部下にしてやられた自分がそのときどうなるか——財前は考えるのを止めた。

4

「お前の代わりに、オレがビシッといっておいてやったから」

経理部の迫田はいうと、意地の悪い笑いを浮かべた。

蒲田にある焼き肉屋の二階。同じテーブルを営業第二部の江原と技術開発部真野、真野の後輩になる立花洋介《たちばなようすけ》の四人が囲んでいる。

全員分の肉を焼くのは一番年の若い立花の仕事で、さっきからもうもうと立ち上る煙にときおり顔をしかめながら、話を聞いていた。「飲みに行くぞ」という江原の一声で集まったのは、若手を中心に十五人ほど。他の連中も隣り合わせのテーブルで思い思いに盛り上がっているところだ。

「社長もだいぶ参ったって顔してたぜ。あんなバカげた話はないからな」

迫田は得意げだ。「社長の夢のために、会社、食い物にされちゃかなわねえや」

まったくだ、とうなずく面々が多い中、立花は焼き肉の煙ごしに、隣席で腕組みをして黙り込んでいる埜村耕助《のむらこうすけ》の姿を見て、おや、と思った。

埜村は、技術開発部に所属する技術職だ。上背はそれほどないが、高校時代、野球で鍛えたがっしりした体付きをしている。江原とは同期入社になるが、高卒なので年は四つ若い二十七歳だ。

「なあ、埜村。そうだよな」

迫田はめざとい。すばやく埜村の仏頂面を発見し、言葉とは裏腹に「なにか文句でもあるのか」という顔で声をかけた。

「別に食い物にしてるわけじゃないだろ」

埜村がいい、肉が焼ける音がしばらく聞こえた。

「なんだよ、やけに社長の肩、持つじゃないか。冷たいな」

「別にそうじゃないよ。ただなんか、さもしいと思ってさ。金が儲からないからとかいっちゃって」

ぞっとするほど冷たい表情を迫田は向けた。

「お前、霞食って生きていけんのか」声に棘が生えた。

「違うって」

面倒くさそうに埜村はいうと、胡座《あぐら》を解いて片膝をついた。飲んでいるのはいつも焼酎のロックだ。九州男児だからというわけではないが、そういう格好がやけに板についている。

「ウチの会社は、社長の技術力と情熱で伸びてきたわけだろ。いってみれは、ホンダと同じじゃないの？　それを否定したら別の会社になっちまうような気がするだけさ」

「わかったようなことをいうじゃねえか。その会社で、冷や飯を食わされてる男のいうこととも思えねえよ」

「オレが冷や飯食ってるとか、そんなこと関係ないだろ」

埜村はむっとした顔でいった。迫田とは同期入社でため口だが、大卒の迫田のほうは係長で、埜村はその下の主任だ。「オレはさ、ウチの社長はなかなかオモシロイと思ってるわけだよ。あの年になってもやりたいことがあって、まだそれを諦めてなくて、それに向かって純粋に努力してるわけさ。そのバカなところがウチのいいところじゃん。それを応援してやろうと思わないのかよ」

「思わないね」

迫田は冷淡にいった。「オレ、生きてくので精一杯だし、働きに応じた給料欲しいと思うからさ」

「働き以上の給料、もらってるじゃん」

埜村にいわれ、アルコールのせいで赤かった迫田の頬がさらに赤みを増した。

「もらってねえよ。なあ」

迫田が周囲に同意を求めると、何人もの社員が戸惑いながらうなずくのがわかった。「あれだけの和解金が入ったっていうのに、トノなんかそれを賞与に盛り込もうとか、そんな話も一切、無しだ。それもこれも今度の件があるからさ。金が儲かっても俺たち社員に回すのは一番最後ときてる」

「トノもトノだ。社長に遠慮し過ぎだよな」

そのとき江原が口を挟んだ。「だいたい、部品供給だなんて社長の暴走だよ。それを止めるのが経理部長の仕事じゃないか。それなのに、出向解除されるのが怖いもんだから社長のいいなりだ。あれじゃあ、なんのために銀行から降《ふ》ってきたのかわからねえや。迫田が経理部長やったほうが、絶対にいいって」

口々に同意の言葉が洩れ、迫田は満足そうにマッコリの入ったグラスを口に運んでから埜村にいった。

「お前みたいに、なんの疑いもなしに社長に付いていくのはいいけどさ、行き着く先はすってんてんだ。そうなってからじゃ遅いんだぜ。ウチの社長は本田宗一郎じゃない。ただのオヤジさ。ウチはホンダじゃなくて、ただの中小企業なんだよ。金なんかあっという間に無くなっちまうって」

「根っからの経理屋っていうか、いってることが小さいよなあ」

敗色濃厚と思われる雰囲気の中でも、埜村は平然としていた。「もしウチが帝国重工に部品供給したら、少なくとも〝ロケット品質〟っていえるんだぜ。そうしたらビジネスだって広がる。オレは役員連中がいってることはそう間違ってないと思うな」

「水素エンジンのバルブシステムが、どんなビジネスになるっていうんだよ」

迫田は失笑した。「こんな用途の狭いもんに商売なんかくっついてくるわけねえだろう。それともお前、なにか当てでもあるのかよ」

「いまは無い」

埜村がいうと、「なんだよ」、とやりとりを聞いていた江原があきれ、何人かがつられて笑った。

「お前も社長の妄想癖が伝染したんじゃねえのか」

江原はいうと、さっさと埜村のことなど無視して焼き肉を食いはじめる。

やりとりを聞いていた立花も、バルブシステムがどんな商売に結び付くのか、ほんの一瞬だけ考えてみたが、まるで想像できなかった。バルブシステムでの技術を生かせるはずだ、という埜村の話は、もちろん可能性ゼロではないだろう。しかし、口でいうほど容易ではない。実際、研究員の若手にも社長の決断に不満を持つものは少なくない。

「おい、立花、焦げてるぞ」

江原がいい、立花の思考はそこで中断すると、そのままこのやりとりから頭は離れていった。

5

佃のもとに、大手町にある帝国重工本社に呼び出しがあったのは、十一月最後の週のことだった。

「特許を使わせてくれというときには向こうから訪ねてきたのに、今度は〝来てくれ〟ですか」

同行した山崎はそういってあきれた。

「まあ、そういうな」

部品を供給させてくれといった段階で、佃製作所は帝国重工の納入業者候補になったことになる。だからこうした対応の違いは致し方ない、と佃は思う。逆に、「バルブシステムは供給させろ、話があるのなら大田区に来い」と帝国重工にいうわけにもいくまい。

「まあ、どっちが出向いてもいいじゃないか。ここのところ先方が何度か来てくれていたわけだし。我々が向こうに出向いたほうが効率のいいこともあるだろう」

果たしてそれがどんな効率かは思い浮かばないまま、佃はいった。

池上線で五反田まで出て、山手線に乗る。東京駅を出ると、大手町界隈に林立する大企業の本社ビルが車窓に入ってきたが、そのどれが帝国重工の本社ビルなのか佃は知らなかった。だが、それも今日までで、これからは随分遠くからでも目的のビルがわかるようになるかも知れない。

約束の時間は午前十時で、殿村が受けた連絡によると、「宇宙航空部宇宙開発グループ主任の富山を訪ねてください」となっていた。いまそれを書き付けたメモを佃はポケットから出し、受付で社名を告げたところだ。

七階にある応接室で五分ほど待たされた後、富山が入室してきた。

「財前から話は聞いています。先日からお願いしているバルブシステムを、部品で供給されたいそうですね。本当にそれでよろしいんですか」

銀縁メガネに指を添えてそう問う様は、こちらが色メガネで見ているせいか、「後で後悔しますよ」といいたげだ。

「もちろんです。よろしくお願いします」

佃がこたえると、富山は、ファイルケースからホチキスで留めた書類を出してテーブルを滑らせてきた。

「部品供給となると、当社のテストをパスしてもらわなければなりません。ご理解いただけますね」

佃がうなずくと、「ではその書類をご覧ください」、といい、富山は自分も手元にある同じ書類のページを開いた。

「一ページ目にテストの詳細とスケジュールについて書いてあります」

佃が開いた書類を、山崎が覗き込んで、「こんなにあるんですか」、と驚きの声を上げた。

「なにかご不満でも?」

慇懃《いんぎん》な態度の中で、富山の横柄さが見え隠れする。

「別に不満というわけではありませんが、ここまで必要なんですか」

それは佃も思ったことだった。

というのも、そこに決められたテストの項目や手順は、あまりに煩雑で、しかも、重複しているようにも見えたからである。

「どんなテストをするかは、当方で決めることですので、部品の納入業者をご希望なら、それに従ってもらいます」

声は穏やかだが、有無をいわせぬ口調である。

「手続きであればしょうがない」

佃がいうと、富山は唇に挟んだ笑みを皮肉っぽくゆがめ、説明を続けた。

入念なテストだ。佃はそのために複数の——百個を超えるバルブシステムを試作し提出する。

試作部品は、帝国重工内のあらゆる気圧と温度の下での動作確認と耐久テストに回され、精度が試されることになっていた。

試されるのはそれだけではなかった。

佃製作所の財務資料の提出と評価、といった項目も含まれている。

「納入業者さんが肝心なときに潰れてしまって部品供給ができない、などという事態になると困るものですから」

しゃあしゃあと富山はいった。「それと、万が一のときの損害賠償が可能かどうかといった審査も入ってきます。もちろん、これは私どもの研究所ではなく、与信全般を扱っている審査部で行ないます。つまり、どれだけ部品の品質がよくても、財務内容が悪ければ取引できないこともあるということです。これらのテストに加えて、実際に御社の社内や製造現場を見せていただき、環境がウチの要求水準を満たしているかといったこともチェックさせていただきますのでそのつもりでいてください。これらのテストを全てやると一ヶ月ほどは軽く要することになると思いますが――」

ここからが肝心なところだといわんばかりに、富山は言葉を切った。「いくつかテストをやってみて、あまりに基準に満たなければそこでおしまいということにさせてください。テストをするにも時間とコストがかかるものですから」

挑むような目を、富山は向けてきた。

「なんだかいけすかない奴ですね、あの富山って男は。帝国重工のプライドがあるのかも知れませんが、人を見下しているようで感じ悪いですよ」

打ち合わせを終えて出てくるなり、山崎が顔をしかめていった。「あれがウチの担当になるんですか。だとすると、今後やりにくいでしょうね」

「そうだな」

話を合わせた佃は、その日の打ち合わせに財前が顔を出さなかったことも少々ひっかかっていた。いままでの経緯もあるのだから、担当でないにせよ、顔ぐらい出してもよさそうなものだ。

「そういう礼儀がすっぽりと抜け落ちているというのも、いかにも殿様商売って感じですね」

富山のことがよほど気に食わなかったのか、山崎は不機嫌だ。正直、佃もいい気はしなかった。こっちにだってトップ水準のエンジンを作ってきたプライドがある。

「町工場だと思って舐めんなよ」

山崎のひとりごとに、まったくだ、と佃は内心うなずいた。

社内会議にはしらっとした空気が流れていた。それは江原や迫田ら、若手社員たちが入ってきたときの、よそよそしい態度と冷ややかな表情を見たときから、佃の胸の内に広がりはじめた。外見は武骨だが、佃には気の優しいところがある。それでいて譲れない夢もある。自分の内側でずっと喧嘩をしているふたつの感情の狭間で揺れている心がいままた、動いた。

役付きの社員を集めた臨時の事務会議である。

冒頭、山崎から配布された書類は、この日帝国重工の富山から渡されたのと同じものだ。

「この部品供給に関して、社内でプロジェクトチームを立ち上げることにした」

なんの反応もない若手たちがひとかたまりになっている辺りを見ながら、佃はいった。「もちろん、メインになるのは技術開発部ということになるが、検査が財務など社内全般にわたっている関係上、事務方のほうからもチームに加わって欲しい。経理部からは迫田係長、頼む。それと営業部は江原課長に頼みたい」

迫田が露骨に顔をゆがめるのが見え、佃を少しむっとさせた。

そんなに嫌なのか、お前。そう口にしそうになったが、迫田の隣から江原もまた同じ顔を向けてきたのにも気づいて、小さく嘆息する。

「いろいろな意見はあると思うが、みんなで力を合わせて部品供給を勝ち取ろう」

佃はいったものの、反応は乏しかった。

若手たちはそれぞれに目配せをしつつ、黙っている。若手ばかりではなく、唐木田なども始終、腕組みして俯いたままだ。この方針に不満を抱いているのは明らかだ。

「ひとつ、いいですか」

挙手した江原が、どんよりした目で佃を見ていた。「これは決定事項なんでしょうか」

「もちろん」

会議室のどこかから軽い舌打ちが聞こえた。全員がはっとしたが、声を出したものはいない。社員の気持ちはひしひしと伝わってくる。江原は目に不満を浮かべ、挑むような視線を向けてきたが、それ以上なにもいわなかった。

社員の意向に反する決定――そういわれればその通りだ。

かといって、帝国重工との取引を、特許使用契約に変更する気にはなれなかった。これは、佃自身の生き様に関わる問題だからだ。

そのとき、若手の中から「いいですか」と発言を求める声があった。迫田だ。

「特許使用契約を締結したほうが、ウチのメリットになると思いますが。それでも部品供給するんですか。わざわざ製品保証のリスクまで抱えて。社内の意見を無視してやってもうまくいかないと思うんですけど」

「無視したわけじゃない」

部下の不躾な発言になにかいおうとした殿村を制して、佃はいった。「オレなりに検討した結果だ。お前たちの気持ちはわかってるつもりだ」

「わかってねえよ」

そんな言葉がどこからともなく聞こえたが、佃は辛抱強く説得を続けた。

「大型ロケットエンジンにキーデバイスを供給すれば、なにかが見えてくるはずだ。オレの夢は脇に置いても、それはお前らに約束できると思う。このプロジェクトをやり遂げることでウチが得るノウハウは計り知れない」

「でも、それには帝国重工のテストに合格しなきゃいけないわけですよね」

江原がきいた。「もし、失敗したらそのときはどうするんですか。特許使用契約を結ぶ方向で検討するんですか」

「いまはそれを話し合う時じゃない。力を合わせて乗り切りたい」

佃は江原の質問にはまともにこたえなかった。「我々は特許分野で帝国重工の先を行ったんだ。規模で負けても技術では負けてない――プライドを持ってしっかり対応して欲しい」

ある者は書類をじっと見つめたまま、ある者は天井を見上げたまま、佃の話を聞き流している。殿村でさえ、難しい顔をして虚空を睨み付けているだけだ。佃のほうを向いている顔は少ない。

手応えのない会議は、まるで砂漠を彷徨っているようなあてどない感覚を佃に運んできた。

社員の心が、離れていく。


「なにがプロジェクトチームだよって感じですね、江原さん」

村木はいうと、窓際でタバコを吹かしている江原にいった。二階にある休憩室。そこにあるブースで区切られた一角は、佃製作所内で唯一タバコが吸える場所になっている。

「まあな」

江原はいうと、窓から見える雪谷《ゆきがや》界隈の住宅地に目を細めた。すでに夕暮れ時で上空は茜色に染まっている。

「疲れてますね、江原さん」

また村木がいった。「ま、オレもだけど。直談判したところで、なんにも変わりゃあしない」

村木だけじゃない。営業部全体、いや、会社全体に怠惰な空気が漂いはじめている。京浜マシナリーから通告された取引打ち切り、さらにナカシマ工業との訴訟。会社が直面していた危機は、江原ら若手にもひしひしと危機感を運んできた。このままではマズい。なんとかしなければという焦り、必死さも、あの和解によってきれいさっぱり消え失せた。

望外ともいえる和解金は、きりきりと張り詰めていた精神を解放し、これ以上無いほど弛緩させた。

あれだけ必死に働いたのに、結局、会社を救ったのが法廷戦略だったというのも拍子抜けだ。コツコツ積み上げることがばかばかしくなってくる。

ガラス窓に、虚《うつ》ろな目をした江原の顔が映っている。背後のドアが開き、ひとりの男が入ってきたのが見えた。前を開けた白衣姿の男は、技術開発部の真野だ。元来、営業部員と技術開発部員とはソリが合わないが、真野とはなぜかウマが合った。

「よお。一段落か」

真野は気楽に声をかけ、シャツのポケットからタバコを出して一本抜く。それから、「気に食わねえな。そんな顔してるぜ」、という。

「お前はどうなんだよ」

振り向くと、真野の青白い狐顔の中で、小さな目がじっと窓を凝視した。

「いいじゃないか、別に」

真野はいって、茜色に染まった空から江原に視線を転ずる。「帝国重工のテストに受からなければそれでいいんだろ」

その言葉の意味を、江原は腹の中で咀嚼《そしやく》した。真野は続ける。「そうすれば社長も部品供給を諦めるだろう。残る選択肢は、特許使用契約のみだ」

「社長は、そこまではいってませんでしたよ」

横から口を出した村木に、「あほ」、と真野はいい、「そうなるに決まってるだろうが」と決めつけた。

「そんなに難しいテストなのか」

江原は少し驚いた顔で、真野に問う。

「さあな」

真野は、窓に背を向けると黙ってタバコをふかした。普段賑やかな男だが、たまになにを考えているかわからなくなる。

「なあ、真野。ひとつきいていいか。技術開発部だったら、社長がやろうとしているように部品供給を目指したほうがいいだろう。なのに、なんで反対する」

「だから、気に食わないからさ」

真野はこたえた。「水素エンジンの部品開発なんぞに湯水のごとく金を遣って、本筋の小型エンジン開発には渋いことをいう。そんなバカな話があるか」

同じ研究者でも、真野は、小型エンジンの開発チームにいる。部外者にはわからない不公平感がたまり、膨らんでいる感じだった。

「あんなものを製造したところで、メリットはなにひとつない。ウチは小型エンジンのメーカーなんだ。それ以外なにがあるってんだよ」

真野は、ぞっとするような凄みのある目を、再び窓に転じた。

6

「佃社長が来社したのに、なぜ、声をかけなかった」

財前の声に棘々しさが混じった。

佃との面談に関する報告は、その日の午後、取引先から戻った財前の未決済箱に入っていた。

一読して顔色を変えた財前は、すぐさま富山を呼び付けてそうきいた。

「テストは私に任されたという認識でしたので」

富山の木で鼻を括《くく》ったような返事は、財前の怒りに油を注いだ。

「私がいままで佃社長と交渉してきたことは君も知っているはずだ。わざわざこっちに来てもらったのに、私が顔も出さないのでは格好がつかないだろう」

「部品供給を申し出てきたのは佃のほうですし、わざわざ部長に出ていただかなくてもよろしいかと思いまして」

富山は唇に歪んだ笑みを挟む。「そんな気を遣われる必要はないと思いますが」

「気を遣う必要はないだと？　私との交渉の流れからこうなった話なんだぞ」

財前は、富山を睨み付けた。「もし佃の協力が得られなくなったら、どうするつもりだ。部品供給を申し出たからといって下請け扱いか。もう少し相手を考えて対応したらどうだ」

「至りませんで申し訳ありません」

富山は、眉を寄せて、こびへつらうような表情を作ってみせた。

「来週、行くのか」

富山の報告書に付いていた佃製作所のテスト・スケジュールに視線を移し、財前はいった。それによると、来週、佃製作所本社と工場を内覧し、製造環境および経営状態に関するヒアリングが行なわれることになっている。

「結果については、追ってご報告致します。もっともその段階で、テストが打ち切りになるかも知れませんが」

そうなることを期待している口調で、富山はいった。


「面倒をかけるが、よろしく頼むぜ、おふたりさん」

東京駅に近いビルの地下に入っている居酒屋のテーブル席で、富山は生ビールの入ったジョッキを掲げると、反対側に座っているふたりと乾杯した。

「このクソ忙しいときに、まったく迷惑な話だな」

口に付いた泡を紙ナプキンで拭きながら、そういった男は、神経質な青白い顔をしている。七三に分けた髪は薄く、銀縁のメガネの奥の目は細い。歪めた唇には、ストレスにさらされている者特有の苛立ちが滲んでいた。

「まあそういうな、田村。企業審査でお前の右に出る者はいない。そこを見込んで頼んでるんだからさ」

田村と呼ばれたその男は表情ひとつ変えず、おべんちゃらを聞き流した。

「大企業ならともかく、そんな中堅企業の財務くらい、お前の部で見ればいいじゃないか。くだらん」田村は吐き捨てた。

「それが許されるのならオレだってそうしたいさ。だがな、なんせ直属の上司がそれじゃあ納得しない」

「財前部長がか。珍しくご執心だな」

横から口を挟んだのは、色黒のがっしりした体格の男だった。よく飲む男で、いまの乾杯でほとんどジョッキを飲み干し、もうメニューを開いて次の飲み物を選んでいる。

「執心というか、勘違いというか」

富山はいった。「ウチの部長の交渉力がもっとあれば、こんな面倒なことにはならなかったんだがな。君ら同様、迷惑しているのはオレも同じでね。そんなわけだから、そう嫌な顔すんな、溝口先生」

溝口は、相変わらずメニューを広げたまま、ふんと鼻をひとつならしただけでこたえない。

佃製作所の部品採用の可否を審査するために集めた評価チームの中心メンバーとなるふたりだった。溝口は生産管理の専門家で、生産管理部の主任。今回は、佃製作所の工程管理など、工場内全般のマネジメントを評価してもらうことになっている。

一方の田村は審査部主任で、こちらは与信判断を専門にしている男だった。与信判断というと難しく聞こえるが、帝国重工が新たに会社と取引をはじめるとき、相手が信用できる会社かどうか見極めるのが、田村の仕事である。

このふたりに評価を頼みたいとそれぞれの部長に申し入れたのはほかならぬ富山で、その背景には、このふたりとの親密な付き合いも大いに関係していた。

佃のテストを「不合格」に導きたい富山にとって、自分の意向を汲んでくれるであろう仲間は都合がいい。

「実際のところ、どうなんだよ。その佃なんとかって会社は」

悩んだ末、いま飲んでいるのと同じ生ビールを注文してから、溝口はきいた。「技術的なレベルでは取引に値する会社なのか」

「ロケットエンジンに搭載するバルブシステムを開発している」

それぞれ億劫《おっくう》そうな態度で席に納まっていたふたりが同時に顔を上げた。

「バルブシステム？」

溝口がきょとんとした顔になる。「バルブって、お前が先を越されたというバルブのことか」

「そういうこと」

顔をしかめて、富山は認めた。

「ちょっと待てよ。そのバルブをウチに納めようっていう話になってるのか」

溝口が驚いてきいた。「それはウチの方針に反するだろう。キーデバイスだぜ、バルブは」

「そんなこと、いわれなくてもわかってる。だから、お前らに側面評価を頼んでるんじゃないか」

富山はむしゃくしゃした調子でいった。

「意味がわからんね」

意地悪い性格そのままに、田村がきいた。「どういうことか、きっちり説明してくれないか。富山。お前、いったいなにを考えてる」

「ここだけの話だ」

そうひと言断って、富山は続けた。「このテストは形式的なものにすぎん。水原本部長のご意向は、最悪でも特許使用許諾だ」

テーブルの向こうから向けられたのは、怪訝な眼差しだ。

「じゃあ、なんでこんな回りくどいことをする」

溝口が釈然としない表情できいた。「使用許諾の交渉をすれば済む話だろうに」

「交渉はしたさ。ところが、佃は断ってきた」

俄《にわか》に信じられないのか、ふたりは沈黙でこたえた。「部品で納入したいといってきたんだ。それをウチの部長が検討するっていっちまったわけよ」

「いまさらそれを断るに断れないということか。あきれた話だな」

溝口は腕組みをして天井を見上げ、嘆息する。「それで、当然のことながら、お前はその考えには反対しているというわけか」

溝口は状況判断の鋭いところをみせた。

「そういうことだ。しかし、テストで不合格にならなければ納得しないのは、いまや財前部長も同じことだ。裏で佃とつるんでいるんじゃないかって噂もあるぐらいでね」

根も葉もない話を、富山は口にする。

「要するにお前は、佃のことを不合格にしたいわけだな」

田村がいいにくいことをズバリといった。「だが、仮に不合格にしたところで、最終的に佃が特許使用許諾を認めなきゃ話にならんだろう」

「それはオレが交渉する」

富山は、音をたててジョッキをテーブルに置いた。

「お前が？」

溝口はにやりとし、「ほう」、と感心したように口をすぼめた。「財前部長が失敗した交渉を、お前がうまく丸めたとなれば、評価も上がるだろうなあ」

さすが溝口。富山は悪意のこもった笑いで応じた。

「なにしろ、部下の手柄は自分の手柄。失敗はみんな部下のものっていう御仁だからな、ウチの部長は」

「だけどお前もお前だな。上司の寝首を掻こうっていうんだから」溝口はずけずけという。

「人聞きの悪いことをいうなよ」

そうやって周囲のテーブルを見回した富山は、知った顔がないことを確かめて、「とにかく頼むよ」、とふたりに小声でいった。

「なにしろ、あんな小生意気な中小企業にでかい顔をさせるわけにはいかないんだ。帝国重工の要求水準がいかに高いものなのか、思い知らせてやって欲しい」

「お前だけじゃなく、本部長のご意向ともあらば、そういう方向でいくしかなかろう。なあ、田村ちゃん」

溝口がいい、田村の肩をポンと叩いた。

田村はこたえなかったが、この話の筋道に納得しているのは横顔を見れば明らかだった。

第五章　佃プライド

I

十二月になった。世間では師走の慌ただしさとクリスマスムードの華やかさが入り混じって賑わしいが、佃製作所内ではそんなこととは関係なく、ぴりぴりしたムードが漂っている。

「見通しはどうだ、殿村さん」

技術開発部の山崎との打ち合わせを終え、経理部のシマへ立ち寄った佃は、自分のデスクで資料に目を通している殿村に声をかけた。

「もう少しで形になるというところですか」

帝国重工の評価チームの来社を翌日に控えた夜である。富山と会って評価の仔細を聞いたのが一週間前。時間はあっという間に過ぎていったが、準備といっても大したことができるわけではなかった。工場の改善などはそうそう急激に思い付くものでもないし、となれば日頃から実践していることを信じるしかない。さらに、財務体質や商環境といったことに至っては、じたばたしたところでどうこうできるものでもない。せいぜい、入念な資料を作成して提出することぐらいである。

「頑張ってるな、迫田」

係長席にかじりついている迫田に、佃はねぎらいの言葉をかけた。返事らしい返事はない。口の中で、なにかもぞもぞといい、頭が少し上下に動いたぐらいである。すでに午後九時過ぎで、こうした残業を快く思っていないのも、その態度に出ている。

佃製作所全体が、迫ってきた関門に否応なく突き進んでいる印象だった。

「帝国重工にとって、ウチの財務は、どう映るんだろうな」

出来上がった資料をぱらぱらと見ながら、佃はきいた。

資料は、佃製作所の概要からはじまり、沿革、株主構成、主要取引先と続いている。本編といえる財務の数字には、詳細な補足が添付され、勘定科目の内訳がひと目でわかるようになっていた。うまくできている。

「決算をまたいでいないですからね」

元銀行員らしく、殿村の発言は慎重だ。「訴訟には和解したものの、三月決算をまたいでいないから、その数字が本決算に反映されていないんですよ。これはウチにとっては不利だと思います」

「現時点で五十億円以上の預金が積み上がっていてもか」

心外だった。財務面での問題はさしてなかろうと、佃は考えていたからである。

「社長の気持ちはわかります。でも、帝国重工の評価ポイントが仮にウチの過失時の補償能力にあるのなら、五十億円程度の預金はまだ少ないのかも知れません。後もうひとつ問題なのは、目下のところ営業赤字を脱していない、という点です」

殿村のいう通りだ。「京浜マシナリーとの取引が打ち切りになってから、まだその穴を埋められるだけの取引先が見つかっていませんから。営業赤字はいかにもマズい」

企業の儲けには、全部で五つの段階がある。

本業の売上から、材料費などの、純粋にモノ作りやサービスを提供するために要した費用を差し引いた最初の利益が売上総利益、いわゆる、粗利《あらり》だ。この粗利から、さらに営業活動に要した費用を差し引いたものを営業利益という。ここでの赤字、つまり営業赤字は、本業での赤字を意味する。営業赤字が続けば、その会社はいずれ倒産する。

「ケーツネも赤字ですし」

営業利益から、借金の支払い利息などを差し引いたものが経常利益だ。一般的に「ケーツネ」と略されて呼ばれるこの利益は、いわば会社の真価を問う重要な利益段階といっていい。

ちなみに、このケーツネに、その年限定の特別な儲けや損を差し引いたものが当期利益で、そこから税金の支払いを差し引いたものが最終利益になる。

佃製作所の場合、今期はケーツネまでが赤字。しかもかなりの赤字が膨らんでいた。

「最終利益は黒字なのにな」

短いため息混じりに佃はいった。

赤字のケーツネが最終利益で黒字に転ずるのは、ひとえにナカシマ工業からの和解金という特別利益の賜である。その額があまりに大きいために、思わず本業の不調を忘れそうだが、営業赤字であることには変わりない。

「しかし、残念ながら、実力は赤字です」

殿村の言葉は、重く佃の胸に沈み込んできた。「それを帝国重工がどう評価するかです。ただ、うちにも長所はいろいろありますから、それを迫田君がフォローしてくれることになっています」

殿村は殿村で、内面に不満を抱えている迫田に気を遣った発言をした。聞こえているはずだが、当の迫田から返事はない。

「しっかり頼む」

ただそれだけの言葉をかけ、佃はその場を後にするしかなかった。


「さっき社長が来てさ、しっかり頼む、だとさ」

迫田がいうと、江原が眉をあげ、へっ、という笑いを洩らした。

「いい気なもんだな」

夜十時を過ぎ、一服するために休憩室に来ると、そこに江原がいて、ひとりでタバコを吸っているところだった。

迫田もポケットからタバコを取りだした。疲労の濃い顔が映った窓ガラスに向かって、もわっと紫煙を吐き出す。

「まだかかりそうか」

江原の問いかけに、迫田はため息混じりにうなずいた。「終わらねえよ、あんなもん。業績が悪過ぎるんだ」

「業績はいいじゃん。大黒字だ」

「そんなことだから、営業部はダメなんだ」

迫田は無遠慮にいった。「財務的にいうとな、ウチの会社は、ただ預金を食い潰しているだけの赤字企業なのさ。しかも、五十億の半分は税金で持っていかれるんだ。わかってる、あんた?」

江原は、他人事のように聞き流した。返ってきたのは、「だからなに」、という開き直りのひと言。だが、本当に開き直っているわけではないのは、迫田にはわかっていた。憎まれ口は叩いても、根は真面目だ。

「オレだって、しっかり営業やってんだよ。新規の取引が取れないのはさ、まあなんていうか、業界動向のせいであって、オレらのせいじゃないね」

あえて危機感の乏しいコメントを口にした江原に、迫田は探るような眼差しを向けた。

「ま、お前がやってダメなら、ダメなんだろうよ」

江原はつまらなさそうに唇に挟んだタバコを上下に動かしている。迫田は続けた。「でもそれ、帝国重工の連中にどう説明するよ。鋭意努力しております、とか?」

俯き、タバコの灰を払った江原は、「唐木田部長がうまくいうだろ」、そういった。

「そうだろうな、きっと。口、うまいから」

迫田がいい、ふたりして黙りこくる。

「こんなエラい目をして準備してさ、むなしいよなあ」

やがて江原の口からそんなセリフが洩れてきた。

「同感。だけど、ダメだってことになれば、結局、そこで終わりなんだろ。そしたら特許使用料で食えるじゃねえか」

「営業赤字は変わらないけどな」

迫田のひと言は、真冬の雪片のように揺れながら江原の心の底に、落ちた。

2

「今朝方の雷、怖かったわねえ」

母のひと言で、そういえば明け方雷鳴を聞いたな、と思い出した。冬の雷だ。疲れ果て、泥のような眠りに落ちていた。

帝国重工の評価チームが来社する朝だった。

「利菜は？」

普段なら起きてくる頃の娘の姿が見えないので、佃はきいた。

「バドミントン部の朝練。もう出掛けたよ。試合が近いんだってさ。新チームのリーダーになったらしいわ、あの子。運動音痴のウチの家系にしては上出来よ。誰に似たのかしら。少なくともあんたじゃないわね」

利菜とのコミュニケーション不足は相変わらずで、自分の娘ながら、いま彼女がどんなことに興味があり、どんなことを考えて過ごしているのか、知らない。まさにブラックボックスである。

「そうか。ところで、利菜のやつ、なにかいってなかったかい。冬休みにどこかへ行きたいとか、そんなこと」

それはずっと気になっていたことだった。ここのところ忙しく、家族旅行の計画を立てようにも、手が回らない。

「あんた、行ける余裕ないだろ？　だったら無理しなさんな」

母はさっぱりした口調でいう。「利菜はわかってるよ。あの子は態度はつんけんしてるけど、それなりにあんたのことや、ウチのことを考えてる。私にはわかるんだよ。利菜は、すごく成長してる」

「そんなものかな」

佃は複雑な感情が胸底のどこかで渦巻くのを感じながらいった。結局、その成長に自分がどれだけ関わることができたのか、実感といえるものはなにもない。ただ、せっせと働いて娘の学費を稼いでいるだけのような気がする。

「深く考えなさんな。こっちから近づこうとしたら、逃げていくんだから。結局のところ、あんたがなにをいっても表向き反発されるのがオチよ。ここは潔く、自分の仕事に没頭したらいいんじゃない？　一番忙しいときなんだからさ。何事も勝負所ってあるじゃないのさ。いまは大変だけど、一生懸命やればきっとうまくいく——そう信じることが大事なのよ」

これを乗り切れば、会社の将来を切り拓く新たな突破口になる。訴訟では実質的な勝利を収めたものの、京浜マシナリーという主要取引先を失い、実体面で迷走を続ける佃製作所にとって、泥沼から脱出できるかどうかの瀬戸際だ。

「父さんが生きてたら、目をまん丸にするだろうねえ」

母はふと、そんなことをいった。「うちの会社が帝国重工を向こうに回して、堂々と勝負するっていうんだからさ。母さんはそれだけでもうれしいよ」

勝負。母は、帝国重工のテストをそう表現した。

「あなたが、最初家業を継がないっていったとき、父さん、がっかりしてたけどねえ。でも、大学での研究があったからこそ、いまの佃製作所がある。そう考えると、やっぱりあなたのほうが正しかったかも知れない」

「なにが正しいかは、後になってみないとわからないさ」

佃はいった。「肝心なことは、後悔しないことだな。そのためには、全力をつくすしかない」

「その通り。いまさらじたばたしてもはじまらないよ。腰を据えてぶつかってこい」

母は持ち前のきっぷのよさで、佃を励ました。「もし部品が採用されたらさ、そのとき利菜を種子島に連れてってあげたらいい。私も一度見てみたいと思ってたんだよ、ロケットの打ち上げ」

佃はあきれ顔で母を見た。

「それはいいけどさ、利菜の奴、来るかな」

「来るよ。少なくとも、私が誘えば来る」

母は自信満々でいった。「親が自分の夢をかなえる瞬間、娘に見せてやりな。帝国重工のテスト、絶対にパスするしかないよ、あんた」

3

「いらっしゃいました」

殿村が社長室のドアから緊張した顔を覗かせたのは、午前十時前のことであった。

来社予定時刻よりも十分早い時間を確認した佃は、佃製作所のロゴを刺繍した作業着に袖を通し、社長室を出た。

応接室には、ぴりぴりとした空気が流れている。

帝国重工側からの来訪者は全部で八名。中央に陣取っている富山に軽く一礼すると「お早いですね」、と声をかける。佃の後ろから、殿村と山崎、それに営業部の津野、唐木田の四人が入室してきて椅子にかけると、テーブルを挟んで帝国重工と佃製作所が対峙する形になった。

「早くお邪魔する分には構わないでしょう」

当然といわんばかりの口調でいった富山は、早速、本題に入った。

「最初に、評価担当者をご紹介します。まず、こちらが溝口。生産管理の専門で、本日は製造環境などを中心に見させていただきます」

富山の右隣にかけていた色黒のがっしりした体格の男が小さくうなずいた。にこりともしないその表情は、椅子の背にもたれかかった態度と相俟って、どこか相手を見下しているように見える。

「よろしくお願いします」

その溝口とのやりとりを担当することになるセクションの長である山崎がいい、それに合わせて佃側出席者全員が軽い会釈をしたが反応はない。

「その隣は、田村。財務や経営環境全般を担当します」

いかにも財務担当らしい神経質そうな男であった。「で、技術面はこの私、富山が評価担当をさせてもらいますからよろしく。それと、後の者は、それぞれの担当者をアシストすることになっています」

残りの五人が簡単な自己紹介を済ませると、富山は腕時計を一瞥してから立ち上がった。

「それでは長丁場になるかも知れませんが、よろしく。御社のご担当の方からそれぞれ各担当を案内してもらえますか」

それで短いミーティングがお開きになり、社員に連れられて評価担当者が社内に散っていった。いよいよ、帝国重工によるテストがはじまる。


「随分立派なエアシャワーじゃないか」

別棟の試作工場に足を踏み入れた溝口は、ふと立ち止まると珍しそうにいった。検査担当を三人引きつれ、にこりともしない硬い表情を案内役の真野に向ける。

「クリーンルーム化してあります」

「クラスは？」

「5、です」

「それはすごいなあ」

溝口は大袈裟に驚いてみせた。

クリーンルームとは、空気中の微細なゴミを排除するため、室内の上部に空気清浄機を設置した設備のことである。微細なゴミやケバが不良品の原因になる精密機械工場や医療の現場などで用いられるこの施設は、除去可能な塵芥の大きさと空気中の浮遊数に応じて、性能は最低の「9」から、最高レベルの「1」までクラス分けされる。これは日本工業規格による分類で、佃製作所が採用しているクラス5のクリーンルームは、一立方メートルあたりに浮遊する〇・三ミクロンの大きさの塵芥数が一万二百個以下。半導体工場でも対応できる高性能レベルだ。小型エンジンの組み立てを主業としている工場としてはトップレベルの塵芥対策といってよかった。

しかし、溝口から続けて出た言葉は、「そんな必要あるんですかね」という懐疑的なものだ。

「小型エンジンの試作工場ですよね、ここ。過剰設備だな」

真野が押し黙る。

「過剰ではありません」

傍らで見ていた山崎がすかさず反論した。「エンジン部品にもデリケートなものはいくらでもあります。できるだけクリーンな環境で作業することで不良率を下げることを目標にしていますので。ロケット用部品の試作となれば、これぐらいは最低限必要な設備だと考えています」

「それは実際に製造している現場の話でしょう。お宅、ロケット部品、いままでに作ったことありましたっけ?」

返答に窮した山崎に、なんだよ、と帝国重工社員から失笑が洩れた。その隣で無表情に突っ立っている真野は、加勢するそぶりも見せない。

「だから過剰だっていってるんですよ」

溝口は言い含めるようにいった。「こういう設備はたとえばウチの評価をパスできて、本当に製造する段階になってからでもいいんじゃないでしょうか。作業内容に合わせた適正な環境――経営効率のことも考えないと。これぐらいのレベルの工場なら、最低レベルのクラス9ぐらいでいいと思うなあ」

押し黙った山崎が反論の言葉を探していると、「じゃあ、次を見せてください」という溝口のひと言でその場は流されてしまう。

「鋳造、加工、熱処理までを経た試作部品の組み立てまでがこの工場内で行なわれています。これは当社主力エンジンの新型機種です」

真野の説明に、研磨作業に視線を向けた溝口があきれたような声を出した。

「手作業じゃないですか」

「試作品なので」

真野の声はロボットから発せられたように抑揚がない。熱意の感じられない態度に山崎が内心、舌打ちしたとき溝口がきいた。

「試作品ったって、数百と作るわけだろ？　そんなの手作業でやって間に合うのかい」

「いえ。ウチはせいぜい同じモデルを作って数十台程度ですから」山崎がいった。

「たったの数十台？」

規模が違い過ぎるとでもいいたいのか、溝口の口調に小馬鹿にしたものが混じった。

「それだけあれば、狙った性能が出せるかわかりますから。ウチでは量産後の設計変更はほとんどありません」

硬い表情で弁明した山崎の発言になど、溝口は耳を貸さなかった。

「試作品といってもこの規模だとその程度なんですか。もう少し大きくしたらとても手作業じゃおっつかないと思いますよ」

「ここでは主に自社製品を開発するための試作品を作っていますので、外部からの受注はほとんどないんです」

真野がこたえる。

「他社の試作は請け負ってない？　だったら、もしそこそこのロットの試作発注があったらどうするんですか。断る？　それとも、もしかして作業の手を速く動かすとか？」

溝口の軽口に、山崎は眉を顰めた。

「ですから、そういう性質の工場じゃないんです、ここは」

山崎の反論は、溝口の笑いに打ち消される。

「じゃあ、どんな工場なんですか。私はですね、いままでいろんな工場を見てきました。試作品の工場だって、何百と見てきたんですよ。その経験からいわせてもらうと、この工場にはちょっと違和感あるんですよねえ。規模と作業内容に見合わないクリーンルームに金をかけていながら、一方でちまちました手作業に依存しているでしょ。統一感ないんだなあ。試作品工場として高く評価して欲しかったら、もう少し身の丈の環境ってものを考えるべきなんじゃないだろうか。必要もないものにカネをかけるのは、要するにわかってない証拠ですよ」

「別にわかっていないわけではありません」

山崎が憮然とした。「手作業にしているのは意図あってのことですから」

「意図ってなんですか」

溝口は笑いを引っ込め、不愉快そうな顔を山崎に向けた。

「人の手で触れ、目で見ないとわからない感覚を大事にするためです」

傍らで無表情を貫いている真野を怒りとともに一瞥しつつ、山崎はいった。「とくに試作品の場合は、設計上の仕様と実際に望ましい仕様が一致しない場合があります。たくさん作ってテストを繰り返すより、ある程度の数を手作業で試作したほうが、同じ試行錯誤をするにせよ、効率はむしろ向上すると考えています」

「いいえ」

溝口はきっぱりといった。「おたくらの考えは間違っています」

そのひと言に、周囲で成り行きを見守っていた佃の社員たちが息を呑んだ。それほど溝口の口調ははっきりしていたからだ。一方の帝国重工側担当者たちは顔色ひとつ変えず、中にはにやにやした笑いを浮かべて、この議論をおもしろがっているような者までいる。

「山崎さんは、手作業のほうが機械加工より優れているといいたいわけですね」

溝口は続けた。「だけど、手作業は所詮、手作業なんですよ。限界がある。人間の感覚なんてものは思っているほどあてにはならない。その日の体調や気分によっても変わるし、環境にも左右されやすい。手作業が安定しているなんてのは、私にいわせれば古き良き時代の妄想に過ぎないね。それに頼っている工場なんて、レベルが知れている」

山崎の顔をちらりと見て、溝口は決めつけた。

「しかしですね、弊社の工員は皆、熟練工ばかりで――」

表情を変えた山崎だったが、

「だからさ、そんなのはまやかしなんだ」

溝口は遮《さえぎ》って続ける。「人間である以上、ミスからは逃れられない。勘違いもすれば間違いもおかす。熟練工なんてのは、ただ長年そこで働いている工員程度の意味に過ぎない。もの作りの現場では、そんなもの化石ですよ。機械にはかなわないんだ」

そうして溝口は、工場経営に関する自説をひとしきりぶった。

大企業の、完全自動化された工場でのスマートなもの作り。そこで語られる理想論はしかし、佃製作所の工場経営とは相容《あいい》れないものだ。

「まあ、こんな話をしたところで理解していただけないかも知れませんがね」

最後にそう締めくくった溝口が合図すると、ボードを小脇に控えていた検査担当が、自分が受け持つ工程へと散っていった。

帝国重工の評価項目は、加工材となる素材の受け入れから、各試作工程での管理、生産計画など多岐に亘り、それをパスした上で、いよいよ製品の品質テストという二段構えだ。製品の性能さえよければそれでいいという単純なものではなく、モノ作りの姿勢そのものが問われているといっていい。

だが、いま山崎はテストの先行きに暗澹《あんたん》たる不安を抱かないではいられなかった。

溝口の理想とする工場経営とこの試作工場の理念とはかけ離れ過ぎている。

大工場にしかあてはまらない工程管理の理想論を振りかざす溝口が、思想の違いといっていいこの工場をどこまで評価できるか。

そこには埋められない距離がある。

「係長の迫田です。よろしくお願いします」

受け取った名刺をしげしげとながめた田村は、どこかくだけた雰囲気で、「よろしくね」、といった。

社内ミーティングに使われる小部屋だ。続いて営業第二部の江原が名刺を交換し椅子を勧める。殿村や津野、唐木田といった部長たちも入室し、狭い部屋はあっという間に人いきれに埋まった。

「じゃ、まず財務諸表から見せてもらおうかな。三期分出してもらえる?」

どうにもつかみどころのない男だった。口調は軽いが、表情は神経質そのものだ。迫田から書類を受け取ると、田村はまず大雑把《おおざっぱ》に目を通してみる。

「営業赤字、か」

その第一声に、佃側出席者の表情が険しくなった。

「なんで赤字なのかね。えーと、迫田さん」

テーブルの上に並べた名刺を覗き込んで田村は迫田にきいた。

「実は、主要取引先だった京浜マシナリーの取引が無くなりまして」

「無くなった? なんで?」

「内製化するという方針転換があったと聞いています」

「そうなの?」

とは、傍らにいる江原に向けられた質問。「あなた、営業担当だよね」

居住まいを正した江原は、「はい。突然の方針転換で、驚きましたが、決まったことだからという一方的な通告で」

「ふうん」

田村はじっと、試算表の赤字額を眺めながら指先で顎の辺りを撫でている。「京浜マシナリーに切られたのがいつかは知らないけど、いまだに毎月赤字はマズいんじゃない? しかも営業赤字だ」

　江原に問いつつ、月別損益が並んだ試算表の数字を田村は指で追っている。見方は大雑把でも、さすがに見るべきところは見ている。

　厳しい指摘に江原が口ごもると、「大口取引先だったものですから」、と唐木田が、補足した。

「おいおい、空いた穴が大きかったから赤字でもしょうがないと、そういう意味？」

　資料から顔を上げた田村はちょっと怒ったような口調になった。

「いえいえ、そんなことは」

　唐木田は両手を胸の前で振った。かろうじて浮かべた笑みはいまにも引《ひ》き攣《つ》りそうだ。

「新規の取引で埋めようにも、なかなか埋まらないという意味でして」

「お宅はいいいね」

　そのひと言に、唐木田がぽかんとした。田村は続ける。「営業赤字でも、言い訳ひとつで許されちゃうわけでしょ。ウチなんかそんなことにでもなってごらん。とんでもないことになる。上場企業っていうのは、常に右肩上がりの成長を期待されてるからさ。そんな甘えは一切、許されないわけ」

「甘えているわけではないんですが、市況も悪化していますし」

　津野が冷静な声で後を継いだ。「だから京浜マシナリーも内製化に踏み切ったんです。その代替先といってもそう簡単には見つからない状況でして」

「あ、そっか。要するにこういうことだな。ウチは京浜マシナリーの代わりだと」

　田村の曲解に、津野も苦笑いを浮かべるしかない。

「いえ、そういうわけでは」

「だったらなんだよ。にやついてる場合じゃないよ、部長さん」

くだけた雰囲気から一転、とんがった一面を覗かせた田村に、場の空気が冷えた。津野から笑いが抜け落ち、むっつりとした唐木田は、目だけを田村に向けている。

「ウチと取引をして京浜マシナリーの穴埋めをしようというのであれば、はっきりいうけど、止めたほうがいい」

田村は断言した。「ロケットのエンジンに搭載するバルブシステムは量産品じゃない。継続的な穴埋めにはならないよ。下手すりゃ、この営業赤字、もっと拡大することになりかねない」

「承知しております」

殿村が額にハンカチを押しつけながら受けた。「ですが、ウチとしてはロケット部品を供給することで会社としてステップアップしたいと考えておりまして」

「ステップアップっていうのならさ、まず営業赤字消すのが先でしょう」

田村は有無をいわせぬ口調だ。なまじ正論なので、反論できるものは誰もいない。また、反論する場面でもなかった。

「もちろん、努力はしています」

津野の表情に必死さが滲み出ている。「まだ数字に反映できるところまでいっていませんが、いくつか取引に結び付きそうな新規案件があります。近いうちに京浜マシナリーが抜けた穴も埋められると考えております」

「そんな話は、半値八掛け二割引きだ」

田村の評価は厳しい。「言うは易く行なうは難し、さ。営業に言い訳は許されない。結果が全てなんだ。努力するのは当たり前でしょ。なのに、〝努力はしています〟なんて部長さんのセリフとしては悲し過ぎるよね。まあ、大勢の株主の批判にさらされることもない零細企業だと、その程度のものかも知れないけどさ。でも、ウチでは通用しない。本当にウチと取引する気、あるんですか」

まさにそれは田村からの——帝国重工からの挑戦であった。津野から感情の欠片がすべり落ちていく。唐木田も江原も、押し黙ったまま、返事はない。

「取引する気があるから、こうしてお願いしているんです」

思わず発言してしまった迫田に、田村は目を丸くした。

「なるほど。だけど、そのために私らが忙しい中、こうしてお話を伺いに来なきゃいけない。いっそ、特許使用でお願いできませんかね。そのほうがお宅のためだと思うけど」

「ご意見はうれしいのですが、そういうのは一連のテストが終了した段階でお願いします」

迫田の返答に、田村はふんと鼻を鳴らしただけだ。そして再び財務関係の書類に一瞥をくれると、ため息混じりにいった。

「業績がいいのか悪いのか、よくわからん会社だな。ま、じっくり見せてもらいますから、個別の話は後で伺いましょう」

4

社長室の窓を埋めた曇天に裂け目ができ、爛《ただ》れるような橙色の夕焼けが住宅街の屋根を斜めに照射している。

「簡単じゃないとは思っていました。しかし、正直、これほどとは……」

西の空をまぶしそうに仰ぎ見た殿村の横顔には、濃い疲労の翳《かげ》があった。

昼を挟んで八時間近くに及んだ初日のテストが終了し、先ほど、帝国重工のチームは意気揚々と引き上げていった。

低迷している財務、赤字を脱することのできない営業、さらには、生産管理に及ぶまで、いいたい放題いわれた佃側にしてみれば、まさに敵兵に蹂躙され、惨敗の様相を呈した初日といっていい。

「営業赤字はその通りだよ。だけど、中小企業のことをわかってねえな、あの田村っていう人は」

吐き捨てた津野は、いまいましげに奥歯を噛みしめて怒りに目をぎらつかせた。その隣の肘掛け椅子に納まっている唐木田は、放心したように目は虚ろだ。

「なまじ正しいというか、どれも、そんなことわかってるよってことばかりなんです」

殿村にしてはめずらしく、語気を荒らげた。「だけど理想論を口にされても、現実に即していなければ意味がないですよ」

「同感ですね」

技術開発部の山崎は、顔に垂れかかる前髪をさっと払った。「批判的かつ自己中心的。果たしてそれで正しい評価といえるんですかね」

「要するに連中は、最初からウチなんか相手にする気はないんだよ」

津野が斜めに視線を走らせながら、諦めた口調になる。

「実際、そういう前提でこのテストに臨んだのかも知れませんね。でも、ここで真価が問われているのは帝国重工も同じだと思います」、と殿村は意外なことをいった。

「どういう意味？」

きいた津野に、「ウチってそんな悪い会社だと思いますか」、と逆に殿村は問うた。

「営業赤字とかにはなっちゃってるけど、そう悪いとは思わないよ、俺は」

津野のこたえに満足そうにうなずいた殿村は、「唐木田さんはどうです？」と同じ質問を振る。

「いいか悪いか、といわれれば、いい会社に入るだろうさ」

唐木田らしい返事だ。それをきいて殿村は「私もそう思います」、といった。

「いったいなにがいいたい、殿村さん」

佃がきくと、「要するに、一般的評価として、佃製作所はいい会社だってことです」、と殿村はやけにきっぱりといった。

「でも、オレたちが自社評価したところで虚しいだけだ」

唐木田の意見に、殿村は、「いいや違います」、と断言した。

「私は銀行員としていままで数千もの会社を見てきました。その目から見ても、佃製作所は立派な会社なんです。一時的に営業赤字にはなっていますが、いままでの利益の蓄積も厚いし、このまま潰れてしまうような会社ではない。実際、裁判が終わってから、顧客も戻りはじめてるじゃないですか。赤字は長くは続きません。そんなことは誰にも一目瞭然のはずです」

「だけど、あの田村って男は少なくともそうは評価しなかった」

津野は悲観的にいった。普段楽観的な男だけに、いかに、この日のテストにショックを受けたかわかる。

「そうかも知れません。でも、数字は嘘を吐《つ》きません。ウチがいつ創業して、いままでどれだけの利益を上げてきたか。自己資本がいかに分厚くて安全性が高いか。疑う余地はありません」

財務のプロだけに、殿村の発言には説得力があった。「いくらあの田村という担当者が悪意の評価をしたとしても、帝国重工にだってきちんと数字を読む人間はいるはずです。その人はきっと佃製作所が標準以上の会社だということに気づくでしょう」

「もし、気づかなかったらどうする」

人の悪い唐木田は唇に自虐的な笑いを浮かべ、からかうようにきいた。「田村氏の評価がそのまま通ってしまったら」

「そのときには――」

まるで何事かの覚悟を決める目で、殿村は重々しくいう。「帝国重工はそれだけの会社だということです。今回のテストは、帝国重工がウチを評価するだけではなく、ウチだってテストを通じて帝国重工を評価する機会なんですよ。もし、担当者の曲解がまかり通って、正確に評価できないような会社であれば、そんなところとは付き合わないほうがいい。ですから社長――」

殿村は決然とした態度を見せた。「そのときには帝国重工へのバルブシステム納入、諦めてください」

「あ、ああ」

佃は思わずうなずいた。「だけどそれなら、特許使用を認めるのもヘンだな」

「そういうことです」

殿村はいった。「そんな会社なら部品供給も無理。ましてウチの大事な特許を預けることなどできません」

「じゃあどうするつもりだい？」

津野がきいた。「まったくウチにはメリットが残らないってことか」

「あのバルブシステムは帝国重工にしか売れないんですか？　世界の最先端技術の用途がそんなに狭いはずはありません。探せば絶対になんらかの転用は可能ですよ。ねえ、社長」

ねえ、といわれても、佃はすぐに言葉が出てこなかった。

「どんとぶつかっていきましょうよ」

構わず、殿村はみんなを励ます。

あえて笑顔を振りまく殿村を、津野と唐木田、山崎までがぽかんとした顔で見つめる。

「あんた、いい人だな、殿村さん」

やがて、ぽつりとそんなセリフを口にしたのは、唐木田であった。

「恐縮です」

殿村は目尻を下げる。「とにかく、ウチはいい会社なんです。私がいいたいのはそれだけです。

「元銀行員を信用してください」

元銀行員、か。佃は思った。そうだ殿村はもう銀行員じゃない。出向しているとはいえ、れっきとした佃製作所の社員だ。

「ありがとうな、殿村さん」

佃は心からいった。「その通りだ」

「知らないうちに卑屈になってたかも知れないですよね」

そういったのは津野だ。「失敗したなあ。もっと毅然と言い返してやればよかった」

「まあまあ。穏やかにいきましょう」

殿村は笑っていい、「それより、若手をフォローしてやらないと。彼らもまた落ち込んでるでしょうからね」、と付け加える。

「迫田なんか、かなりズタズタにされてたからな」

津野が、そのときのことを思い出したようにいう。「営業部の若い奴らも同様、もともとこの話に反対してる連中をあえて対策チームに引っぱった経緯もありますから」

「江原とか、案外、根に持つところがあるし」

唐木田のひと言は、佃の胸に一滴の不安となって落ちた。

部品供給か特許使用許諾か——。

帝国重工の評価チームを受け入れている現在も、このふたつの選択肢の間で、正直、佃製作所の社内は真っ二つに割れたままだ。みんなの意識は統一されていない。そのことは佃もわかっている。帝国重工の評価チームが、若手たちの反発をさらに助長することになってしまうのではないか、それも心配だ。テストも不合格、かといって特許使用も許諾せずでは、誰も納得しない。

「大丈夫か、あいつら」

ふとつぶやいた佃は不安を滲ませた。

「心配いりませんて」

津野がようやく笑顔を見せた。「あいつらは、我々が考えている以上に大人ですよ。そうですよね、唐木田さん」

唐木田からは、「まあな」、と気のない返事があった。

「ならいいが」

つぶやいた佃は、目を閉じて腕組みをすると、ふうと長い吐息を洩らした。


「ちっきしょうめ！」

突然の声に迫田がはっと顔を上げたとき、江原の腕が一閃《いっせん》し、なにかが手元から放たれた。それは壁に当たり、当の江原の足元あたりに跳ね返ってきて止まる。タバコだ。

おもしろく無さそうにそれを拾い上げた江原は、「休憩だ！」、と勝手なひと言を口にしてとっとと部屋を出ていってしまった。

もともと、気の短いところのある男だ。若手のリーダー格である男の爆発を、周囲はなすすべもなく見守るしかない。ばん、という大きな音とともにドアの向こうに江原の姿が消えると、呪縛から解き放たれたかのように社員たちが動きはじめる。

「いいよな、江原は」

聞こえよがしに、迫田は吐き捨てた。

あんな風に感情を露わにできて。そういうキャラで。でも——。

「オレなんかそんなキャラじゃねえし」

自嘲気味につぶやいた迫田は、「怒り狂いたいのはこっちだぜ」と、今度は小声でひとりごちた。

「もともと、無理があるんだよ」

それは自分に言い聞かせた言葉だった。「帝国重工にとってみれば、ウチなんか豆粒みたいな零細企業なんだ。連中の尺度で見れば、なにひとつ満足のいくものなんかあるわけないさ」

負け犬。たとえばいまの自分に、いや佃製作所にこれ以上ふさわしい言葉はない。

迫田は茨城県の片田舎で生まれ育ち、地元の公立高校を卒業して、都内にある一流といわれる大学に入った。ところが、卒業時に就職氷河期と重なり、大手を何十社も受けて断られた挙げ句、ようやく内定をもらったのが佃製作所だった。職にありつけたのは幸いだったが、滑り止めのまた滑り止め。佃製作所で採用されたものの、大手企業の面接で落ち続け、迫田のどこかに負け犬根性が植え付けられた。

こんな時代じゃなかったら、一流企業で働いていたかも知れないという思いは心のどこかにある。だから、卑屈にもなる。

少し仕事ができて、社内では一目置かれている。だけど、冷静になってみれば、迫田はちっぽけな会社の、一係長に過ぎなかった。給料も安いし、社会的地位も、ステータスもない。

そのことをイヤというほど思い知らされた一日だった。

「くそったれ」

なにに腹を立てていいのかわからないまま、迫田は悪態をつくと立ち上がった。

社内で唯一喫煙の許されている休憩室に行くと、江原がひとりいて、タバコをふかしていた。窓が開いており、肌寒い十二月の夜気が室内に足を伸ばしてきている。

テーブルに灰皿を置き、折りたたみ椅子にだらしなくかけた江原の目は窓枠から見える夜空に向けられたままだ。

迫田も黙って隣のパイプ椅子を引いてかけた。胸ポケットのタバコを抜き、百円ライターで火を付ける。

ゆっくりと吸い込んで吐き出した。うまくもなんともない。胸に広がった苦みは、ニコチンとは無縁のものだ。

「いいじゃねえの、これで。部品供給のセンがなくなるし、これで思った通りになるじゃん」

迫田はいってみた。江原からの返事はない。短くなったタバコを灰皿の底に押し付けると、震えるような細い吐息をゆっくりと吐き出し、

「そら違うだろ」

そうつぶやいた。

迫田はその横顔を窺い見る。江原は、相変わらず夜空を見ていた。星のない空だ。前の道路をクルマが一台通り過ぎていった。

「そういう問題じゃない」江原はいった。

「じゃあ、どういう問題?」

「これはプライドの問題なんだよ。お前だってそう思ってるだろ」

迫田は黙ったままこたえなかった。

その通りだ。これが反対してきた部品供給のためのテストであることは間違いない。だが、帝国重工の検査担当に舐められ、否定され、そして最後に落第の烙印を押されることを、迫田も江原も、いや佃製作所の誰もが望んでいるわけではない。

「こんなもんテキトーに流して、不合格ならそれで構わない、くらいに考えてた」

江原が続けた。「だけど、実際はじまってみたら俺自身が否定されてるような気がしたんだよ。お前らは所詮中小企業だ、いい加減だ、甘ちゃんだって。だけど、そうじゃないだろ？」

振り向いた江原は悔しげな表情を浮かべた。「あいつらはウチに技術で先を越されたんだよ。この分野での技術力ではウチのほうが上なんだ。舐められる筋合いじゃない」

江原の目の中で、怒りの炎が揺れ動いている。「社内手続きかなんだか知らないけどさ、あんなふうに偉そうな顔されて黙ってられるかよ。あらを探して指摘することが検査なのか。違うだろ！」

吐き捨てた江原は、大きく胸を上下させ、肩で息をしていた。

「だったら、いまお前がいったことをみんなにいってやれよ。卑屈になる必要はないって。それで、奴らの鼻を明かしてやろうぜ」

迫田はいった。「ウチにはウチのやり方があるんだ。あいつらは全然わかってない」

「お前、部品供給には反対なんじゃ――」

江原は少し驚いたような顔で迫田の顔を見た。

「俺はこの際、部品の供給云々とは切り離して考えることにした」

迫田は、無表情のままつぶやいた。「社長の陰謀で対策チームに入れられちまったけどさ、部品納入っていう目的に縛られて萎縮してる連中より、俺たちのほうが帝国重工をやっつけるには向いてるってことなんじゃねえの。オレは明日から、いいたいことはいわせてもらう」

江原はニヤリと笑った。

「じゃあ、オレもそうすっかな。迫田がそういったんでって、後で言い訳できるし」

「いいんじゃないの」

迫田が冗談めかしていった。「会社が小さいと思って舐めてんじゃねえぜ」


その翌日、帝国重工による二日目のテストを意識して、いつもより早く会社に向かった佃は、二階に続く階段の踊り場で、はたと足を止めた。目立つところに、大きなポスターが貼り出されていたからだ。

「なんだこりゃ」

寝不足の頭に、その意味はワンテンポ遅れて染み込んでくる。キャッチフレーズがヘタクソな文字で書かれていた。

——佃品質。佃プライド。

「殿村さん、あのポスター……」

事務所に駆け込むと、笑みを浮かべた殿村が、背後の小会議室を指した。

いつもなら閑散としているはずのこの時間に、十人ほどの若手社員が作業しているのが見える。

江原ら、評価対策チームのメンバーたちだ。

「昨日のことがあまりに悔しかったようで」

殿村がいった。「江原がみんなに声をかけて、徹夜でテスト対策してくれたようです」

「徹夜で」

佃は虚を衝かれ、慌てて会議室に駆け込んでいく。

「お前ら——」

声をかけた佃は、声に詰まった。全員、昨日の格好のままだし、目の下にクマを作っている。

ミーティングの中心にいた江原がいま、「ッス！」と体育会系の挨拶をくれた。それに続いて全員から声がかかる。

「ご苦労さん」

佃は胸に熱いものが込み上げた。「頼んだぞ、みんな。それと——ポスター、ありがとな」

江原が親指を立てる。迫田はいつもの冷静な表情のまま小さくうなずいた。はにかんだような笑みを浮かべているメンバーたちの顔が、うれしさに涙で滲んだ。

まだ終わったわけじゃない。

佃は思った。帝国重工のテストはこれからだ。

5

「ええと、昨日の宿題できた、君？」

時間通りに入室してきた田村は、にこりともしないで椅子を引くと、迫田にきいた。

宿題とは、昨日の財務評価を踏まえて田村が追加で要求した資料のことである。

散々ボロクソにいった挙げ句、わざとなのか、膨大な数の資料を要求して帰った田村が予測していたのは、当然、「まだできていません」、という返事だったに違いない。だが――。

「こちらに全て揃っていますので、ご覧ください」

デスクの脇に置いた段ボール箱から一抱えもある資料を取りだした迫田は、それを田村の目の前に積み上げていく。田村の目が丸くなった。

「へえ。できたんだ。でもさ、いい加減な資料作ったんじゃないだろうね。ただ揃ってればいいってもんじゃゃ――」

一番上にあった資料を広げた田村は、そこでふいに口を閉じた。

そこに記された数字を眺め、手元の決算書の数字と交互に照らし合わせていく。その手の動きが次第に速くなり、表情に真剣味が増した。

「これは、君がひとりでまとめたのか」

やがて手を止めた田村は、内面の驚きを抑えているように見える。

「経理部の若手全員で作成しました」

「へえ、そうなの。最初から作成しておけばそんな苦労しなくて済むんじゃないのかい」

田村は手元の書類をデスクにぽんと投げ出した。「中小企業レベルの管理会計ってとこだな」

皮肉っぽくいった田村に、迫田は真面目腐った表情でいった。

「ありがとうございます。ウチは、まさにその中小企業です」

「だけどこんなふうに資料を揃えたところで、赤字が変わるわけじゃないだろ」

「赤字を隠そうとは思いません」

迫田は正面から田村を見据えた。「長く会社を経営していれば、業績のいいときも悪いときもあります。ですが、これだけはいえる。どんなときも、ウチの財務諸表に記載されている数字は正しい。よければよいなりに、悪ければ悪いなりに、会社の姿を正確に映し出す。そういう財務を目指してきました。資料の数字、どこか間違っていましたか」

田村はぐっと言葉に詰まったが、視線を逸らすと、

「数字なんか正しくて当たり前なんだよ」

そう嘯《うそぶ》いた。「そんな簡単に間違える財務ならやらないほうがマシだ」

「私もそう思います。初めて田村さんと意見が一致した気がします」

迫田も一歩も引く気配はない。

「数字が正しくても、営業赤字じゃ話にならないんだよ」

田村は容赦なくいった。「いくら数字が正しくても、赤字は赤字。このまま行けば、確実に行き詰まるだろう」

「いつ、行き詰まるとお考えですか」

迫田は一歩踏み込んだ質問を向けた。

「なんだって？」

「赤字だから行き詰まるというのは簡単です。どんどん社外にお金が出ていくわけですから、どんな大会社であろうと、赤字続きならいつかは倒産するでしょう。逆に、赤字しか出せない会社

なら、止めたほうがいい。違いますか」

「おもしろいことをいうじゃないか」

迫田の挑戦を受けて立つかのごとく、田村はボールペンを放り出して対峙する。その目に向かって、迫田はいった。

「佃製作所の歴史で、赤字に転落したことは一度しかありません。それは先代が経営していた頃で、オイルショックの最中、機械の需要が落ち込んだときでした。つまり、それ以外の会計年度において、弊社は、きちんと利益を出してきました」

「だから赤字でもいいと、そういうことかい」

田村がさもあきれたといわんばかりにため息をついた。

「赤字は縮小します」

迫田は昨夜——正確にはこの朝作成した、売上見込みによる予想損益のデータを田村に滑らせた。

江原ら営業部員たちに協力してもらい、思いつく限りの取引先とセールス予測をかき集め、実現可能性にしたがってランキング付けしたものだ。実現可能性に応じて一定割合を予想売上の額として計上し、集計してある。

迫田の傍らでは、津野と唐木田が息を呑んでこのやりとりを見守っている。

「ナカシマ工業との和解以降、一旦離れた取引先の回帰現象が起きています。さらに、少しずつですが、新規取引工作も実を結びつつある。京浜マシナリーの穴は、おそらく来年度中には、全て埋まると予測しております。一方で、この売上減によってコスト削減も急激に進めたこともあり、来年度の本業黒字はほぼ確実です」

「当てにならないよ、こんなもの。単なる予測じゃないか。鉛筆を舐めればいくらでもできる」

「帝国重工さんでは、予測は鉛筆を舐めて作成されるんでしょうか」

迫田が反撃した。

「なんだって？」

田村が低い声を出す。

「そんないい加減な予測に基づいて経営をしておられるのかと、うかがったんです」

迫田の挑戦的な発言に、

「誰に向かっていってんだ」

田村は眼底に怒りを揺らめかせた。

「田村さんに対してに決まってるじゃないですか」

迫田の傍らから、江原が議論に参入した。殿村がおどおどして、唐木田がよせとばかりに目で制しているが、それを江原は軽く無視して続けた。

「経営計画や売上予測を単なる机上の空論だなんていう人に、そもそもこの資料を評価する資格はないですよ」

江原は真剣に怒っていた。「俺たちは真剣に作ってるのに、鉛筆を舐めればいくらでもできるなんて、なんの根拠があっていってるんです。教えていただけませんか」

「なんだと」

けんか腰でいったものの、田村はそれ以上言葉が出なかった。

「根拠もないのに、いい加減だなんだって、それが帝国重工の評価方法ですか」

江原はここぞとばかりに突っ込んだ。「中小企業未満ですね。あなた、なにしにここに来てるんですか。我々は貴重な時間を費やしてこれだけの資料を作成してるんですよ。しっかり評価する気がないんなら、止めませんか。迷惑です」

「止めていいのなら、そうしたいもんだな」

売り言葉に買い言葉で田村はいった。「部品供給だなんて、分不相応なことをいってないで、特許使用契約にしておけば、お互いに無駄が省けただろうにな」

「なにか勘違いされてませんか、田村さん」

そのとき、重々しい声で殿村が割って入った。「こんな評価しかできない相手に、我々の特許を使っていただくわけにはいきません。そんな契約などなくても、我々は一向に困ることはありません。どうぞ、お引き取りください」

田村が青ざめるのがわかった。その表情に浮かんだのは、怒りではなく明らかな狼狽だ。自らの評価態度が原因で、特許使用まで拒絶される事態になれば、責任論が噴出するからである。

「私は単に一般論をいっただけだ」

田村は精一杯の負け惜しみをいった。「でなければ、こんな資料を要求したりするもんか」

江原と迫田がちらりと目配せした。

「うちのものが失礼を申し上げました」

頃合いを見計らって、津野が割って入った。「精一杯やらせていただきますので、本日のテストもよろしくお願いします」

溝口は、作業用デスクに並べられた小型エンジン・パーツを前にしていた。手前にふたつ並んでいたシリンダーのひとつを手に取り、検査用ライトの先に内部をかざす。そうしながら、

「これ、おたくの主力製品？」溝口がきいた。

「競合他社のエンジン部品とウチのを比較検討しているところです」

「どこなの、その会社って」

「ナカシマ工業です」こたえたのは山崎だ。

「ああ、ナカシマか。それなら検討のしがいがあるでしょう」

溝口は納得した口調になる。「ナカシマの工場は徹底的に無駄を省いた最新鋭だからね。お宅みたいに熟練工を抱えてちまちまやってるような工場とは次元が違う。勉強にはなるんじゃないの。——これは？」

テーブルに置いてある写真を溝口は手に取った。

「シリンダー内部の研磨状態を比較するために先ほど撮影した顕微鏡写真です。これを見ると、研磨の巧拙がはっきりとわかる。おっしゃるように、勉強させてもらってます」

二枚ある写真を見比べた溝口に、山崎は各々の写真に対応するシリンダーを渡した。

さらにピストンをシリンダー内部に入れ、上下させてみる。

「すばらしい」

溝口はいった。「さすがナカシマ工業」

「これも見てやってください」

そういって山崎はもうひとつのシリンダーを手渡す。

「お宅のか」

溝口はいい、同じ手渡されたピストンを上下させてみる。

「まあ、こんなもんだろうな。六十点」

溝口はいった。「最初のシリンダーとは研磨の水準が違う。それはこの写真を見ても明らかだけどね」

「最初のシリンダーがウチの製品です」

溝口は、はっと顔を上げ、山崎を見つめた。

「いま持っていらっしゃるシリンダーがナカシマ工業の製品なんです。六十点のやつ」

溝口の頰が紅潮した。

「製品なんだから、当たり外れもあるだろう」

溝口が負け惜しみをいった。

「いえ。製品として市場に出す以上、単なる当たり外れの問題では済まされません」

山崎はきっぱりといった。

「悪趣味ですね。私を担いで楽しいかね」

バツが悪そうにいった溝口に、山崎はやんわりと反論する。

「熟練工の技術がどんなものか、知ってもらいたかっただけのことです」

「ふん、また熟練工か。くだらないな」

溝口は吐き捨てると、さっさと行ってしまった。そのとき、

「ちょっと、私も触らせていただいてよろしいですか」

山崎を驚かせたのは、一部始終を見ていた評価担当から声がかかったからだった。帝国重工の若手技術者だ。胸のネームプレートに、「浅木」とある。

「ええ、どうぞご覧ください」

その男は真剣そのものといった顔でシリンダーを手に取り、仔細に観察し、動作を確認する。

「ほとんど手作業ですよね？」

「そうです」

浅木はしばし驚きの表情を禁じ得ないようだった。

「おい、なにしてんだよ！」

向こうから溝口に呼ばれ、浅木は、礼をいうとシリンダーをテーブルに戻す。そして、二、三歩歩きかけたところでふと足を止めた。

「これ、すごいですよ。すばらしい技術だと思います」

山崎と、それを遠巻きにしていた佃社員に笑みが浮かぶ。「まさに、佃品質ですね」

そういうと、浅木という若い技術者は、足早に溝口の後を追っていった。

6

「帝国重工のテスト第一段階が無事に終わったってことで乾杯します」

会社の二階にある会議室にケータリングの料理を並べ、いま乾杯の音頭をとっているのは江原であった。

本社勤務の社員全員が集まり、進行役の江原の合図で、ビールを注ぎ合う。

帝国重工のテストは、大きく分けて経営や財務の第一段階と、試作部品の品質を検査する第二段階に分けられていた。

「では、乾杯の音頭は、今度のテストで一番カッコよかった人にお願いしようと思います」

誰だよ、という声があちこちから上がり、会場は盛り上がっていく。江原の司会ぶりに佃も目を細めた。

「殿村部長です！　部長、あの啖呵《たんか》、最高でした。よろしくお願いします」

盛大な拍手に迎えられ、頭を掻きながら殿村が前に立った。

「いえ私はその、当然のことを申し上げたまででして。啖呵なんてそんな大それたことは」

固いぞ、という津野のヤジにみんなが笑った。殿村も思わず失笑したが、持ち前の生真面目さで言葉を紡いでいく。

「今回のテストは正直、不安でした。この会社に来て、私自身、どうやってみんなの仲間入りしたらいいんだろうって毎日、悩んでましてね。若手のみんなに不満があることはわかってたんだけども、それをなんとかしようと思いながらも、どこか遠慮してしまってたんだなあ、私は」

人のいい殿村らしい挨拶だ。殿村は続ける。「対策チームのメンバーが書いたあの一枚のポスターが、私の悩みを吹き飛ばしてくれました。佃品質、佃プライド――。それを見たとき、私、正直、胸が震えました。江原君はじめ、対策チームのみなさん、感動をありがとう！　私もようやく佃製作所の一員になれた気がします。佃プライドに乾杯しましょう――乾杯！」

ビールのコップを掲げながら、佃は心の中で殿村に礼をいった。

――なにか勘違いされてませんか、田村さん。

あのとき、敢然と立ち向かった殿村の勇気に、心からお礼と拍手を送りたい気持ちで一杯だ。

一段と大きくなった拍手に恐縮して一礼した殿村は、少し目を潤ませて佃のところにやってきた。

「あんたは、立派なウチの社員だ」

佃の差し出した右手を殿村は遠慮がちに握った。「ありがとうな、トノ」

佃が、打ち上げ会の会場を抜け出したのは、酒が回り、一段と賑やかさが増した頃であった。

誰もいないフロアを横切り、社長室の灯りをつけた。胸ポケットに入れていた携帯でかけた相手は、大学の三上だ。

「検討してくれたか、佃」

電話に出た三上は、期待した口調できいた。

「せっかくの話だが、今回の件、お断りするよ」

しばし電話の向こうが静かになった。

「佃、大学に戻れば研究が再開できるんだぞ。お前の夢はどうなったんだ」

「戻りたいのは山々だ。だけど、夢は、研究室じゃなくてもかなえられる」

佃はいった。「俺はうちの会社で、社員たちと夢を追いかけてみるよ。マトリックスの須田さんにもそう返事をするつもりだ。せっかく声をかけてくれたのに、悪かったな」

短い電話を終えた佃は、打ち上げが続いている会議室へと戻っていった。

7

「お前には悪いが、事実以上に悪くは書けないぞ。不当に評価したことがわかったら俺の評価にも関係してくるんでな」

田村の感想が富山にとって期待はずれなのは、その顰《しか》め面《つら》でわかる。

日本橋にある、行きつけの居酒屋だった。早い時間から飲んでいるサラリーマンたちのボルテージが上がる中、このテーブルだけが妙に冷めている。

「赤字なのに、そんな評価はおかしいだろ」富山は非難がましくいった。

「たしかに赤字には違いないが、なにしろそれを補って余りあるほどの潤沢な現金がある。それはでかい」

田村のあげた評価ポイントは明瞭である。

「財務評価システムの点数は?」

渋い表情の富山に、田村から「七十一点」、という返事があった。

富山から舌打ちが洩れた。予想以上に良好な結果だったからだ。財務評価システムは、帝国重工が導入しているコンピュータによる財務診断で、六十点以上であれば「優良」のお墨付きになる。新規取引を検討している会社は全てこの評価システムにかけるルールだが、富山の経験からいって七十点以上という会社はそうザラにあるものではなかった。

「あの評価システムは財務の安全性重視だからな。一期の赤字でも、資本が厚い会社には甘くなるようにできてるので」

あまりに富山が気落ちして見えたか、田村の解説は言い訳めいた。「そもそも、財務なんて誰が評価してもそう大差ないんだよ。それよか、溝口さんはどうなんだ」

話を振られた溝口は、難しい顔になった。

「生産現場なんて、ケチを付けようと思えばいくらでも付けられるんでね」

溝口の言葉に、富山が期待を浮かべた。「さして必要もないのにクリーンルームに凝ってみたり、熟練工の技に拘ってみたり、突っ込みどころ満載っていうかな。だけど、あの生産現場がうちの下請けとして認められないレベルかというと、そんなことはまったくない。いま取引している下請けと比べても、トップクラスに入るだろうよ」

一旦、膨らんだ期待が萎んでいく。だが、そう簡単にあきらめるような富山でもなかった。

「部品供給させるわけにはいかないんだ」

富山はいった。「そんなふうにして佃製作所を評価してしまったら、最低でも特許使用契約に持ち込みたい水原本部長の意向に反することになる」

「あのな、富山さん」

改まった口調で、溝口はいった。「あんたの考えはわからんではない。だが、社命で評価に赴いた以上、評価は公正に行なうしかない。俺たちだって目は節穴じゃないんだ。佃製作所の生産部門は、確実にA評価レベルだ。もし、部品供給を避けたいのなら、そっちで理由を作ることだな。品質および技術のテストはこれからなんだから。そこであんたが、どう評価をねじ曲げようと、俺たちは知らん。だが、俺たちは後になってなんであんな評価をしたんだといわれるようなことはしたくない。いわせてもらえば、それが帝国重工マンとしてのプライドってやつだ」

佃製作所から提出を受けたバルブシステムは、全部で十五種類。それを筑波にある研究所に運んで、今日の午後から耐久性と動作性能を中心としたテストを行なっている。

「そうか、わかった」

硬い口調でいった富山に、溝口はなんともバツの悪そうな顔になる。

気まずい飲み会は早々に切り上げられ、田村と溝口のふたりとは駅で別れた。

思惑が外れ、すごすごと反対方向のホームへ下りかけた富山の携帯が鳴り出したのはそのときだ。研究所にいる部下からだった。

「昨日、届いたバルブなんですが、簡単な動作性能テストですでに異常値が出てまして」

思いもかけない報告だった。

「本当か」

思わずきき返した富山の声は、入線してきた電車の轟音でかき消されそうだ。

「いまデータを検証して判明したんですが、とりあえず主任に報告しておこうと思いまして」

「わかった。明日、詳しい報告を頼む」

電話を切った富山の胸に、新たな希望が湧いてきた。

財務や生産管理に問題はなくても、肝心の品質にキズがあれば、部品供給を拒む格好の理由になる。

天はまだ俺のことを見放してない。

折りたたんだ携帯をズボンのポケットに入れながら、富山はドアの開いた電車に足早に乗り込んだ。

第六章

品質の砦

I

「主任、ちょっといいですか」

盛り上がっている打ち上げ会から抜け出した埜村が、この一連のテスト対策で遅れに遅れた仕事を片付けようとデスクに戻ったときだ。振り返ると、やはり仕事が気になって一足先に引き上げてきたらしい立花が当惑の表情を浮かべて立っていた。

「どうかしたのか」

「これ見てください。倉庫で見つけたんですが、これ、重工さんに提出しなくていいんですかね」

手近なテーブルに箱を置いた立花が、中から取りだしたのは、真新しい円筒形の塊であった。小型電磁従バルブである。

手にとった埜村は、木箱に整理番号を探したが見つからなかった。

帝国重工に提出する試作品は、整理番号を振ったいくつかの箱に分けられていたはずだ。

「大丈夫だろう。番号、振ってないし」

「でも、このバルブ本体に、ロットナンバーは入ってますよ」

立花の指摘に慌ててバルブ本体を確認する。たしかに、テスト用に振ったナンバーの刻印があった。

「どっかで、入《い》り繰《く》っちまったんじゃないんですか」立花が不安そうにきいた。

「まさか」

俄には信じられない。いや、信じたくない話である。

立花が見つけたバルブをしげしげと眺めた埜村は、イヤな予感に生唾を呑み込んだ。

自席に戻った埜村は管理表を抱えて駆け戻り、問題のバルブに刻印された番号を照合してみた。

「おかしいな。こっちの管理表には出荷済みのチェックが入ってる。それがなんでここにある？」

「間違って別の部品を提出しちまったとは考えられませんか」

立花の指摘に、埜村は首を傾げた。

「あり得ないだろ、そんなこと」

そういいつつも、埜村は山崎の携帯に連絡を入れた。

事情を聞いて、山崎はすぐに飛んできた。

「部品がなんだって？」

「提出したはずのバルブが残ってたんです。ところが、こっちのリストでは出荷済みになっていて――」

「どういうこった、それ」

実際にバルブを手にした山崎の表情が、みるみる曇っていく。「どこにあった？」

「さっき倉庫の奥の棚を整理していて見つけたんです」立花が事情を説明した。

「倉庫に？　なんでそんなところに」

「わ、わかりません」

立花はいい、帝国重工の受け入れ担当者に携帯でかける。

「くそっ、つかまんないですね」

「誰か心当たりがないか、上に行ってきいてみてくれ」

山崎の指示で、立花が駆け出していく。

すぐに部員たちが戻ってきてテーブルを取り囲みはじめた。

「しかし、部品が足りなきゃなにかいってくると思うんだよな」

埜村は、怪訝な顔でいってみた。

「そのはずだが……とにかく明日の朝一番に確認してみてくれ」

山崎の指示に、埜村をはじめ全員が釈然としない表情で黙った。


「バルブが残ってた？　どういうことだ、それは」

腑に落ちない表情で打ち上げの会場に戻ってきた山崎からの報告を受けた佃はきいた。「残ってたんなら、向こうにはカラ箱で行っちまったんじゃないか」

「出荷記録はあるんです」

佃は首を傾げた。

「もし、洩れてたら、明日、筑波の研究所まで届けてきます」

他のバルブについては、帝国重工が手配したトラック便で運んだが、こちらのミスで残った部品を取りに来いとはいえない。

「仕方ないだろうな」

こたえた佃は、首を傾げた。「それにしても、品質テストは今日の午後からはじまってるはずだろ。荷ほどきしていないってことはあるかな」

首を傾げた山崎のポケットで携帯が鳴り出した。

「帝国重工です」

早口で告げて電話に出る。

佃の前で、山崎の表情がみるみる険しくなっていった。

「わざわざ、お知らせいただいてありがとうございます」

通話を終えた山崎は、がっくりと肩を落とし、壁にもたれかかった。

「どうした」

「浅木さんっていう、若い技術者がいたでしょう。溝口さんにくっついていた人。彼からです」

佃製作所の技術に関心を持ってくれたという、若手技術者だ。「動作テストで、異常値が出ていると」

「まさか。あれだけ、テストしたのに」

佃は唖然として言葉を失った。

2

「お前らどういう管理してんだ。肝心の品質でミソがついたら、なんにもならないじゃねえかよ」

異常値発生の報せを聞いた江原は、技術開発部に駆け込んでくるなり、怒鳴った。

再度、こちらから浅木に電話を入れ、佃製作所の倉庫で見つかったのと同じロットナンバーが入ったバルブが納品されていることが確認されたのは、午後十時過ぎのことだ。

明日にもテスト不合格の結果になるかも知れません、とは電話をかけた埜村に浅木が教えてくれたことであった。

「そもそも、なんで同じロットナンバーの部品がふたつもあるんだ、埜村」

江原に詰問され、出荷を担当した埜村は返答に窮した。

「すまん。理由がまだ、わからなくて」

「いい加減にしろ。わからなくて済むか。お前が打ち間違えたんじゃねえのか」

「そんなはずはない」

自身、この事態に納得できないでいる埜村は言い返した。しかし、

「じゃあ、なんでふたつあるんだよ」

と逆に問われ、また押し黙るしかない。

祝勝気分はすでに木《こ》っ端《ぱ》微塵《みじん》に吹き飛び、虚しさがその場を支配しはじめていた。

誰もが、自社製品の品質には自信を持っていた。

財務や生産管理で評価を得られないことがあっても、よもや品質でケチが付くとは誰も予想していなかったのである。

「佃品質ってこんなもんなのかよ」

悔しさをぶつける江原に、反論するものは誰もいない。「お前ら恥ずかしくないのか」

「すまん、江原」

山崎がいった。「ウチのせいだ。なんでこんなことになったか、とにかく原因を突き止めたい。ほんとに——申し訳ない」

深々と頭を下げられ、江原は、怒りのやり場を失ったかのようだ。そのとき、

「真野さん、なにかご存知ないですか」

気まずい沈黙を破ってきいたのは立花だった。

「どういうことだ？」埜村がきいた。

「そういえば、昨日、部品詰めをしてたとき、従バルブの箱詰め、真野さんが手伝ってくれたんで」

全員の視線が、このやりとりを片隅で見守っていた真野に集中した。

「だからなに」

真野の視線に敵意が滲んだ。「知らねえよ、そんなもん」

真野は続ける。「でも、いいじゃねえか。これで晴れてテストは不合格でさ。なんか途中でやる気出しちゃってる人いるけど、初志貫徹っていうか、願ったりかなったりじゃねえの？」

「お前、まさか、なにかやったんじゃないだろうな」

全員が固唾を呑んで見守る中、江原の声は昏《くら》い怒りに震えていた。

「なにかってなんだよ。なんの証拠があってそんなこといってんの？」

真野が喧嘩腰でいったとき、「すみません」、という声が全員を振り向かせた。

振り返った視線の先に、製造管理課に勤務する川本が立っていた。入社三年目の若手だ。真野

が、鋭い舌打ちをした。

「私が、その——不合格品に、ロットナンバー……入れました——」

顔面蒼白になった川本は消え入るような声でいい、「すみません」と、体を二つ折りにする。

「お前、黙ってろっつったろうが！　なにいま頃のこのこ——」

真野の顔面に拳がのめり込み、体ごと背後のテーブルに派手に吹っ飛んだ。

「バッカ野郎！」

埜村の怒声が工場内に響き渡った。「なんてことしてくれたんだよ！　お前、みんなの努力、見てただろう！」

テーブルにしこたま体を打ち付けられた真野は、切れた唇を手の甲で拭い顔をしかめた。

「都合のいいことといってんじゃねえよ」

すさまじい怨嗟を滲ませた声だった。

「みんな会社の方針に反対してたんじゃねえか。それをなんだよ、突然手のひら返したように」

「違うだろうが！　そんなこっちゃねえんだよ！」

凍り付いてやりとりを見守る人垣を背に、唾を飛ばしていったのは江原だ。「オレたちはな、ただ帝国重工に負けたくないと思ってるだけなんだ。部品供給とか特許使用許諾とか、そんなことは関係ねえ。オレたちはプライドのために戦ってるんじゃねえか。だから絶対に負けちゃいけねえんだ。そんなこともわからねえのか」

「なにがプライドだよ」

真野はよろけながら嘲笑する。「そんなもん、なんになるっていうんだ。オレたちがどんなに背伸びしたって、弱小メーカーに変わりがあるもんか」

「勝手に卑屈になってろや」

江原は吐き捨て、立花を振り向いた。「行くぞ」

「行くぞってどこへ……」

戸惑う立花に、「帝国重工に、バルブを届けるんだ」、全員がまだ凍り付いている中、江原は足早に歩き出した。

3

首都高で都心を抜けるのに一時間以上かかった。常磐道のインターを降り、いまようやくカーナビの画面に目的地である帝国重工の研究所が見えてきたところだ。

「これ、受け入れてくれますかね」

立花は不安を口にして、バンのカーゴスペースを一瞥する。そこには厳重に梱包された木箱が鎮座していた。本来提出するはずだったバルブの入った箱だ。

江原はこたえなかった。受け渡しが難しいことはわかっている。とにかく、受け入れてもらえるまで帰らないだけの覚悟はしてきた。

研究所の正面ゲートでクルマを止め、入場許可をもらって指定されたパーキングに入れる。研究棟一階にあるミーティングブースの並ぶフロアで、担当者を待った。

「お待たせしました。困ったことになりましたね」

小走りに近づいてきた浅木は、ふたりを見て表情を曇らせた。

「なんでこんなことになったんです?」

思わず口ごもった立花に代わり、「申し訳ありません。ウチの手違いでした」、ただそれだけいって、江原は頭を下げる。社内の事情については、一切口にしなかった。

「これが正規のバルブです。なんとか差し替え、お願いできませんか」

床に置いた木箱の蓋を開けた。緩衝材に包まれた新品のバルブが、鈍い光を放っている。

「運の悪いことに、このバルブのテスト、早い段階で終わってまして、再テストとなると難しいと思うんです。今回のテスト責任者である富山にもすでに報告が行ってるようですし……」

「そこをなんとかお願いできませんか」

江原は、やおら椅子から立ち上がると、「この通りです」、と頭を下げた。立花も並んで低頭する。もうこうなると理屈じゃない。

「弱ったなあ……」浅木は、困惑して唸った。

「もう浅木さんだけが頼りなんです。なんとか、上司の方を説得していただけませんか」

「ちょっと待ってもらっていいですか」

そういうと浅木は席を外し、ブースの外で電話をはじめた。

話の調子から、相手が富山だと知れる。

「いま富山に相談したんですが、許可されませんでした」

「富山さん、いま電話をしても大丈夫でしょうか」

江原はいった。「私から事情を説明させてください」

浅木からきいた番号にかける。

「佃製作所の江原と申します」

出てきた相手に名乗った。「浅木さんからお電話していただいた件なんですが、いまお時間よろしいでしょうか」

「こんな時間に非常識だろう、君」

富山は不機嫌にいった。帰宅途中なのか、背後に、電車の音がかぶさっている。

「申し訳ありません。実は、昨日お渡ししたバルブの一部が、当方の手違いで間違っていまして。差し替えのためにいま筑波の研究所にお邪魔しているんです。なんとか受け入れていただけないかと思いまして」

「それは違うだろ、君」

富山はいった。「どこから聞いたかは知らないが、異常値が出たから、バルブを差し替えたいといってるんじゃないのかね」

「違います。私どもの在庫を管理したところ、一本、間違ったものが混入していたことがわかりまして――」

「これがロケットなら、どうなりますか」

富山の問いかけに、江原は唇を嚙んだ。「もしこれが本番だったら、お宅のミスで百億円のロケットが海の藻屑と消えるんだよ。品質ばかりがテストじゃない。部品納入もまたテストなんだ」

「それはわかります」

江原はこたえた。「納品にミスがあったことは認めますし、今後このようなことのないよう、納品には万全の注意を払うつもりです。なので品質テストだけは、もう一度挑戦させていただけませんか」

「生憎、もう結果は出ているんでね」

取り付く島もない返事を寄越した。「お断りします」

電話は一方的に切れた。一部始終を見ていた浅木が気の毒そうに眉を寄せる。

「なんとかなりませんか」

呻くようにつぶやいた江原に、浅木も首を横に振った。

「受け入れて差し上げたいんですが、私の力ではなんとも……」

重たい沈黙が落ちた。拳が白くなるほど握りしめ、両膝の上に置いた江原の目は血走っている。

「ミスはミスで認めます。でも、品質はきちんと評価してもらいたいんです。こんなことで、佃製作所の品質に対する評価を落とすわけにはいかないんです」

浅木は俯いたまま押し黙っている。

帝国重工という巨大組織は、組織の論理で動いている。そこにはルールがあり、浅木の裁量でそれを変更することはできないのだ。

会社の規模は違っても、江原も、そのことはわかっているつもりだった。

「私も、こんなことで佃製作所さんと取引できなくなるのは本意ではありません」

浅木はいい、それからしばし考え込んだ。

どれくらいそうしていたか、「ちょっと待ってください」、そう言い置くと、ブースの外に出て、また誰かに電話をしはじめる。

今度の相手は、江原たちには想像できない。短いやりとりを終え、戻ってきた浅木は思いつめた顔をしていった。

「バルブ、お預かりします」

ガタッと椅子がなったのは、驚いた江原が立ち上がったからだ。

「本当ですか？」

「ええ。話はつけましたから」

その表情は暗かった。

「しかし、浅木さん、どうやって……。大丈夫なんですか。なにかマズいことには……」

浅木の態度を心配してきいた江原に、浅木は無理に笑顔を作った。

「マズいかも知れませんが、それより、私は佃製作所さんと仕事がしたいと思って。一兵卒なりに組織に抵抗してみました」

それが果たしてどういう意味なのかはわからないが、浅木なりに組織を踏み出したらしいことは、それとなくわかる。

「ありがとうございます、浅木さん」

深々と頭を下げた江原たちに、「おかげで徹夜で再テストです」、笑ってそういった浅木はバルブの入った木箱を抱えて研究所の奥へ消えた。

4

「おい、どういうことだ、これは」

富山は握りしめたテストデータを浅木に突きつけた。「従バルブに異常値が出たはずなのに、なんでそうなってない」

「それがその……。佃製作所から正規品が届いたものですから、それを使って再テストを……」

問い詰められ、浅木は言葉を濁す。

「再テスト？」

富山が素っ頓狂な声をあげた。「誰がそんなことを許可した」

「財前部長がその……。受け入れて再テストするようにと」

「なんで部長がそんなことをご存知なんだ。君が知らせたのか」

富山の詰問に、浅木は「すみません」とだけこたえ、唇を噛んだ。

「勝手なことをするな！　受け入れは認めないといったはずだ」

富山は激昂した。

「申し訳ありません」

詫びた部下をいまいましげに睨み付けた富山は、あらためてデータに目を落とす。

「最初のデータはどうした。不良バルブのデータだ」

富山の問いは、意外だった。

「私の元に、ありますが……」

戸惑いつつこたえた浅木に、

「この従バルブのデータにその異常値のデータも併記しろ」、富山は命じた。

「それは、どういうことでしょうか」

「わからん奴だな」

表情を強ばらせた浅木に、富山は苛立ち、声高になる。「部品の受け渡しも含めてテストなんだ。誤って不良品を提出してしまうような会社は、そもそも性能評価する資格すらない」

「いや、しかしですね、主任」

浅木は困惑の眼差しを向けた。「それでしたら、財前部長にもひと言断らないと……」

「部長には私から申し上げる。報告書は今日中に作り直して提出しろ。それと浅木、君も今後のことを考えたほうがいいかもな」

捨てゼリフを残し、富山は足早に去っていった。

5

「会社方針に不満を持っていたようで……。すみませんでした」

ずり落ちた黒縁メガネを中指で押しあげ、山崎は長髪を揺らして佃に頭を下げた。その隣に、真野本人が憮然としたまま黙って座っている。そのふたりと対峙し、いま佃は言葉もなく腕組みした。

「なにかいうことあるだろう、真野」

山崎にいわれ、「すみませんでした」、とふて腐れてみせる。

反省の欠片も見られない真野に怒りが湧いたが、あまり腹が立ち過ぎて、どう対応していいかわからない。

「不満って、どんな不満だ」

かろうじて、浮かんだのはそんな疑問だ。

「社長にいってもわかんないですよ」

冷淡な真野の反応に、「なんでわからないと思うんだ。いってみろよ」、佃は忍耐力を総動員していった。ぶん殴ってやりたいぐらいだが、真野の頬はすでに腫《は》れ上がっている。

「じゃあいいますけど、宇宙開発みたいなことに金を遣わず、もっと小型エンジンとか、主流のほうに資金と人材を回すべきなんじゃないですか。オレたちがいくら開発頑張ったところで、なんの評価もされない。はっきりいって、理不尽なんですよね」

唖然として、佃は真野を見つめた。そんな理由で、不良品のバルブと正規品を入れ替えたのか。ロットナンバーを偽造してまで。親の気を引こうとして悪戯をする子供と同じじゃないか。

「ほらね。やっぱり、わからねえじゃん」

真野はせせら笑った。

「わからねえよ、オレには。わかってたまるか」

佃はいった。「たしかにウチの主流は小型エンジン開発だ。だが、十年後、あるいは二十年後、いまの業態のままでいられるわけじゃない。なにか新しいものを開発していかないと、ウチみたいに技術に立脚している会社は必ず先細る。将来の収益の柱を育てるのは当たり前だろうが」

「だからって宇宙開発だなんていわれても、ついて行けないんすよね。そりゃ社長はいいですよ。山崎部長も。国内トップの研究所でロケット研究してきた実績と実力があるんですから。でもね、俺たちは違う。普通の技術者に過ぎないんですよ。もっと現実的なことといってもらえませんか」

「俺はもう研究者じゃない。ただの経営者だよ」

佃は、虚しくつぶやいた。真野を許すことはできないが、こんなにまで不満を抱えていたことを知らなかった自分にも腹が立つ。いつも顔を合わせていても、社員と経営者との間には途方もないほどの距離がある。そのことをイヤというほど思い知らされた。

「私、辞めさせてもらいます」

真野がいった。「自分がしたことの意味、わかってますから。責任取りますよ」

「ふざけるな！」

カッとなって、佃は吐き捨てた。「お前が辞めたところで、なんの解決にもなりゃしない。いいか、信用っていうのはな、ガラス製品と同じで一度割れたら元にもどらないんだよ」

なにかが真野の中で動いた気がしたが、それがなんなのかわからないまま視線が逸れていく。

「なんでそんなに簡単に辞めるっていえるんだ」

佃は嘆いた。「お前、働くってことについて真面目に考えたことあるか」

返事はない。

「俺はな、仕事っていうのは、二階建ての家みたいなもんだと思う。一階部分は、飯を食うためだ。必要な金を稼ぎ、生活していくために働く。だけど、それだけじゃあ窮屈だ。だから、仕事には夢がなきゃならないと思う。それが二階部分だ。夢だけ追っかけても飯は食っていけないし、飯だけ食えても夢がなきゃつまらない。お前だって、ウチの会社でこうしてやろうとか、そんな夢、あったはずだ。それはどこ行っちまったんだ」

「なんか、甘っちょろいっていうか、青臭いんですよね」

返ってきたのは失笑である。

「ほう、そうかい」

佃はいった。「だけど、バカにする前によく考えてみることだな。お前がしたことは、他人の夢を壊すことだ。オレはそんなことをする人間を絶対に許せない」

「夢、壊したの、社長じゃないですか」

真野から意外な言葉が洩れた。「好きな研究したくても、カネがないとか、人手が足りないとか、そんな話ばっかりだ。それなのに、海の物とも山の物ともつかない研究には、カネも人も投入して。制約ばっかりの環境で、夢を持てっていうほうがおかしいでしょう」

「制約のない環境なんてない」

佃は相手を睨み付けた。「オレはかつて宇宙科学開発機構にいた。国の機関だ。カネは無かったし、人手もなかった。でもな、そういう制約の中でもものの凄い研究成果を出す研究者はいるんだ。全ては知恵の問題なんだ。お前のは単なる無いものねだりじゃないか」

「話になりませんね」

蒼ざめた顔で真野が立ち上がる。「いままでお世話になりました」

「お、おい、真野——！」

止めようとした山崎を、佃は手で制した。

「辞めて夢が持てるんなら、そういう仕事、探してみることだな」

佃はいった。「もうオレの前に二度と顔出すな」

きっ、と佃のことを睨み付けて、真野は敢然と社長室を出ていった。

「こんなご時世に、会社飛び出して、行くところあると思ってるのか、アイツは」

立ち上がった佃は、窓辺に立って冬の寒空を見上げた。「どっちが甘っちょろいんだ、バカ野郎……」


「ここにいたのかよ、探したんだぞ」

午後七時過ぎ、倉庫の片隅で見つけた真野に、江原は声をかけた。開け放たれたシャッターからは、真冬の、肌を刺すような風が吹き込んでいる。それに吹かれながら、入り口脇に置かれた木製ベンチに、ひとり真野はかけていた。

「聞いたぞ。辞めるって本当か、真野」

「ああ。まあ、しゃあないだろ、あれだけのことしたんだから」

「そうか。もうすぐクリスマスだな」

そんなことをいいながら、ぼんやりとした表情でタバコをふかしている真野の隣にかけ、江原もまたワイシャツの胸ポケットからタバコを抜いた。

「辞めてどうする」

「まだ、決めてない」

真野はいった。

「年の瀬にハローワーク通いか。でも、自己都合で退社ってことになれば、雇用保険もそんなに長くもらえないだろ」

返事はない。真野にも家族があった。自ら蒔いた種とはいえ、次の就職先も決まらないまま退職するのは不安に違いない。

「あんなやり方で、会社に不満をぶつけることはなかったんだ」

「どうせオレは、バカさ」

真野は投げやりにいった。

「いつまで経っても成長しねえな、お前は」

あきれた江原だが、ふと疑問を口にする。

「だけどお前、本当はあんなことになるとは思ってなかったんじゃないか」

黙ったままの真野に、江原は続ける。「〝落ちた〟部品でもそこそこの成績は出すはずだからって、川本にいってたらしいな。バルブシステムでいい気になってる連中に、テストは合格でもそれほどじゃないっていってやりたかったんだろ。ところが、お前の予想に反して、すり替えた従バルブからは異常値が出た。そのときになってお前は、本当の不良品を渡しちまったことに気づいたんだ。違うか」

「オレがどうしようとしたかなんてことはもうどうだっていいんだよ」

真野は、虚ろにいって、紫煙に目を細くしている。

「ところがお前は、社長の前でも意地張って言い訳ひとついわずに、啖呵切っちまった。なんで、そうなる」

「さあな」

真野の顔に淋しい笑いが浮かんだ。倉庫からは星のない空が見え、そっちに目を向けた真野の瞳が、濡れて光っているのを江原は見てしまった。

「社長にもう一度謝れ、真野。許してくれるかも知れない」

空を見ていた真野の顔が俯き、唇がぐっと引かれた。

「もう遅いさ。オレ、辞表出したし」

「そんなもん、ただの紙切れじゃないか」

江原はいった。「社長にいいにくかったら、部長にいえ。山崎さん、オタクっぽいけど意外に面倒見がいいって、お前、いってたじゃねえか。きっと親身になってくれるぜ。お前、気に入られてただろう」

「もう過去形」

タバコを、足下に置かれた空き缶の中にぽんと放り込み、真野は大儀そうに立ち上がって背筋を伸ばした。まだ座ったまま自分を見上げている江原を振り返る。

「ありがとうな、江原。心配してくれてさ」

そういって歩き出そうとし、ふと振り返った。「そうだ。ひとつ頼みがあるんだけどさ。今度、社長と酒飲むときがあったら、申し訳なかったって、そうオレがいってたって、伝えてくれないかな」

真野はいった。「まあその――やり方とかさ、いろいろ気に食わないことあったけど、社長のこと、嫌いじゃなかったって。それと、社長の夢、絶対実現させてくれって」

「そんなこと、自分で直接、いいやがれ」

真野はふっと笑っただけで右手を挙げた。その姿が社屋に通じるドアの向こうに見えなくなると江原は嘆息し、しばし放心したように夜空を見上げた。

6

富山の作戦は巧妙だった。

データを併記した報告書を財前経由で水原に提出しようとすれば、財前によってもみ消されてしまう。水原に直接提出すれば財前の頭越しに書類を回すことになってしまい、手続き上の問題が発生する。

ならば、水原を含めた事務連絡会議で、「内伺い」という形で説明すればいいのではないか。この名案を思いついた富山は自らの知恵に満足し、浅木が訂正して出してきた報告書を抱えて、ミーティングに出席したのであった。

スターダスト計画の進捗状況などを宇宙航空部で報告し合う連絡会議には、本部長の水原を筆頭に、傘下の部長と主任、四十人ほどが出席することになっていた。

おおよその議事が進行し、「他になにかありませんか」、と進行役がきいたとき、

「ひとつ、よろしいですか」

富山は挙手をした。

「先般ご報告いたしましたバルブシステムの納入業者候補の品質テストについて、ご相談したいのですが」

財前がはっと顔を上げ、富山を見た。勘の鋭い財前のことだ。発言の意向を事前に知らせていないことで、富山の意図をすでに感じとったに違いなかった。

富山は用意したバルブのテスト結果を出席者に配布してから続けた。

「納入バルブの一部で明らかな動作不良を確認いたしました。部品の形成精度にかなり問題があり、このままテストを継続する意味があるのかと危惧しているところであります」

「それは、不良品が間違って混入したためで、佃が気づいてすぐに差し替えたはずだ」

財前の反論にあったが、富山は慌てなかった。

「いま財前部長がおっしゃった差し替え後のデータもそこに併記してありますが、たかだか百個程度の試作品で不良品を混入させてしまう管理体制はいかがなものかと思います。さらに、交換したバルブのデータは正常値ですが、そもそも異常値が出たと知ったから交換を申し出たのではないかという疑問もなきにしもあらずで、部品の納入業者としてはお粗末かなと。このままテストを継続するのもコストがかかりますし、この場で、水原本部長のご判断をいただければと存じます」

財前の憮然とした視線をなに食わぬ顔でやり過ごした富山は、腕組みしてしばし考え込んだ水原の言葉を待った。

「打ち切るか」

やがて出てきたひと言に、富山がにんまりする。そのとき、

「打ち切ればこのバルブを搭載する目はなくなります」

発言した財前に、「どういうことだ」、と水原が問うた。

「不良品の混在は佃製作所も認識していてすぐに差し替えをいってきました。そのバルブの実力はご覧の通りです。納入ミスなどという理由で製品受け入れを断れば、佃側も態度を硬化させる可能性があります。特許使用を許可するとは思えません」

「巨額の金が入るんです。そんなビジネスチャンスを逸するとは思えません」

真っ向から富山が反論して、坦々とした事務連絡に終始してきたミーティングは俄に熱を帯びてきた。

「同様のことは同社の面談で評価者の田村君がいわれたそうです。君もその場にいただろ、富山」

田村に、報告書の当該箇所を削らせなかったことを富山は悔いたが、後の祭りだった。少しでも佃に対する心証を悪くしようとスルーしたが、まさかそれを逆手に取られるとは思わなかった。

「佃製作所はプライドの高い会社なんです」

財前は続ける。「正面から評価したのならともかく、そんな理由で断られ、わかりましたと特許使用を認めるとは思えません」

「君らの意見はわかった」

やがて水原がいい、新たな意見を出した。「テストが不合格になる可能性があると匂わせて、もう一度特許使用を打診してみてはどうか。それは富山君に任せたい。もし佃がそれすら拒絶するようなら、製品供給をはじめ他の手段を考える。それならよかろう」

他の手段といってもそうあるものではないが、財前は渋い顔で承諾するしかない。

「富山君はそれでいいか」

水原に問われ、いま富山は胸の内に広がる歓びをこらえて、「もちろんです」、とこたえた。


帝国重工の富山から面談したいと連絡があったのは、江原と立花のふたりが代替部品を研究所に持ち込んで三日が経った昼前のことであった。

「できれば、今日の午後にでも来てもらいたいということですが、どうしますか」

電話を取り次いだ殿村がきいた。いきなり電話をしてきて当日呼び出すとは失礼な話だが、佃に異論はなかった。部品は受け入れられたものの、その後テスト経過が果たしてどうなったか知りたかったからだ。こちらから連絡しようと思っていた矢先でもある。

山崎の予定も確認して午後二時のアポを入れる。

果たしてその時間に帝国重工の本社ビルを訪ねると、テスト結果のファイルを抱えた富山が仏頂面をぶらさげて入室してきた。

「先日は、ウチの納入ミスでご迷惑をおかけしました」

開口一番、佃は詫びを入れた。「受け入れていただき、ありがとうございます」

「その件なんですが、ちょっとマズい状況になってましてね」

富山の言葉に、佃は眉を顰めた。

「受け入れた部品についてテストは続行したんですが、不良品が混在していたという事実に上が難色を示していまして。テストがいま中断しています」

唖然として、佃と山崎は富山を見つめた。

「しかし、財前部長が——」

山崎がいったが、

「部長は、このテストの責任者ではないので」

富山は硬い表情でいい、本題を切り出した。

「現時点でこんなことをお伺いするのはなんですが、ご意向を伺っておこうと思いまして。テストがこんな形で打ち切りになるのは実に不本意なんですが、この技術を失うのは当社としても残念でなりません。どうでしょう、佃さん、その場合、もう一度特許使用契約を検討していただけませんか」

真摯《しんし》に問うたつもりだったが、佃は首を傾げた。

「ちょっと待ってください。納入ミスはたしかにうちの過失ですけど、そんなことでテストを打ち切るんですか」

納得できない。その思いは口調に滲んでいる。「悪意としか思えないんだ。予定調和というか。粗探しして落とすための試験だったんじゃないのか」

「悪意だなんて滅相《めっそう》もない」

富山は否定してみせる。

「でも、富山さんは受け入れそのものを拒絶したそうじゃないですか」

そのときの状況は、江原から報告を受けている。「上って、財前さんがそうおっしゃってるんですか」

「いえ、財前は本件から外れていますので」

富山はいった。「全体を統括している者がおります。厳格な男でして、その者の判断になります」

「打ち切りかどうかは、まだわからないんでしょう」山崎がたずねた。

「このまま行けば、そんな結論になるかと」

富山はそろりと口にする。

「バルブシステムはウチの夢なんだ、富山さん」

佃はいった。「佃製のバルブシステムを、新開発のエンジンに搭載してもらいたい。それでロケットを飛ばしたいんだ」

「夢はわかりますが、この状況ではなかなか難しいと思うんですよ」

富山はいった。「どうですか、特許使用に切り替えませんか。無理しなくても、相応の使用料は支払わせていただきます」

両手を拳にして膝に置き、佃は押し黙った。

「佃さん——」

決断を迫る富山に、佃は「納得できないんだ」、とそういった。

「ウチのバルブの性能に問題があるというのならわかる。だけど、納入ミスひとつで、テスト打ち切りというのは酷過ぎませんか」

「それが上の判断なんです」

富山はいった。「私ではどうすることも……」

「じゃあ、直接、話をさせていただけませんか」

佃の申し出に、富山は表情を曇らせた。

「お会いになったところで、仕方がないでしょう。こちらとしては、納入体制も含めて、テストだという考えです」

頑なな態度で、富山はいう。しかし、

「できれば国産のロケットにウチのバルブを使ってもらいたいんだ」

佃のひと言に、富山は探るような口調になる。

「どういうことですか。まさか、海外からオファーがあったとか」

「いまはない。しかし、オファーがあれば検討しますよ。御社がダメなら他の可能性を探るのは当たり前だ」

「そんな話、そうそう来るもんじゃないですよ、佃さん」

言葉とは裏腹に、富山は目に焦りの色を浮かべた。可能性がないとはいえないからだ。

「わかっています」

佃はこたえる。「だけど、少しでも可能性があるのなら、それに賭けたい。つまらん理由をつけて製品供給を拒絶する相手より、たとえ外国企業であれ、製品として正しく評価し受け入れてくれるのであれば、そこと取引するのは当たり前だ」

「いつになるかわからない、いくらになるかわからないビジネスに賭けるとおっしゃるんですか」

富山は訴えるようにいったが、

「その通り」

佃の返事に迷いはない。「製品供給できないというのであれば、それで結構。その代わり、特許使用契約を締結するつもりもない。その上席の方にそうお伝えください」

佃は、山崎とともに交渉の席を立った。


「それが君の交渉結果か」

佃との交渉結果を聞いた水原の言葉に、富山は槍で突かれたようにのけぞり、狼狽した。

「いえ。時間を置いた上でもう一度交渉させていただけませんか。次回はなんとか――」

「そう簡単な相手じゃなさそうだな」

水原が遮った。富山が息を呑んだのは、以前、同じことを財前の口から聞いたことを思い出したからだ。

「もういい。少し考えさせてくれ」

「しかし、本部長、製品を受け入れるのであれば、藤間社長の承認を得る必要があります。このままでは――」

「そんなことは君にいわれなくてもわかっている」

不機嫌にいった水原は、富山を下がらせると、携帯である番号にかけた。

「先日の件、どうでしたか。佃製作所からなにかいってきましたか」

「こちらから、お電話しようと思っていたところです」

相手はいった。「佃は大学に戻ることにはかなり興味があったと思います。社内もガタガタしていて、本部長の狙い通り、マトリックス社の買収話も門前払いしないできちんときいたそうです」

それは同社の須田から報告は受けていた。佃製作所の特許を買うために、佃に会社を売ろうと思わせるだけの見返りを準備する――。それは水原が仕掛けた大がかりな舞台装置といってよかった。

一度研究にとりつかれたものは、その呪縛から解き放たれることは難しい。小型エンジンの開発にあきたらず、かつての夢を追ってバルブシステムを開発した佃の執念に、水原は、抜けきらない研究者魂を見出していた。

「では、佃はそれを検討しているわけですね」

水原はきいたが、相手の返事は期待を裏切るものだった。

「いえ。断ってきました」

「なんですって」

我が耳を疑うとはこのことである。これほどの条件を整えたのに、それでも断るとは。佃という男のことがわからなくなる。

「いまのままで、佃製作所で夢を追いかけるそうです」

「なんで。あんなちっぽけな会社で、夢なんかかなうもんですか」

信じられない。呻くようにいった水原に、

「七年ですよ」

と相手はいった。「佃は、根っからの研究者でした。でも、七年という月日があいつを変えたんだ。いまの佃航平は、宇宙科学開発機構で同僚だった男とは違う。佃製作所という、社員二百人の会社を経営している、立派な経営者なんです。すみませんね、もっと早く返事をすればよかったのに」

「いいえ、そんなことは」

水原は恐縮していった。「先生に、こんなことをお願いして申し訳ない」

「私はもし佃が戻ってくれるんなら、喜んで教授会に推薦しようと思ってました。こんな結果になって残念です。でも、佃にはこれでよかったんだ。それより佃をよろしくお願いしますよ。奴は熱い男です」

「肝に銘じておきます」

水原はそういって、三上教授との電話を終えた。

携帯をデスクの上にそっと置き、水原は椅子を回転させると、大手町界隈の空を見上げた。夕焼けがビルを染めている。

「私の、負けだな」

しばしそれを眺めた水原はいうと、デスクの電話で富山の内線番号を押しかけ、止めた。いつのまにか、自分の結論に与し易い相手を選んでいたと気づいたからであった。

新たな内線番号を押すと、すぐに相手が出た。

「佃製作所のテスト、続行してくれないか。途中からで申し訳ないが、君のほうで間違いないよう管理してくれ」

電話の向こうに、水原の指示を斟酌《しんしゃく》するかの沈黙が挟まる。

「かしこまりました。本日より再開させます」

財前の返事にうなずいた水原は、大きな嘆息とともに受話器を置いた。

部品確保の目途はついた。次の問題は、藤間を説得することだ。それは、水原に残された最後の難関といっていい。

第七章　リフト・オフ

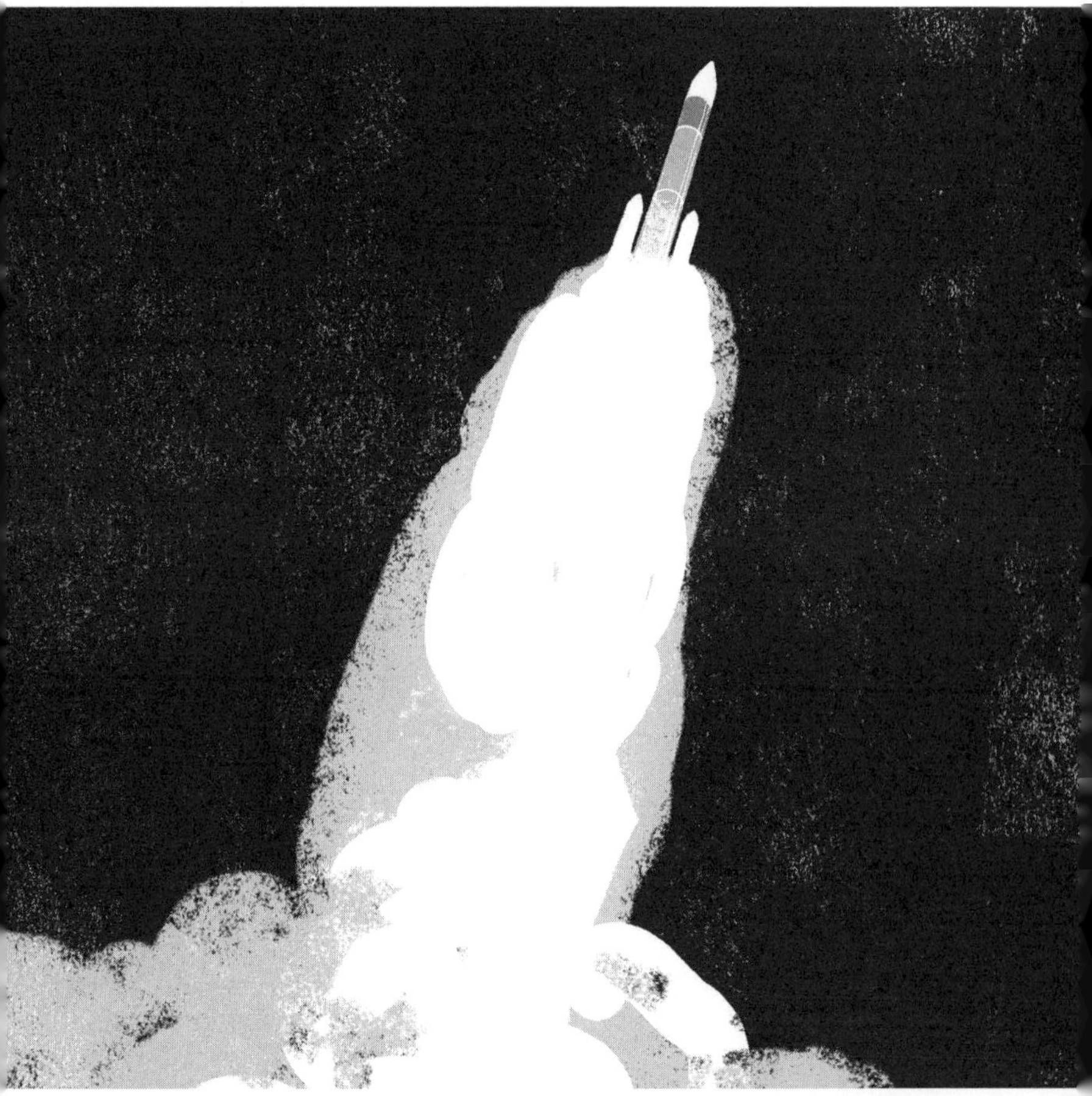

I

佃と山崎を乗せた車は、山間の道路をすでに一時間近くも走行していた。夜はまだ完全に明けきらず、これから昇る太陽が、東の空を萌葱色に染めている様は言葉を忘れてみとれてしまうほど美しい。

年が明けた一月七日の朝だった。

四輪駆動車のハンドルを握っているのは帝国重工の浅木だ。向かう先は、茨城県の山中に新しく建設された同社試験場。この日、その試験場で、帝国重工の新型水素エンジン、開発コードネーム「モノトーン」の燃焼実験が行なわれることになっていた。佃製のバルブはひと通りの品質試験をパスし、すでに最終段階へと入っていた。製品供給の道を拓くための、最後にして最大の関門だ。

山間の道を走る四駆の前に試験場のゲートが現れた。それをくぐり、巨大な四角い実験塔のある敷地内に入る。

昨日までに実験準備が完了し、実験塔にはいま、銀色のスカートをまとった新型エンジンが夜明け前の透明な空気の中、ひっそりと鎮座していた。真空中での推力百三十トン、比推力六百秒の高性能エンジンは、宇宙航空分野で国際競争を勝ち抜くことを至上命題にした「スターダスト計画」の根幹である。

そのエンジンに、佃製作所は、約四十種類、八十個に及ぶバルブを供給していた。

この数日、他の研究員とともに帝国重工研究所でエンジンユニットの組立作業を見守ってきた山崎は、万感の思いを込めた表情でエンジンを見つめている。

さっきから遠く聞こえていた重たいエンジン音が、いまひときわ大きくなった。背後のゲートを液体酸素と液体水素をそれぞれ満載したタンクローリーが列をなして進入してくる。

車を駐車場に入れてきた浅木が、佃らを試験場内へ案内した。

「ここから先は、〝松の廊下〟っていわれてるんです」

研究室の最奥へと通じる廊下を歩きながら、浅木はそんなことをいった。「部外者でここに入室したのは、佃さんたちが初めてです」

エレベーターは、ドアが閉まった途端、地下へと急降下をはじめた。

エンジンの燃焼実験を行なうこの試験場の実験室は、地下十二メートルの場所にある。分厚いコンクリートの壁で防御され、トップレベルの対爆構造を兼ね備えた現代の要塞だ。

実験室には、すでに大勢の研究者がいて忙しそうに立ち働いていた。最初に目に飛び込んできたのは、中央スクリーンに映し出された実験塔である。すでに液体酸素の注入準備がはじまっているその様子を見た佃の胸は、まるで射場の管制塔で打ち上げ前のロケットを見つめているように高ぶった。

スクリーンを見上げる中央の椅子にかけていた人物がいま、佃たちを認め、ゆっくりとやってきた。財前だ。

「お待ちしていました」

財前はいうと、佃と山崎のふたりを連れてフロアを回り、研究者たちに次々に紹介していく。

五十人はいるだろうか。歓迎する者、硬い表情のまままたうなずく者、反応は様々だ。

「彼らにしてみれば複雑な心境であることに変わりはないんですよ」

ひと通り案内した後、中央に位置するコントロールパネルの椅子を勧めながら、財前はいった。

「こういってはなんですが、町の中小企業に技術開発で先を越されたわけですからね。正直、佃製バルブがなんぼのもんだと思っている研究者もいる」

「キーデバイスですからね」

佃の言葉に財前は静かにうなずき、遠くを見つめる眼差しになった。

「そう。それに、バルブシステムは我々にとっても長年の懸案だったんです。――佃さんにとってそうであったように」

佃は昔を思い出してうなずいた。「あの時――この目で見ていたものが、信じられなかったよ。なぜ、ロケットが軌道を外れてしまったのか。いまでも、夢に出てくることがある。騒然となった管制室で、軌道から外れていく航跡をただ見つめているだけの夢だ。茫然自失となってね。それを見ながら、不思議と、責任云々といったことは一切考えなかった。俺の胸から湧き上がってきた思いは、ただひとつ。なぜだ――という疑問だけだ。だが、あとで電磁バルブの不良が原因だとわかって、納得した。一番難しいパーツのひとつだからね」

「その通りです」

財前はいい、いまモニタに映し出された美しい銀色のエンジンに目をやる。

「あのとき――」

佃は続けた。「本当はフランスから部品供給を受けようと思った。ところが、当時のフランスは、打ち上げ技術で日本が上を行くのではないかという懸念から、先端部品の輸出を見合わせたんだ。かといって旧式のバルブでは確度が落ちる。結果的に自前で開発せざるを得なかった。厳しい決断だったし、実際大変な作業だったよ」

発射スケジュールに間に合わせるため、急過ぎるほどのピッチで開発が進められた。

品質、納期、コスト。これらを両立させるのは極めて難しい。打ち上げ失敗を短納期のせいにする気はないが、もう少し実験を繰り返す時間さえあれば、結果は違っていたかも知れないと佃は思う。

「バルブシステムのようなキーデバイスを変更することは、大幅な設計変更が伴いますから」財前はいった。

「その通り。あのときは特に異例だった。最終設計審査《CDR》が終了した後に、エンジンの仕様を新しいバルブに合うように変えていった。認めたくはないが、拙速だったかも知れない。今回も見ようによっては似たようなもんだな」

「状況は似ているかも知れませんが、内容はまるで違いますよ」

財前の言葉に、佃は力強くうなずいた。

液体酸素、液体水素の燃料の注入が終了するまでの所要時間は約二時間。燃焼実験データを取得するため徹夜で進められた準備はすでに完了し、午前十時に予定されていたエンジン燃焼実験は、あっという間に近づいてきた。

「燃焼実験二百七十秒前」

マイクを通じた富山の声が実験開始を告げた。続いて、本番さながらの自動カウントダウンがはじまる。空気が張り詰め、全員の視線が中央の大型モニタに引き寄せられた。

瞬きすら忘れ、佃はモニタが映し出すエンジンを凝視している。逆に傍らにいる山崎は、祈るように目を瞑《つぶ》ったままだ。

「エンジン、点火」

抑揚のない富山の声が告げたとき、「モノトーン」は一瞬にして、炎と白煙に包まれた。

頼むぞ――。しかし、

「なんだよ、これ!」

誰かが素っ頓狂な声を上げたのは目の前のモニタに表示された時計が、百五十秒を経過したときだ。「タンク内、圧力異常!」

「エンジン緊急停止!　緊急停止!」

マイクを通じた富山が叫んでいる。室内は騒然となった。

「社長、これ見てください――」

モニタを覗き込んだ山崎ののど仏が上下し、目に動揺を浮かべた。

いま目の前に明らかな異常値が映し出されていた。佃らが供給するバルブの作動状況を示すデータだ。液体酸素タンク内の圧力を一定に保つための主従のバルブだ。

「おい、どういうことなんだよ、これは!」

血相を変えた富山が詰め寄ってきて、両手を力任せにテーブルに叩き付けた。こたえられるだけのデータはどこにもない。

「検証、検証!」

そんな声があちこちで上がっている。

「なんでだ……」

いま茫然とモニタを眺めていた佃は、この結果を俄に信じることができないでいた。その隣で、財前が静かに瞑目するのが見えた。

燃焼実験は、完全な失敗に終わった。

2

「液体水素タンク内の圧力を一定にする従バルブが作動しなかったことが、失敗の原因であったと、結論づけられます」

燃焼実験翌日の会議は、筑波にある帝国重工研究所の会議室で行なわれた。

「佃製作所の意見は？」

研究者の発言を受け、富山が仏頂面を向けてくる。

「燃焼実験後のバルブは、弊社の検証チームが分解の上調査しましたが、原因は特定されませんでした」

佃はこたえた。

「あのね、そうじゃなくて、特定してくれませんかね、みんな忙しいところ集まってるわけだから」

富山の隣から、最初に検証結果を発表した研究者が語気を荒らげた。茂木という四十代後半の研究者だ。

「あなたにはないかも知れないけれど、我々には納期があるんですよ、わかってるんですか」

茂木の言葉に、会議室のテーブルを囲んでいる数十人の研究者、スタッフたちの間から同意を示す声があがる。

佃は反論した。

「同タイプの従バルブについての動作テストでは、問題なく作動していますし、材質の破損や変形といったこともありませんでした。制御プログラムはどうでしょうか」

「問題ありませんよ」

たちまち担当者から吐き捨てるような言葉が返された。非難の眼差しが佃に向けられたのは、自分のミスを他に押しつけようとしているかのようにとられたからだろう。

「作動しなかったのはプログラムじゃない。バルブだ」

富山はいった。「他人のせいにするんじゃなくて、きちんと自社製品の管理ぐらいしてくれないと困るんだよ」

佃は押し黙った。

佃製作所としての検証結果はすでに出ていたからだ。

燃焼実験失敗のニュースは、佃製作所に衝撃を与え、社内で組成《そせい》した五人からなるチームが筑波に集結し、入念な検証作業を終えたばかりだ。

結論は——異常なし。

だが、バルブは正常に作動しなかった。

「他の部品を見せていただくわけにいきませんか」

佃はきいた。検証チームの連中からもそうした意見は出ている。「ウチのバルブ本体に特に問題が見つからないんです。要因があるとすれば、当該部品外にあるのではないかと」

「冗談じゃない」

富山がはねつけた。「昨日の燃焼実験にいったいいくらかかってると思うんだ。おたくが納品したパーツが動かなくて実験は失敗。スケジュール進行にも多大な影響が出ているというのに、いまだに検証結果を固められない。そんなことでは迷惑なんだ」

「ですから、バルブそのものに問題はないと申し上げているんです」

一方的な富山の言いぐさに腹を立てながらも、辛抱づよく佃はいった。円卓の中央では財前がじっと腕組みをしながら、議論に聞き入っている。

「じゃあ、なんで作動しなかった」

富山がいった。「作動しなかったのは事実だろ。作動しなかった原因を教えてくれよ」

「ですから、それはバルブだけ検証してもわからない。バルブだけでなく、それにまつわる他の要因にまで調査範囲を広げてみないことにはなんとも」

「あいにく、バルブ以外はこちらで検証しているんでね」

取り付く島もない。「こっちの結果は異常なしだ」

「民生品レベルで考えてませんか」

ばかげた発言が飛び出したのは、古参の研究者からだ。言葉は穏やかだが、明らかに佃に対する不信感を滲ませている。

「採用検査のときにだけ高品質のものを提供するが、一旦採用されてしまうと品質管理が甘くなる。たまにきく話だが、そういうことも含めて――」

「そういうことは一切ありません」

今度こそ、苛立ちもあらわに佃はいった。「問題の起きたバルブ以外の部品も、ウチで検証させてくれませんか。そうでないと、なんとも結論づけられないところまで来ているんです」

「わかった。納得するまでやってもらいたい」

財前のひと言に、富山が顔色を変えた。

「部長！」

「原因の特定が先だ」

財前が冷静に判断した。「スケジュールは待ってくれないからな。原因を特定しないかぎり、我々はこれより先に進むことができない。違うか」

ふてくされたような態度で押し黙った富山から、返事はなかった。


「ちきしょう、いったいなんなんだよ」

筑波からの帰り道、山崎が吐き捨てた。

「あいつら、失敗の原因をなんでもウチに押しつけてくるつもりですよ、社長」

「なにが原因だったのか、わからない以上、仕方がない」

努めて客観的に、佃はいった。

「しかし、社長――」

「バルブが作動しなかったことは事実だ」

「それはまあ、そうですけど……」

山崎も押し黙る。

「あのときもそうだったよ」

「十年前ですか」

ハンドルを握りながら、山崎がきいた。

「そう。あの打ち上げ失敗のときだ。例によってバカなマスコミが金の無駄遣いだなんだって騒ぎ立ててね。結局、世間体を守るための責任論が浮上した」

「それで社長が責任をとったと」

「さっきの議論を聞いていて、無性に腹立たしかったが、同時に悲しくもあったな」

佃のしんみりとした口調に、山崎が一瞥をくれた。

「研究所の体質っていうのは、何年経っても変わらない」

「カネが絡むとそうなってしまうんですかね」

「だけど、カネが絡まない仕事はないからな」佃はいった。

「さっきイヤな話を耳にしたんですけど」

ためらいがちに山崎がいった。「今回の実験、もしウチの部品が原因だった場合、実験費用を補償させせようという話がすでに出てきているようです。さらに採用取り消しになるかも知れないと」

聞き捨てならない話であった。「実験費用とスケジュール遅延費用を負担した場合、数億円規模になるかも知れません」

助手席で不機嫌に黙り込んだ佃は、フロントガラス越しに見える、星の無い夜空を睨み付けた。


帰社すると、佃を待っていたらしい殿村が真っ先に飛んできた。殿村ばかりではない、津野や唐木田、それに若手の江原や迫田たちが話をききに続々と集まってくる。

重たい沈黙の中、状況説明を終え、帝国重工研究所での再検証スケジュールについて話した佃はいった。

「もし、ウチのバルブが原因だったら――」

江原がごくりと生唾を呑み込んできいた。「そのときには、どうなるんでしょうか」

おそらくそれは全員の胸に浮かんだ疑問だったに違いない。

「それは原因による」

佃はこたえた。

「最悪の場合、バルブの採用が取り消されるということはあるんですか」

江原の顔は、真剣そのものだ。

「ある」

佃はこたえた。そのときには、〝ロケット品質〟という佃製作所が目指した評価を諦めるしかない。帝国重工の研究者がいったように、「民生品レベル」だと認めざるを得なくなったとき、佃個人の夢とともに佃製作所の挑戦は終わる。

「我々の技術力を信じよう」

それは、社員たちだけではなく、佃自身に向けた言葉だった。

3

一月第三週の火曜日、佃は筑波にある帝国重工研究所にいた。技術開発部の山崎をはじめ、中堅と若手ら技術者五人とともに東京を出たのは、朝の六時。八時過ぎには研究所に一番乗りして、燃焼実験の再検証に臨んでいるところだ。

「どうだ、そっちは」

山崎が立ち上がってかぶりを振り、再び難しい顔でテーブルの上に並べられた部品を見下ろした。検証には帝国重工の研究者たちも参加しており、フロア全体がなにか古道具市のような体裁になっている。

帝国重工が、佃製作所側に対してバルブ以外の部品への検証を許可したのは明らかな進展だったが、それは同時に、検証作業の複雑化と長期化をも意味していた。

案の定、休日返上で三日前からはじめた検証作業は、なんら手掛かりのないまま過ぎた。新事実が発見されることもなく、時間だけが徒過し、焦燥感だけが募る。

「社長のほうはどうですか」

作業を止めた佃は、難しい顔をして黙った。

「オレはもう一度、バルブを見てみる」

朝一番でそういったとき、山崎は不思議そうな顔をしただけでなにもいわなかった。いま史の感は、佃にもある。だが、それは、捜査に迷った刑事が現場を振り返るのと同じだ。

この日から、いままで五名態勢だった技術者を十名に倍増させた。新たに合流した彼らが持ってきた手土産は、当該型番のバルブの作動不良は見あたらないという佃製作所内での検査結果だ。それなのに、バルブはきちんと動かなかった。

帝国重工の浅木、それに佃製作所の埜村がサポートに加わり、いま三人で分解したパーツを慎重に観察していく。変形やコンマミリ単位の歪曲などがないか確認していく作業だ。佃が点検したものを埜村と浅木がチェックする入念な作業である。

神経を使う細かい作業は、いつもの何倍もの疲労を運んでくる。

腕時計の針が午後二時を回っている。

「もう、ひと頑張りしてみるよ」

そう山崎にいい、佃はいつ終わりが見えるかわからない作業へと戻っていく。

帝国重工の作業スペースで立ち働く佃製作所の技術者たちに疲労が滲んでいた。

失敗の原因を究明しない以上、エンジン燃焼実験の継続は延期のまま継続できなくなる。佃製作所製バルブの本採用を勝ち取るためには、絶対に越えなければならないハードルだ。

延々と続くその作業の中で、疲労の極致にいた佃が、バルブ内部のかすかな痕跡に気づいたのは、それからさらに数時間が経過したときであった。

「なあ、埜村。これ、なんだと思う」

それは、ともすれば見落とされてしまいそうな、微細な変化だった。しかし、ぱっと見た目にはわからない。素材を変形させることもない。だが、光に当てたままパーツを傾けていくと、まるでホログラムのように、なにかが浮き上がる。

拡大鏡で映し出しながら、光の加減を変えていった。

「どれですか」

埜村は最初、佃がなにをいっているのか理解できなかったらしい。

「よく見てみろよ。角度によって色が変わっていくだろ」

「なにかが擦《こす》れていった痕、ですかね」

埜村の観察に、佃もうなずいた。

「なんだと思う?」

「わかりません。この痕を残した肝心の物質は、少なくともバルブ内には残ってないです」

エンジン系統図を広げた佃は、問題箇所の従バルブから主燃焼室までの経路を指でなぞっていった。バルブを経由した液体燃料はそのまま主燃焼室へとパイプで運ばれていく。

「このパイプです、社長」

埜村がすぐに部品を見つけて、佃を呼んだ。パイプは、破断など、一連の検証が行なわれたときのまま保存されている。

なにかがバルブ内にあの痕跡を残した。

それがバルブ内から外へ出たとすれば、このパイプを通ったはずである。

「なにか見つかったのかな」

背後から声がかかった。

富山だ。皮肉な笑みを浮かべて、佃とパイプとを交互に眺めている。

「バルブに微細な痕跡を発見したので、その原因を探っているところなんです」

佃の代わりに応えたのは、浅木だった。

「痕跡？」

「これです」

分解したままの従バルブの内面を、浅木は示した。黙ってそれに見入っていた富山だが、関心を抱くところまではいかなかったようだ。

「研磨段階で付いたものじゃないのかな」

「あり得ないですね、それは」

佃はいい、パイプ部分に付属するフィルタを子細に観察しはじめた。「これ、検証させてください。なにか付着していないか、見てみたい」

それには応えず、富山は、

「おい、近田さん」

と呼んだ。走ってきた古参の研究者の姿に、思わず山崎と顔を見合わせる。先日の会議でいまだ忘れられない痛烈なひと言を口にした男だった。

――民生品レベルで考えてませんか。

近田は、決して佃と目を合わそうとはしなかった。

「佃さんがこのパイプを検証したいというんだ。君の担当だよな、ここ」

「パイプをですか」

近田は心外そうな顔をした。「そんなものになにがあるっていうんです」

「バルブに、擦れたようなかすかな痕跡があったもんですから、なにが付けたものか検証したいんです」

佃の説明に、近田は、むっとした表情になった。

「こんなところを追及する以前に、バルブに使われている部品をもう一度見直したほうがいいんじゃないんですか？　ネジの規格とか、そういうことも含めて検討してみましたか？」

「もちろんです」

傍らから山崎がいった。

「ならどうぞ。ただし、妙な傷を付けたりしないでくださいよ」

そんな傷など付けるわけはないのに、近田という研究者は常に上から目線だ。

「まったく何様だと思ってるんですかね、あの男。俺たちなんざトーシロと同じだとでもいいたいのかな」

富山と近田が離れていくと、嫌悪感を剥き出しにして、山崎がいった。

「いいたい奴にはいわせておけ」

いま山崎に代わってパイプの状態を確認した佃はいった。「埜村、ファイバースコープ、頼む」

佃製作所から持ち込んだ特殊なファイバースコープの先端部を慎重にパイプ内部へと入れていく。こういう作業を佃がすることはほとんどない。だが、研究室にいた若い頃、散々やらされたことのある手慣れた作業だった。山崎が目を丸くするほど、見事な手際だ。

「社長、うまいですね」

意外な特技を発見したような山崎の声に、佃は笑った。

「こんなもんに、うまいも下手もあるもんかといいたいところだが、それが決定的な違いを生むこともあるんだよな。ほら——見てみろ」

小さなモニタに映し出されていた内部映像を止めた。

「どこです?」と山崎。

「これ。気にならないか」

同時に、埜村と浅木も、目を凝らした。

「小さな埃みたいなものがあるだろ。光の反射じゃない。採取するぞ」

そこから先の操作はさらに慎重を期した。ファイバースコープの先端部に付けた小さな触手を使い、おそらくは拡大鏡でようやく見えるか見えないかという、物質を採取する。

「採取成功」

佃は採取したものを試料用の小皿に落として埜村に渡す。「持ち帰って分析に回してくれないか」

「あの、私にやらせていただけませんか」

浅木が申し出た。「化学系の実験材料はここのほうが揃っていますから。よろしければ、埜村さんも一緒に来てください」

採取した試料を密封すると、浅木は一礼して埜村とともに出て行く。

そのふたりが慌ただしく戻り、意外な報告をもたらしたのは、それから一時間ほど経過した頃であった。

「二酸化ケイ素でした、社長」

「二酸化ケイ素？」

埜村の報告に佃は思わずきき返した。「そんなものが、なんで出てくる？」

むろん、水素エンジンの燃料は水素と酸素だけだ。たしかに液体燃料タンクには、圧力を一定化するためのヘリウムガスも注入されるが、いずれにせよ二酸化ケイ素は無関係だ。どこからそれが紛れ込んだのかが問題である。

佃は、もう一度エンジン系統図を点検しはじめた。

「仮にその二酸化ケイ素が従バルブの誤作動を引き起こした張本人だとすれば、それは燃料の流れに乗っておそらくバルブ内部を通ってきたはずだ。すると――」

佃は、バルブ内部の流れを指先でさかのぼっていく。その指先を、山崎と埜村、そして浅木の視線もたどり、いま、全員の視線がある一点で止まった。

バルブ内フィルタだ。

「外します」

いま山崎が慎重にフィルタを抜き出し、それを拡大鏡の下に置く。

じっと観察する時間の、なんと長く重いことか。

やがてその口から、ぽつりと言葉がこぼれ出てきた。

「――これかな」

佃も覗き込んだ。

拡大鏡で目視できるギリギリの大きさの粒子だ。それがフィルタの表面に付着している。

「これは細かい」

埜村が悲鳴に近い声をあげる。「しかも白っぽいから余計に見づらいですよ」

同じように覗き込んだ浅木もまた、驚きの声を上げる。

「富山主任。ちょっとよろしいでしょうか」

浅木が呼んだ。「これ、見ていただけませんか」

「はいはい。騒がしいことで」

むっつりしてやってきた富山は、フィルタの表面に付着している異物に視線を奪われた。

そのまま腰を伸ばして立ち上がると、しばらく無言になったまま動かなくなる。

「なんだこれは」

しばらくして、富山がきいた。

「たぶん、二酸化ケイ素の粒子です」

浅木のこたえを、佃が補足した。

「ご存知かと思うが、フィルタの製造時に二酸化ケイ素が出ることがある。詳しく調べてみないと断定はできないが、おそらくこの粒子はその製造過程で付着したものじゃないかと思う。ウチのバルブ表面に残った痕跡も、それであれば説明はつく」

すぐに返答はなかった。

「近田さん、ちょっと――」

こたえる代わり、近田を呼んだ。

「今度はなんです」

近田はさも迷惑そうな顔だ。

「このフィルタに二酸化ケイ素の粒子が付着していたというんだよ」

「そんな馬鹿な」

案の定というべきか、近田の反応は否定的であった。

「本当です、近田係長。見てください、これ」

浅木がいい、拡大鏡を近田に差し出した。半信半疑の男から、笑みが抜け落ちるまでさほどの時間はかからなかった。

「しかしねえ、君。これが誤作動の原因だっていうのかよ」

顔を上げた近田は、浅木に向かっていう。「そんなことでバルブが動かなくなるなんてことあるのかな」

「あります」

佃は断言した。「拡大鏡で確認できる大きさの粒子です。それが調整弁とシリンダーの間に挟まったとすれば、誤作動の可能性は十分ある」

「推測でしょ、それは」

近田は皮肉っぽく決めつけた。

「限りなく現実に近い推測です」

佃の言葉に、「このフィルタは誰の担当だ」ときいたのは富山だった。

「私ですが、なにか」

多少のばつの悪さを覚えたか、近田はもごもごとこたえた。

「予備の交換パーツがあるはずだ。見せてくれないか。確認したい」

「交換パーツって、あのですね主任――」

「どこにある、交換パーツは」

いま富山は、苛立ちを見せて、近田の言葉を遮った。

「管理庫に」

「浅木君、持ってきてくれ。確認したい」

近田と浅木のふたりがその場を離れていく。佃製作所でもフィルタは製造している。だが、今回そのフィルタではなく、帝国重工指定のフィルタを使わせろといってきたのは、他ならぬ富山のほうからだった。

佃製作所からの部品調達を最小限に抑える――そんな考えが透けて見える申し出だ。いま富山が顔色を変えたのは、責任の一端が自分に及ぶことを敏感に感じ取ったからに違いない。

浅木が運んできた予備フィルタを、ロット単位で台に載せ、ランダムに山崎が抜き取って検査していく。検査といっても拡大鏡で粒子の付着を見ていくだけだ。つまりそんな単純な検品でさえ見つかる不良を看過していたということの裏返しでもあった。

「これにも付着してますね」

たちまちひとつが撥ねられ、近田の表情が歪んだ。山崎の作業はなおも続く。他の研究員たちも、集まってきていた。

「どうした」

その声に富山がはっと振り返り、表情を強ばらせた。

取り囲んだ研究員たちの間から現れたのは、財前だ。

「見つかったのか、なにか」

「バルブ内部のフィルタに二酸化ケイ素の粒子が付着していまして」

と富山。「ただまあ、それが原因だと、まだ決まったわけでは……」

苦しい富山の反論を聞き流し、財前は、山崎から受け取った拡大鏡でフィルタを覗き込んだ。

それから、「ウチの製品か」、と富山にとって痛いところをついた。

「そうです」

いまや神妙な顔になって、富山がいった。「おそらく製造過程で付着したものではないかと」

「それを看過したということか」

「申し訳ありません」

富山の口から謝罪の言葉が洩れた。

「しかし、佃製バルブのテストでは異常は出なかったはずだろう」

もっともな指摘であったが、富山はかえって困窮した。

「実はあのときとは条件が異なっておりまして」

おずおずと説明する。

「条件が違う？　どういうことなんだ」財前の声が険しくなった。

「製品テストのときはウチのフィルタを使っていたんです」

佃がこたえた。「先日のエンジン燃焼実験では、御社のフィルタを使いたいとのことで、交換されたときいています」

財前から鋭い舌打ちが出た。じっと考え、唇を嚙む。佃を見て、フィルタを見る。そして神妙な顔をしている富山と近田へ視線を向けたとき、そこには怒りが宿っていた。

「これがバルブ誤作動の原因と考えて間違いありませんか、佃さん」

財前はきいた。

「バルブ内に残された痕跡からしても、まず間違いないと思います」

佃はいった。「バルブ内の調整弁との間に挟まってしまったためにうまく作動しなかったとしか考えられません」

「推測でしょ、それは」

かろうじて反論を試みようとした近田の言葉には耳を貸さず、財前はいった。

「いますぐフィルタの製造過程を見直してくれ、富山主任」

口を噤んだ近田に、財前はいった。「発言だけは立派だな、君。だが、せめて自分のミスぐらい、素直に認めたらどうだ」

その痛烈な言葉に弁明もなく、近田は唇を嚙んだ。

4

「結局、ウチのミスか。お粗末な話だな」

ロケット燃焼実験に関する最終報告を終えた財前に、水原は嘆息してみせた。

「申し訳ございません。今後、管理をさらに徹底させます」

謝罪した財前は、いよいよ本題を切り出そうと息を吸い込んだ。「燃焼実験そのものは失敗しましたが、先日からご相談させていただいている――」

「バルブか」

先回りした水原は、難しい顔で財前から視線を外し、執務室の壁を凝視した。財前は続ける。

「もし、この燃焼実験が成功していたら、全てのテストをパスするところでした」

「このバルブを採用したほうがいいという君の意見は変わらないか」

「性能、信頼性は申し分ありません。コストも抑えられます」

財前はいった。「採用すべきです、本部長」

水原は両手をデスクの上で組むと、鼻から息を吐き出した。

「かくして最大の難関が残ったか。どうやって藤間社長を説得する」

佃製バルブの採用を認める言葉だった。

「ありがとうございます」

深く一礼して財前は続けた。「次回の役員会で、私から直接、説明させていただけないでしょうか」

「なにかいい考えでもあるか」

「藤間社長の経歴を詳しく調べてみました。なぜスターダスト計画をぶちあげ、内製化に拘られるのか」

水原は、少々意外だとでもいいだけに、眉を上げてみせた。

「社長は、宇宙航空畑出身だ」

「それだけではありません。藤間社長には、打ち上げ失敗の過去がある」

財前のこたえが水原の興味を引いたらしいことは、表情でわかる。財前は続けた。「その過去において、藤間社長は佃製作所社長、佃航平と結び付いています」

「ほんとうか」

驚き、思わず上体を起こした水原に、財前はうなずいた。

「間違いありません。佃がどんな気持ちであのバルブシステムに挑んだか、その経緯をお話しすれば、藤間社長は必ず、わかっていただけると信じています」


「なんとか、乗り切ったものの、あぶないところだった」

会議の席上、佃はいった。原因が特定されないまま、検証が長引けばバルブの採用そのものが見送られかねない状況だった。

燃焼実験失敗の原因はフィルタに付着した二酸化ケイ素であるという最終報告書が、昨日財前から本部長に提出されたという報告を受けて開いた係長以上の連絡会だ。

「そしてバルブ採用の件で、先ほど帝国重工の財前部長から連絡があった」

佃が口にした途端、会議室に集まっている全員が息を呑む。

「結論が——出たんですか」

殿村は、目をまん丸にしている。

「最終結論は出ていない」

そのひと言に張り詰めた空気のどこかに見えない穴が開いたようになる。弛緩しかかった雰囲気が再び引き締まったのは、「残されたハードルはふたつだ」、と佃が発言したからであった。

「まず、宇宙航空部から、バルブ採用の稟議が次回の役員会に提出される。そこで内製化方針を打ち出している社長の決裁を得られるかどうか。そしてもうひとつはいうまでもなく、仕切り直しの燃焼実験を成功させること――このふたつだ」

「役員会の決裁見込みはどうなんですか？」

江原がきいたのは、それが一番の問題だと敏感に察したからだろう。

「一応、財前部長が説得に当たることになっている。どっちに転ぶか、蓋を開けてみないことにはわからないそうだ」

佃はこたえた。

「もしそこで否決されたら、そのときは？」

江原がきいた。

「そのときは――」

佃は、社員たちの顔を見た。「残念ながら、そこで我が社の挑戦は終わる」


役員室に居並ぶ重役たちの視線をひたすら一身に受け、いま財前は会議室正面に準備されたプロジェクターの前に立ったところだった。

「本日は、スターダスト計画推進上、大型水素エンジン開発段階で惹起《じゃっき》しました問題解決のため、役員会のご承認を頂戴いたしたく、ご説明にあがりました」

財前の合図で照明を暗めにした役員室のスクリーンに映し出されたのは、帝国重工が開発している商用大型ロケットT3に搭載が予定されている新型水素エンジン、「モノトーン」だ。ちなみに、この役員会用に作成したプレゼンテーション資料は、財前自ら構成を指示した特別なものである。

新エンジンの仕様と商業ロケット市場での競争力について簡単に触れ、いよいよ財前はこの日の要件について切り出した。

「新型エンジンを構成する主要部品の中で、唯一、当グループで開発できなかったものがあります。――バルブです。鋭意、開発に努めて参りましたが、残念ながら同技術での先行者があり、特許が取得できませんでした」

薄暗がりの中で錯綜する疑問と思惑が、場の空気を音もなく変えていく。

「つまり、バルブシステムの特許開発で他社に負けたということか」

薄暗がりの中、オーバル型の卓を囲んでいる役員の中から刺々しい質問が出た。

「そうです。申し訳ありません」

詫びるしかない。だが、詫びるためにここに来たわけではなかった。

いま、スクリーンの写真がエンジン用バルブに変わり、すぐにそれは性能グラフへと移行していく。

比較されているのは、アメリカのスペースシャトル、欧州宇宙機関のアリアン、ロシアのアンガラ、中国の長征、ウクライナのゼニットといった各大型ロケットエンジンに用いられているバルブに関して、帝国重工研究所が独自に行なった耐久テストの結果だ。

「このデータそのものが極秘資料ですので、メモはお控えください」

ひと言断った財前は、そのグラフに新たな折れ線グラフを追加した。「これが、当部で開発していたバルブのテスト結果です」

交差するグラフ群の上に、まるでそれらを見下ろすかのようにプロットされた数値は、役員室にひそかな興奮を運んできた。もとより、製品化が実現しなかったのだから喜ぶべきではないことは暗黙の了解だが、そこに示されているのは紛れもなく、帝国重工が有する技術の優位性だ。

「残念ながら、タッチの差で特許を越されたために、このバルブは幻と化しました」

さて、ここから佃製作所の部品供給を受ける話をどう切り出すか。場の雰囲気を読みながら財前が考えたとき、

「ひとついいか」

重々しい声がした。財前が身構えたのは、それが他でもない社長の藤間秀樹だったからだ。

「特許の先を越されるということと、部品としての完成度とは別問題だ。特許で先を行ったからといって、その特許権者がこれほど耐久性をそなえたバルブができるとは限らない。違うか」

「仰る通りです」

思いがけない展開に財前はこたえた。「その見地から我々は、当該特許を取得している企業に対し、特許使用許可という形での協力を要請してみましたが——残念ながらそのオファーは、断られました」

会議室のあちこちで、ため息が洩れた。しかしそのため息は、落胆というより、憤りに近い。天下の帝国重工を袖にしたのか——そんなプライドが渦巻いている。

「特許を取得していたのは、どこだ」

案の定、役員のひとりがきいた。

「佃製作所という会社です。大田区にある、資本金三千万円、売上百億円足らずの中小企業です」

「いったいどうなっている」

藤間があきれた口調できいた。「その程度の規模の会社が、宇宙開発の関連特許でウチの先を行くとは。いったい何者なんだ、そこの社長は」

「社長の佃航平氏は七年前まで、宇宙科学開発機構の研究者でした。覚えておいででしょうか、当時、セイレーンというエンジンがありました。その開発主任です」

「セイレーンの？」

薄闇の中で、じっと財前を見つめる藤間の目が細められたのがわかる。

セイレーンを搭載した大型ロケットは帝国重工が同所から製造委託されたものだった。当時、帝国側責任者として宇宙航空ビジネスの先頭に立っていたのが藤間だったのだ。世界最先端の技術と謳われた水素エンジン、セイレーンがどんなものであったかは、実はこの役員会メンバーの誰より、藤間自身がもっとも詳しいのではないか。藤間が、佃製作所の部品受け入れを許可するとしたら、この切り口しかない。それに、財前は賭けた。

「あのエンジンを開発した男が、このバルブを作ったというのか？」

「そうです」

財前はいった。「これが佃製作所製バルブのテスト結果です」

いま、スクリーンに映し出されたグラフに、新たな一本が加わる。次の瞬間、会議室が息を呑んだように静まりかえった。

「研究所での性能評価において、佃製作所のバルブシステムは、当社製品の品質を上回る成績をおさめています。おそらく——」

財前は、手元の資料から、研究員が付与したコメントを口にした。「おそらくこのシステムの性能であれば、少なくとも向こう三年間は、国際競争力を維持することができるはずです」

役員会の面々は、スクリーン上に新たにプロットされたグラフに釘付けになったまま言葉を失っている。

「あのロケットは——」

やがて、藤間がその沈黙を破り、口を開いた。「打ち上げに失敗したはずだ。責任をとって開発主任が辞職したという話はきいている。もしや、それが佃という男だったのか?」

「その通りです」

藤間の問いかけに、財前はうなずいた。「セイレーンがなぜ失敗したのか、その原因が佃にはわかっていた。だから、バルブシステムに着目し、それに特化した研究開発を継続してきたんです」

「失敗の原因?」

藤間はきいた。「たしか燃料供給系のトラブルだったはずだ」

「その通りです。つきつめていえば、バルブシステムの動作不良にあったと結論づけられています。バルブを制するもの、ロケットエンジンを制する——。ご承知のように、まさにバルブシステムは、ロケットエンジンのキーテクノロジーです」

財前は議場を見回した。「佃はそのことを知り尽くした男です。このバルブシステムは、ロケット部品の傑作といっていいでしょう。これを超えるバルブは、いまこの世の中には存在しません。最高のバルブシステムです」

会議室の明かりが戻り、こうして財前は、いよいよ勝負のときを迎えようとしていた。

「佃製作所のこのバルブをスターダスト計画に採用したい。ご承認いただけませんでしょうか」

白髪のライオンを思わせる藤間から、燃えるような眼差しが向けられた。

「もし、このバルブを使わなかったとしたら、どうなる」

質問は、単刀直入だ。

「このバルブを超えるものを開発するために、何年かかるかはわかりません。使わなければ従前のバルブシステムを継続することになります」

「それでは国際競争力が劣ると、そういうことか」藤間がきいた。

「いまの当社ノウハウでこれ以上のものを開発することは不可能です。現状の技術水準を見るかぎり、競合他社も同様の状況にあると考えられます。このバルブを採用することで、ロケット打ち上げの成功率は格段に向上するでしょう」

成功率は、即競争力になる。

「ちょっといいかね」

円卓から役員のひとりが発言した。「キーデバイスの内製化方針は、君も理解していると思う。その原則を破るのか」

当然予期していた質問だが、こたえるのには勇気がいった。イエスかノーか。

「そうです」

財前はいった。「例外として認めていただけませんか。社益に寄与する例外です」

しばらく、誰も口をききはしなかった。当然のことながら各人にも思惑はあるし、財前のこの提案をよく思っていない役員もいるに違いない。だが、この案件の賛否を決するのはただひとつ、藤間の意思だけだ。

「もし、このバルブの採用を見送った場合、デメリットは競争力の低下だけか」

藤間の中で天秤が揺れている。

「いえ、それに止まりません」

財前は、ぐっと頬を引き締めてこたえた。「ウチが採用しなければ、競合他社が採用する可能性があります」

そうなれば、圧倒的な技術的優位のもとで宇宙航空戦略を推進するという、藤間が打《ぶ》ち上げたスターダスト計画が骨抜きになる。

全員が固唾を呑み、視線が藤間に集中した。

「わかった」

深い吐息を洩らし、ついに藤間はいった。「このバルブを搭載しよう。皆さん、それでよろしいな？」

藤間がいいといっているのに、反対意見が出ようはずはない。

「ありがとうございます」

深々と頭を下げた財前に、ほっとした表情の水原が、かすかに笑ってみせた。

「まだ、役員会、終わらないんですかね」

さっきから腕時計と壁時計をなんども往復させながら、殿村は落ち着かない口調でいった。

「少し落ち着いたらどうなんだよ、トノ」

津野にいわれ、「これが落ち着いていられますか」、と殿村にしては珍しく反論してみせる。

「いままでの苦労が報われるかどうかの瀬戸際なんですから」

「そんな神経質になっちゃって、なんか銀行の人みたいだぜ」

津野の冗談に、「どうせ私は」、といったところで殿村は言葉を呑み込む。そんなことをいってみたところでせんないことだ。

社長室には、殿村と津野のほかに、山崎と唐木田もいて緊張した面持ちでソファにかけていた。

帝国重工の役員会がはじまったのは午前八時半。財前の事前情報によると、今回のバルブに関する議事が話し合われるのは午前十時頃。

いま時計の針は、十時半を回ったところだ。

「会議が終わるまで財前氏は室内に止まっているんじゃないですか。もしかしたら午前中一杯ぐらいは、かかるかも知れないな」

そんなことをいったのは唐木田だ。

「もし、採用が決まったら、ロケット品質の佃っていうキャッチコピーに変えましょう、社長」

津野は、気が早い。

「まさか、もうそれで営業してるんじゃないだろうな、津野さん」

唐木田にいわれ、

「なにか問題でも？」

と津野がいい返す。「ウチはね、京浜マシナリーの穴を埋めるのに四苦八苦してるんですよ。使えるものはなんだって使わせてもらいますから」

「きっといい風が吹きますよ。信じて待ちましょう」

殿村の言葉に、佃もうなずいた。

ナカシマ工業の訴訟で一旦は地に墜ちた信用も、和解報道から徐々に挽回しつつある。大口取引は無いにせよ、小口の売上は増え続けている。売上ボリュームを稼ぐには大口はもってこいだが、会社の安定性を考えると一度に剝げることのない小口売上というのは会社の土台になる。それは、この一年で佃が学んだことのひとつであった。

「今回の受注があれば、なおのこと――」

殿村が力説しようとしたとき、テーブルに置いてあった佃の携帯が鳴り出した。

財前だ。

「来たぞ――！」

津野が立ち上がり、さっきから部屋の外で待機していた社員たちに声をかける。真っ先に顔を出したのは江原だ。迫田がそれに続き、埜村や立花といった技術開発部の若手までもが部屋になだれ込んでくる。

「お待たせしました。いま役員会が終わりました」

財前の声は、心なしか弾んでいるように聞こえた。「佃さんのバルブ、使わせてもらいます。

藤間社長の決裁が下りました」

「ありがとうございます」

右の拳を握りしめ、社員たちにガッツポーズしてみせる。歓声が上がったのは同時だ。

江原たちがハイタッチで喜びを表現している。

顔をくしゃくしゃにした殿村が立ち上がり、津野や唐木田、そして山崎と握手をしはじめた。

誰かが手を叩きはじめ、それがフロア中に広がっていく。

「次の実験で、必ず成功させてください」

社内の騒ぎが耳に届いているだろう財前が力強くいった。「世界最高のバルブだと信じてますから」

5

佃が再び帝国重工の試験場に向かったのは、帝国重工の役員会で佃製作所のバルブ採用が決まった二週間後のことであった。

早朝の蒼く透明な空気の中に、「モノトーン」はいた。冬の透んだ日差しに銀色のスカートを輝かせ、液体燃料の注入が完了するのを待っているところだ。

佃はそれを、研究棟のモニタで見ている。地下十二メートル、ピリピリした空気が充満した実験室では、エンジニアたちが実験前の最終チェックに余念がない。

「二百七十秒前。自動カウントダウン開始」

富山の声がマイクを通じて流れると、カウントダウンする音声に切り替わった。

エンジン内部のデータを表示し続けるモニタの前に陣取った佃は、そこに並んだ数値に目を凝らす。

佃の隣に山崎、背後には埜村たち、この日のために昨日から泊まり込んでいる佃製作所のスタッフ十二名が控えていた。全てをこの実験に賭ける意気込みそのまま、まさに万全の態勢である。やれることは全てやった。あとはこの実験の成り行きを信じて見守る以外にはない――。

コントロールパネル上部に並ぶモニタでは、さっきまで見えていた作業員の姿が消え、いままさにエンジン燃焼の時を迎えようとしている。
三、二、一――。
「エンジンスタート！」

普段、感情に乏しい富山の声が、緊張して強ばっている。祈りにも似た思いで佃は、モニタの映像を見つめた。

「モノトーン」の銀色のスカートが、轟然と噴き出した白煙と炎にまみれたのはそのときだ。

モニタが映し出しているその光景は、無音だ。その中でエンジンだけが生命を吹き込まれ、猛然と炎を噴出し、巨大なエネルギーを消費している。無声映画を観ているような不思議な光景の中で、燃焼時間の自動カウントだけが続いていた。

十秒――二十秒……。

四百、四百十、四百二十――四百八十秒――。

「エンジン、停止」

富山の指令がマイクから流れた。

唐突に出現したのは、静寂だった。室内がそれに包まれる。

「実験、成功――」

誰かが拍手しはじめたのはそのときだった。それはあっという間にフロア全体に広がり、さらにさざ波のような歓声を伴って、しばらくの間、鳴り止む気配すら無かった。

殿村の携帯が鳴りはじめたとき、佃製作所の二階フロアの全員が手を止め、顔を上げた。

山崎からの連絡は殿村の携帯に来ることになっていたからだ。

この日の実験結果をきくために、全員が仕事にも出ずにデスクワークをしているような状況であった。江原曰く、こんな日に営業に出たところで結果が気になって商談にもならないからである。

そしていま――。

全員の視線を受けながら、「わかりました、伝えます。ありがとうございました」、そういって電話を終えた殿村は、目を強くつむって俯いた。

「トノ……」

津野が、恐る恐る声をかけた。「どうだったんだ。まさか、だめだったんじゃないだろうな」

やがて殿村の顔が上がったとき、その頬を涙が滂沱と流れているのを見て、津野も唐木田も、そして江原や迫田をはじめ、そこにいる全員が言葉を失ったのであった。

「いま――いま山崎さんから連絡がありました」

震える涙声で、殿村はいった。「燃焼実験、先ほど無事終了したそうです。実験は、実験は――」

殿村の頬が震えた。

「成功です」

社員たちの間から歓喜の声が上がった。たちまちのうちにフロアはお祭り騒ぎになっていく。

若手たちは奇声を上げたり、両手を突き上げたりして喜びを爆発させている。

「びっくりさせるなよ、トノ。俺はてっきり失敗したのかと思ったよ」

喜びで顔をくしゃくしゃにした津野が、殿村に握手を求めた。

「すみません。なんだか私、胸がいっぱいになってしまいまして」

殿村は、涙もろい一面を見せてハンカチで目頭を押さえた。「このために、みんながどんだけ頑張って、苦労したかと思うと……」

「だからって、泣くことはないじゃないですか、部長」

傍らから突っ込みを入れた江原の目も真っ赤だ。

「私は――私はうれしいんですよ！」

殿村は涙声を振りしぼった。「よかった。本当に、よかった！」

憚ることなく男泣きをはじめた殿村の肩を、みんなが笑いながら叩いたり揺すったりしながら喜びを分かち合っている。

「みんな、バルブの正規採用を祝して、万歳三唱だ」

やがて唐木田が言い出し、全員がフロアの真ん中に集まってきた。

ある。

「で、ではご指名でありますので、佃製作所と皆さんのご健勝を――」

硬いよ、というヤジが飛んで、笑いが弾けた。殿村は泣き笑いの、くしゃくしゃになった顔で
江原の提案で、殿村が洟をすすりながら進み出る。

「じゃあ、殿村部長、音頭とってくださいよ」


「すみません、硬くて。そういう男なんですよ、私は。ではもう一度いきます」

殿村は声を張り上げた。

「佃品質を帝国重工の連中に知らしめてやりました！」

いいぞ、という合いの手を入れたのは迫田だ。「やったぜ、みんな！　それではご唱和願います！　佃品質と我々佃プライドに――万歳！」

殿村が声を張り上げた。

万歳！

全員の声は、遠くにいる佃らに届けとばかり、大田区の一角にある小さな本社屋に響き渡った。

万歳――万歳！

佃製作所が、バルブシステムの製品供給という挑戦を成し遂げたのは、春を思わせる陽射しが差し込む二月の朝のことであった。

6

挑戦の終わりは新たな挑戦のはじまりだ——。

佃がそんなスピーチをしたのは、蒲田のレストランを借り切って開いたささやかな祝勝パーティでのことだ。

この日、製品供給の正式な契約を締結した佃製作所には、新たな朗報ももたらされた。かねて津野が新規工作してきた大手輸送機器メーカー、アジア輸送機器から大口契約がもたらされたのである。その契約から予想される年間売上は七億円。他社で積み上げた小口売上と合わせれば、京浜マシナリーの穴はほとんどが埋まる。

やっとここまで来た。

だが、佃製作所がその真価を問われるのは、むしろこれからだ。

「いいスピーチでしたよ、佃さん」

乾杯が終わると、招待客のひとりである神谷弁護士が水割りのグラスを片手に持ち、佃のところへ来た。

「ここまで来られたのは、先生のお陰です。ありがとうございました」

礼をいった佃に、「いえいえ、私など微力ですよ」と神谷は謙遜してみせ、ふと真顔になった。

「ところで、あのバルブの特許ですが、技術転用に目途がついたんですか。新たな挑戦というのは、そういうことでしょう」

神谷はわかっている。

ロケットのエンジンに搭載されるような高品質のバルブ特許。その技術を、水素エンジン限定として埋蔵させてしまうのではなく、次世代の佃製作所を担う柱に育てるべきではないか。

そう佃は考えていた。

そのために、いまなにをすべきなのか。しかし、

「いえ」

佃は首を横に振った。「なにに挑戦すべきなのか、それすらいまはわからないような状況でして……。それを見つけることが喫緊の課題だと思っています」

「焦ることはないですよ」

神谷は、気楽な調子でいった。「アイデアなんてものは、捻り出そうとして捻り出せるものではありませんからね。なにかの拍子に湧いて出てくることもある。きっと、どこかにヒントが転がっていますよ。これで行く、というのが決まったら、そのとき私にもお手伝いさせてください」

神谷は、いまや佃製作所の顧問弁護士の立場にあった。技術開発を本業の中心に置く佃製作所にとって、特許関連を含む法的な背景を固められた意義は大きい。

佃を応援してくれているのは神谷だけではない。ナショナル・インベストメントの浜崎も、新規事業への投資を打診してくれていた。潮目は大きく変わろうとしている。

会は、賑やかに盛り上がっていた。

「どう思う、ヤマ」

次々にお祝いの言葉をいいに来る招待客の応対がひと通り終わった後、佃は隣にいた山崎に問うた。「バルブの特許、どう生かしたもんかな。いよいよ、それを考えるときだ」

「そうですねえ……」

ビールの入ったグラスを手にしたまま、山崎は腕組みをする。「汎用性のある水素エンジンを開発するとか。現に一部の自動車メーカーでは研究させているようですし」

それは佃も考えた。

いままで様々な分野の小型エンジンを供給してきた佃製作所にしてみれば、悪くない選択だと思う。だが、佃は汎用水素エンジンの将来性には疑問を持っていた。水素エンジンを搭載したクルマが開発され、それが一般道を走る姿が想像できなかったからだ。仮にそういう時代が到来するとしても、相当先のことになるのではないか。

「現実味がないと思うんだ」

佃がいうと、山崎自身もそう思っているのか反論はない。「もっと、地に足の着いたアイデアが欲しい」

だがそれがなんなのか、このときの佃には想像もつかなかった。ところが――。

会社を去った真野から一通のメールが送られてきたのは、そのパーティからしばらく経った日の朝であった。

「新天地に来て、まもなく一ヶ月が過ぎようとしています」

そんな一文ではじまるメールには、大学の研究所職員としての日々がどんなものか、いままでとは違う仕事への思い、学ぶことに対する情熱がこと細かに綴られている。

〝てっきり山崎部長の紹介で得た仕事だとばかり思っていましたが、実は佃社長から三上教授に頼み込んでいまの仕事を私に斡旋していただいたこと、最近になって知りました。取り返しようのない背信を行なった私のようなもののために、そこまで面倒見ていただき、感謝の念に堪えません。本当に、本当にありがとうございました。それと、あらためて、私がしたことを謝りたいと思います。申し訳ありませんでした〟

「バカ……。もう怒ってねえよ」

春浅い陽射しが差し込む社長室でそれを読んでいた佃は、なにか懐かしいような気持ちになって、ぽつりとつぶやく。真野にテストを不合格にするまでの意図はなかったことを佃に報告してきたのは、江原だった。だからなんとかしてやってくれと、江原は真野に代わって謝罪し佃に頼み込んだのである。

上司だった山崎は、真野を大学の研究所に助手として入れてやったらどうかというアイデアを出した。研究所の職員に空きがあったことも幸いした。

元気でやってるのはいいことだ。

そんな思いでメールを読み進めていた佃は、その後に書かれていた文面に、不意打ちを食らわされた。

〝ところで、このようなメールに書き添えるのは恐縮なのですが、佃製作所のバルブシステムについて、私からひとつ提案があります。私は最新医療機器の開発チームに配属されていますが、先日のこと、人工心臓の開発に携わっている者と検討会を開いていて、心臓弁の動作に関する様々なコメントを聴く機会を得ました。ここまで書けばなにを申し上げたいかおわかりになると思います。佃製作所の新バルブシステムの技術は、人工心臓に応用できるはずで、いま世界中にそれを待ち焦がれている患者が大勢います。水素エンジンからはかけ離れてしまいますが、佃製作所の最先端技術は医療分野に転用できるはずです。佃社長の夢をかなえた後は、心臓移植しか治療法がない全世界で二千万人いる重症心臓病患者の夢をかなえてやってください。

いつかまた佃製作所のみんなと仕事ができる日が来ることを祈っています〟

佃はしばらく、その文面から目を離すことができなかった。

人工心臓、か……。

いままで考えてもみなかった。

「おもしろいじゃないか」

デスクの電話を取り上げ、すぐに山崎に電話をかけた。

「ヤマ、真野がおもしろいメールを寄越したぞ」

「真野って、あの真野ですか」

電話の向こうで山崎が、のんびりした雰囲気できいた。

「ちょっと来てくれ。新しいビジネスが生まれるかも知れない」

エピローグ

午前七時。モニタから見える灰色は、果たして空なのか海なのか、わからない。

佃の隣ではいま、財前がモニタを睨み付けるようにしながら厳しい表情で黙り込んでいる。

この日の打ち上げを予定通り行なうことを会議で決定したのは、今朝の午前一時過ぎだ。

冬型の気圧配置になった昨夜、その時点での最大瞬間風速は十五メートル。あらかじめ定められた「打ち上げ主要制約条件」で、発射時点でのレッドラインは十六・四メートルと決められているから、その差はあまりない。打ち上げまでに風が強くなれば、延期を余儀なくされる状況での決断だった。

予断を許さぬ状況で打ち上げにゴーサインを出したのは、この種子島宇宙センターで打ち上げ執行管理者の立場を兼務する財前だ。機体組立棟からライトアップされた射点に移動したロケットから、燃料注入開始にともなう白煙が出はじめたのは、それからまもなくのことであった。

「超低温検査終了」

放送が入り、発射管制塔の緊張が一段と高まる。

打ち上げ予定時刻は、午前十時半。燃料注入前に出された三キロ外への総員待避命令により、いまモニタに映し出されている光景は、波しぶきのように宙に舞い続ける白煙以外に動きがない。発射管制室では、夜を徹して働いている技術者たちの寡黙な作業だけが延々と継続されている。

「社長、最終チェック、完了しました」

そのとき山崎に声をかけられ、うなずいた佃は腰を上げた。

「じゃあ、オレたちも展望台に移動するか」

「いいんですか、ここに詰めてなくて。もし万が一のことがあったら――」

山崎がふと心配そうな顔をしたが、佃は笑って首を横に振った。

「そんな事態はあり得ない。そうだろ」管制塔に待機してくれという要望もない。

「まあ、そうですが……」

「行くぞ。社の連中が場所取りしてくれてるはずだ。みんなで見送ろうや。——お先に」

声をかけると、財前が振り返って、黙って親指を立てる。

「月並みな言葉だが——グッドラック」

佃はそういうと、最後の作業を終えた社員たちとともに管制司令室を出た。

「社長！　こっちです、こっち！」

見物人でごった返している展望台に向かうと、声がかかった。

殿村が、佃を見つけて手を振っている。その隣に、母と利菜がいて、社員たちに囲まれていた。津野と唐木田、それに江原ら若手まで数十人の社員たちが佃を待っていた。

「今日、ウチの会社は開店休業だな」

佃は思わずぼやいた。だが、ロケットの打ち上げに来られる者はできるだけ来てくれ、といった手前、怒るわけにもいかない。むしろ、こうして若手が積極的に種子島までやってきてくれたことがうれしかった。

これは、佃製作所にとって、記念すべきイベントだ。旅費は、会社が全員分を負担することになっている。

「よく来てくれたな」

一週間前から種子島に泊まり込んでいる佃は、利菜に声をかけた。

「おばあちゃんが学校休んでもいいっていうから」

利菜の返事はそっけないが、

「ほんとはすごく楽しみにしてたんだよ」

母がこっそりと耳打ちしてくれる。

「ママはどうした」

利菜にきいた。沙耶には、もし時間があったら来ないか、と誘ってある。

「学会の準備で忙しいんだって。明日から、イギリスに行くらしいよ」

相変わらずの多忙ぶりに佃は苦笑した。

そのとき、

「オレたちのバルブなんですよね、あのロケットを打ち上げるエンジンを制御するのは」

そうしみじみといったのは、江原だ。

「そうだ。オレたちのバルブだ」

佃はこたえた。「みんなで見送ろうじゃないか。あのバルブが宇宙まで旅立つのをさ」

佃は、遠くに見える射点に目を凝らした。いまそこには、帝国重工の新型エンジン「モノトーン」を搭載したロケットが鎮座している。

いま頃、財前は、どんな思いで管制卓に向かっているだろう。

「まずい。ちょっと風速、上がってきましたよ」

そのとき、傍らの風速計を覗き込んでいた埜村が心配そうな声を上げた。「さっきまでおさまってたのにな。いま十三メートルです」

「打ち上げまであと十分足らずですけど、大丈夫かな」

江原が不安そうに宇宙センターを眺めやる。

どうする、財前――。

佃は、心の中で財前に問いかけた。

上空の雲が静かに動いている。いまにも泣き出しそうな空だが、雨粒は落ちてきていない。そのとき――。

「はじまったぞ」

声を上げたのは殿村だ。耳を澄ますと、風の音に千切れながら、外部スピーカーを通して音声が運ばれてきた。

「打ち上げ八分前になりました。自動カウントダウン・シークエンスに移行します」

紛れもない財前の声。やるつもりだ。展望台を埋めていた見物人たちの間から歓声が上がった。

開始されたカウントダウンをききながら、全員が息を詰めて射点のロケットを凝視している。

「頼む、成功してくれ――！」

胸の前で両手を握りしめ、祈るような声を殿村が絞り出す。その肩を津野が抱いて元気づけた。

「大丈夫だ、トノ！　成功するさ、必ず」

いま社員がひとつになっていく。

カウントダウン十秒前から、全員の大合唱になった。

「九！　八！　七！　六！　五！　――」

「モノトーン、点火！」

山崎が叫ぶ。

「四！　三！　二！　――一！」

「固体ロケットブースター、点火！」

震える声を佃は張り上げていた。「行け、モノトーン！　リフト・オフ！　リフト・オフ！」

「上がれーっ！」

殿村が叫び、江原が絶叫していた。全員が口々に大声を張り上げ、声援を送る。

そのとき、モノトーンからオレンジ色の閃光が噴き出し、四基の補助ロケットエンジンに守られたロケットがふわりと浮き上がった。

バリバリッという紙を引き裂くような音が空気を振動させ、轟音とともに全長五十六メートルのロケットを天空へと持ち上げていく。

射点から飛び出した。吹きすさぶ風などものともしない。

「上がってくれ、モノトーン」

山崎が祈るようにつぶやいたとき、ロケットはみるみるスピードを上げ、分厚い雲に向かって射られた巨大な矢のようになった。

江原が魅入られたように、その軌跡を追う。

白い軌跡を描き、オレンジ色の炎の固まりとなったロケットは、あっという間に低く垂れ込めた雲を突き破り、視界から消え去っていった。

そしていま――。

遥かに、エンジンの轟音だけが、かすかにきこえる。

それはまるで、モノトーンが佃たちに残した別れの言葉のようだった。

一陣の強風がロケットの軌跡を薙《な》ぎ、かき消した。風の舞う宇宙センターから、打ち上げ後のカウントが聞こえてきた。

「固体補助ロケット第一ペア点火」

冷静な財前の声だ。

「よしっ！　順調だぞ」

山崎が拳を握りしめた。

目を閉じた佃の想像の中で、モノトーンは、成層圏に向かって全力で燃焼し続けている。

――オレたちの夢を乗せて。

「大丈夫だ、大丈夫だ」

全員に言いきかせているのは、津野だった。「信じよう、オレたちの技術をさ」

外部スピーカーが衛星フェアリングの分離を伝えてきた。四分二十五秒後のことだ。

「よっしゃー！」

そう叫んだ江原の頬を、涙が伝っている。「行け行け行け！」

絶叫である。

再び財前の声が、外部スピーカーから流れた。

――第二エンジン、点火。

「もうすぐだ、みんな！」

佃は輪の中心になって、社員たちにいった。「必ず成功する。必ず」

そして――。

ついに、その報告が外部スピーカーから流れた。財前は、淡々と、何事もなかったかのように、それを告げた。

——ただいま、衛星の正常分離信号を確認しました。

「うおっしゃーっ!」

江原が喜びを爆発させ、殿村は、らしからぬガッツポーズをしてみせた。

歓喜が爆発し、誰彼ともなく抱き合う。

こらえていた涙があふれ出し、「ありがとうよ、みんな」、気づくと何度も繰り返している自分がいる。

打ち上げが成功したら、なにか気の利いた演説でもしようと思っていた。なのにいま、胸にこみ上げてきた喜びと興奮で佃の脳は思考停止し、出てくるのはただ感謝の言葉だけだ。

「社長——!」

江原が駆け寄ってきて抱きついた。号泣している江原の声は言葉にならない。

「オレたちはやったんだ」

佃は、震える声を絞り出した。「みんな、よく頑張った! ほんとうによくやってくれた! ありがとうな! オレは、オレは——」

お前たちを誇りに思う。

だがそれは嗚咽に変わり、言葉にならなかった。あれだけ曇っていた雲に裂け目ができ、誰もいなくなった射点を照らし出したのはそのときだ。

どこかに隠してあったらしい大きな花束が現れ、利菜の手から佃に渡された。

「おめでとう、パパ！」

胸がじんとして、佃はもうなにも考えられなくなった。

「ありがとうよ、利菜」

娘の背を抱いた佃が見たのは、分厚い雲の裂け目から見えるコバルト色の空だ。

その空は、宇宙へとつながっている。

カーテンコールの無い舞台では、打ち上げ後の淡々とした作業がいまはじまろうとしていた。


（了）

本書は「週刊ポスト」2008年4月18日号から
2009年5月22日号まで連載されたのち、
加筆・訂正を施したものです。

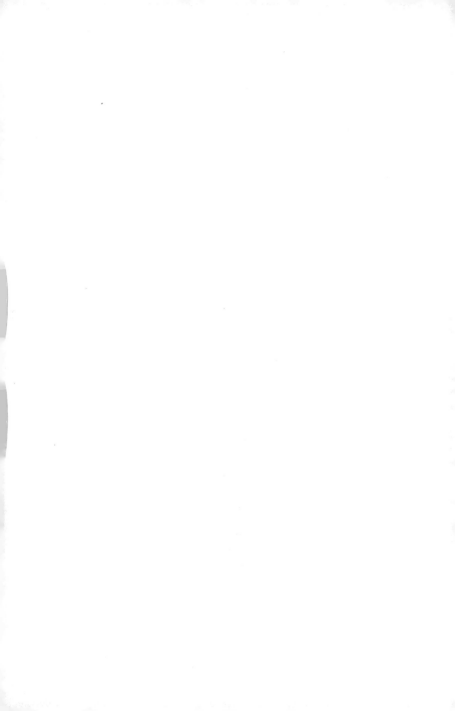

池井戸 潤（いけいど・じゅん）
1963年岐阜県生まれ。慶應義塾大学卒業後、三菱銀行（当時）入行、95年退職。98年『果つる底なき』で第44回江戸川乱歩賞を受賞し小説家デビュー。10年『鉄の骨』で吉川英治文学新人賞を受賞。他の著書は大藪春彦賞候補の『BT '63』『最終退行』、直木賞候補の『空飛ぶタイヤ』、山本周五郎賞候補の『オレたち花のバブル組』など。本書で第145回直木賞を受賞。

下町《したまち》ロケット

2010年11月29日　初版第一刷発行
2011年7月30日　第三刷発行

著　者　池井戸 潤
発行人　森 万紀子
発行所　株式会社　小学館
〒101-8001
東京都千代田区一ツ橋2-3-1
電話／編集　03-3230-5951
販売　03-5281-3555
印刷所　凸版印刷株式会社
製本所　株式会社若林製本工場

ISBN 978-4-09-386292-9

評発売中

いじめ、学級崩壊、家族の死――いま語られる家族の絆とは

希望ヶ丘の人びと

重松 清

亡き妻の〝ふるさと〟――そこには、彼女と仲の良かった友だちがいて、彼女のことを好きだった男がいて、彼女が初めて恋をした人がいた……。
70年代初めに開発されたニュータウンに引っ越してきた父と子の、かけがえのない日常を描く感動長編。

●四六判／512ページ

978-4-09-379797-9